Mortelles Résurgences en Clapas

Thierry Viala

Mortelles Résurgences en Clapas

Roman Policier

© 2020 Thierry Viala

Éditeur : BoD-Books on Demand

12-14 rond-point des Champs-Élysées, 75008 Paris

Impression : Books on Demand, Norderstedt, Allemagne

Illustration: XXX

ISBN : 978-2-322193141

Dépôt légal : Janvier 2020

Cette histoire repose sur des faits imaginaires, avec des personnages et des scènes fictives donc toute ressemblance avec des personnes réelles, vivantes ou mortes, serait pure coïncidence. Une large part de ce roman et de ses protagonistes relève de la liberté de fiction exercée par l'auteur. Si les lieux publics sont authentiques, ne recherchez, ni les commerces, ni les bars ou restaurants, ils ne sont que le fruit de son imagination.

Il n'est pas de sanctuaire pour le meurtre ; il n'y a pas de barrière pour la vengeance.

William Shakespeare ; Hamlet (1603)

Chapitre 1

Le département de l'Hérault n'est pas seulement une vieille terre romane, ni le lieu touristique des plages caressées par la mer avec son arrière-pays languedocien, ses jolis villages pittoresques lovés dans des écrins de nature et ses paysages préservés à l'écart des sentiers battus.

Il est aussi celui des pics et des gouffres profonds, c'est également une terre de poètes et de mythes, de rêveurs et de rebelles, c'est aussi et surtout une belle terre mystérieuse, celle des légendes et d'une Histoire, riche d'événements trop souvent sanglants à présent oublié.

Événements cachés mais, qui, tels une source, profondément enfouis dans le creux et le sol des monts de l'arrière-pays quelquefois resurgissent avec violence.

Dans les garrigues héraultaises, comme en Corse et comme ailleurs, sous l'apparence prodigieusement paisible, d'un vignoble écrasé sous le soleil, d'un versant du mythique et solitaire Pic Saint-Loup, où dans les rues de Montpellier, ville bourgeoise et alanguie, flottait dans l'air comme une sorte de menace.

Ce jour-là il courait au soleil, livrant son âme et son corps à la liberté et la solitude, le sentier grimpait doucement à flanc de coteau par le sud, la température était idéale il ne faisait pas trop chaud.

Dressées sur une crête dentelée du Pic Saint-Loup, isolées au milieu de la garrigue qui l'étouffe, les ruines du château de Montferrand, figées dans la pierre, défiaient le temps et se déchiquetaient sur la crête dentelée de la colline.

L'homme chauve courait encore entre capitelles et garrigues odorantes. Cette ascension lui était familière. Le printemps couvrait la nature de mille couleurs. Jaune des genets d'Espagne, blanc des asphodèles, rose des cistes, bleu de la lavande, du romarin et de l'aphyllante. Thym, romarin, origan, sarriette exhalaient leurs arômes, leurs parfums délicats s'épanouissaient chaque jour davantage. Le sentier serpentait au milieu des pins d'Alep et des arbousiers, où alternaient les zones planes et les pentes raides, les cailloux et les petits rochers.

Lorsqu'il courait dans ces lieux, il avait une impression de liberté, liberté d'avancer à son rythme, de choisir son chemin, de découvrir de grands espaces, de profiter de la beauté des paysages avec le plaisir de l'effort, de la performance.

Il avait cette sensation un peu primitive de plénitude au milieu des éléments. Ici il savait exactement qui il était, rien ni personne n'aurait réussi à le faire changer.

Certains coureurs à pied possédaient un lecteur audio avec lequel ils écoutaient de la musique, cette distraction correspondait d'une certaine manière à se dissocier ou plus précisément à occuper l'esprit.

Il ne fonctionnait pas ainsi, car il souhaitait pouvoir également se concentrer intensément sur ses objectifs. L'accentuation de sa concentration modifiait peu à peu son état de conscience et pouvait s'apparenter à un état d'hypnose, son niveau de transe étant plus ou moins profond.

Parvenu tout en haut, il s'autorisa à reprendre son souffle et s'arrêter pour admirer le point de vue sur l'impressionnant profil du Pic Saint-Loup, ce paysage l'émouvait encore, plaisir toujours renouvelé et qui lui était cher.

La sueur salée dégoulinait sur son visage et pénétrait dans ses yeux, elle lui troublait la vue et lui coulait dans la bouche, il l'essuya avec le bas de son T-shirt.

A présent, son regard embrassait le magnifique panorama et le château de Montferrand. Tout un symbole, pour lui. Un était une fois dont il ne reste que des pierres.

Démantelé par la volonté de Louis XIV et de l'évêque Colbert de Croissy en 1698, il n'en restait que les ruines et les sillons creusés dans la roche par les lourds chariots ferrés qui montaient au château du temps de sa splendeur. Le monument fut livré aux caprices du temps totalement délaissé de tous. Les vestiges de l'enceinte, des communs, des logis, et le donjon se dressaient encore fièrement au bord de la vertigineuse falaise nord.

Le bruit courait que l'hiver, les soirs de grand vent, on pouvait encore entendre encore les plaintes des prisonniers affamés, enfermés dans les terribles geôles souterraines du château.

Objet d'effroi pour toute la région, ce nid d'aigle faisait peur à tous les habitants, qui osaient à peine lever les yeux pour le contempler. Mais dans toute légende, dit-on, il y a un fond de vérité.

Le sommet, offrait de superbes points de vue sur les Cévennes, la Grande Séranne, le mont Saint-Baudille, la mer Méditerranée toute proche ou encore la plaine Montpelliéraine à ses pieds.

Autour de lui, l'odeur du thym et du romarin, les plantes dures et piquantes, les rochers blancs, la terre aride, les vignes, les chênes verts, les chênes blancs, les oliviers. Mais ici, sous l'apparence prodigieusement paisible d'une petite vallée, de vignes en coteaux, d'un versant de montagne, flottait comme une menace.

Son regard se porta ensuite sur le vol d'un aigle de Bonelli, en silence, le rapace déploya ses ailes, intrigué il le vit fondre sur un animal qu'il présuma être un petit lapin brun qui n'eut pas le temps de s'abriter au creux d'une crevasse, le prédateur s'en saisit et d'un vol rapide l'emporta vers une paroi rocheuse dans son nid composé d'un gros amas de branchages.

Il éclata de rire, un rictus carnassier plaqué sur le visage. C'était un bon présage.

Dans la mythologie grecque et romaine, l'aigle, roi des oiseaux était par excellence l'oiseau de Zeus, il servait de messager attitré, instrument de justice des dieux et des hommes.

Chapitre 2

Plus tard, attablé au restaurant sur la place de la Canourgue en plein cœur de Montpellier, à l'ombre des micocouliers, il savourait, un repas méditerranéen, composé d'une salade grecque et de saumon rôti aux fines herbes et citron.

Il était tranquille, détendu dans un lieu qu'il adorait, un endroit encore calme car les touristes n'étaient pas encore là.

Considérée comme l'une des plus belles places de la ville, la Canourgue était composée en son centre de parterres de fleurs aux multiples couleurs, d'arbres, de statues. De plus, les terrasses de cafés, et restaurants qui bordaient l'espace permettaient d'apprécier la sérénité ambiante et d'y passer des moments de calme et de détente.

Il y avait bien longtemps, l'un de ses vieux professeurs lui avait indiqué que le très suisse Jean-Jacques Rousseau s'était établi non loin de cette place pendant quelques mois à l'automne 1737 et venait partager ses repas à cet endroit même. Il lui avait même précisé que cet hypocondriaque célèbre n'avait pas été très indulgent dans ses propos quant à l'opinion qu'il avait de la commune et de ses habitants. La ville, magnanime, avait débaptisé la rue Basse où il avait habité en rue Jean-Jacques Rousseau.

Sur la place quelques passants se faisaient photographier devant la splendide fontaine des licornes réalisée par le sculpteur gardois Fournet qui représente Charles-Eugène-Gabriel de Castries : vainqueur de la bataille de Clostercamp, futur maréchal de France et gouverneur de la ville.

Il pouvait en profiter pour admirer encore les façades des hôtels particuliers du XVIIème siècle qui entouraient l'endroit où il se trouvait : à l'hôtel Richer de Belleval, l'hôtel de Cambacérès et l'hôtel du Sarret.

Quelques instants plus tard, un sans-abri commença à se diriger vers lui. Le clochard se rapprochait en observant attentivement l'expression de son visage, mais fixant ses yeux et notant l'agressivité qu'il en émanait, il fit rapidement demi-tour, évitant le regard méprisant que le quadragénaire chauve lui avait lancé.

L'homme attendit, là, patiemment en observant l'animation aux alentours, regardant de temps en temps sa montre. Ce n'était pas encore l'heure.

Il patientait, jetant régulièrement un regard sur son portable, observant la lumière déclinante, en attendant son heure. Comme rien ne pressait, il s'offrait le loisir d'admirer la vue, d'apprendre peut-être enfin à profiter de la vie.

Plus tard, les gargouilles de la Cathédrale Saint-Pierre brillaient d'un éclat inquiétant dans la lumière des réverbères.

Du coup, il sursauta à la vue de la vieille femme qui marchait d'un pas assuré elle avait un sac en cuir brun passé à l'épaule et tenait solidement la bandoulière à deux mains. Elle se tenait droite, sans la moindre trace de l'hésitation que l'on voit trop souvent chez les femmes d'un certain âge.

Discret comme la nuit, il emboîta le pas à la vieille femme à la veste noire, jusqu'au bas de la rue Sainte-Croix. Il avait déjà repéré les lieux, plus tôt dans la journée et avait trouvé un raccourci qu'il emprunterait quand il jugerait le moment opportun, car il n'avait certainement aucun mal à deviner la direction que prenait sa proie. A la deviner ou, plutôt, à la suivre des yeux. Son regard noir trahissait ses réelles intentions.

Au bout de la ruelle la vieille dame tourna à gauche puis à droite dans la rue Lallemand, ensuite encore à droite dans la rue de Candolle pour bifurquer à gauche rue de la Providence. Elle fit quelques pas dans la rue, puis parvenue au siège de la Société Historique Montpelliéraine Anne Courtines se saisit des clés et ouvrit avec difficulté la lourde porte en bois vert.

Moins d'une heure s'était écoulée lorsque la vieille dame sortit, elle ferma la porte, s'arrêta sur le seuil, leva la tête vers le ciel, sourit à la lune, puis scruta les environs comme on le fait habituellement en sortant de chez soi. Rassurée, elle s'engagea dans la ruelle déserte. Quand elle eut tourné au coin, l'autre quitta sa cachette.

Quelques instants plus tard, se hâtant à perdre haleine, Anne manqua de peu de trébucher alors qu'elle passait sur le côté de la Tour des Pins dans la rue Armand Gautier.

Le souffle coupé par ses sanglots, les yeux embués par les larmes, les mains tremblantes, la vieille femme s'arrêta, essoufflée contre le mur où quelques poubelles avaient été rassemblées à proximité d'une bouche d'aération.

Peinant à se tenir droite après sa course, elle se retourna brusquement en hoquetant à la recherche de son poursuivant, et n'apercevant rien de celui-ci, soupira de soulagement. Elle pensait qu'elle devenait folle, car tout au long de la journée elle avait eu parfois l'impression qu'il y avait quelqu'un, qui ne voulait pas se montrer, qui la suivait, qui l'espionnait.

Non loin de là, dans la Cathédrale Saint-Pierre était proposé un concert baroque : des extraits de Giulio Cesare en Egitto de Haendel. Déformées par le vent des bribes de musique plus lointaine à présent flottaient aux oreilles d'Anne.

Passant une main sur ses yeux pour essuyer ses larmes, rassurée de n'avoir plus personne à ses trousses, elle se retourna enfin, pour esquisser un pas en direction de l'autre extrémité de la rue. Mais elle poussa un hurlement de terreur lorsqu'elle aperçut à quelques mètres derrière elle l'homme qui, elle en était à présent persuadé, lui voulait du mal. Le halo de lumière du lampadaire lui avait permis de reconnaître son visage. Elle était certaine qu'il avait décidé de l'éliminer pour la réduire définitivement au silence, pour l'empêcher de divulguer les secrets qu'elle avait découverts.

Âgée, sans défense, isolée dans cette rue où il n'y avait âme qui vive. Elle n'avait pour seules armes dérisoires dans son sac, que du papier, un stylo et sa volonté sans failles. Tout ce qui comptait, c'était d'échapper à son agresseur.

Tandis qu'elle courait, Anne réalisa qu'elle pleurait et gémissait d'une petite voix qui lui était totalement étrangère.

Dans un sursaut d'énergie, elle se dirigea le plus rapidement qu'elle put vers l'entrée du jardin des Plantes dont elle espérait qu'elle ne soit pas fermée comme elle aurait dû l'être, mais, si elle se souvenait bien on lui avait précisé que quelquefois les gardiens un peu désinvoltes oubliaient de cadenasser le portail. L'homme avait heureusement été retardé par l'arrivée d'un tramway qui remontait lentement le boulevard Henri IV.

Parvenue à l'entrée, elle tourna la poignée métallique du grand portail, pesant de tout son modeste poids et après un effort important pour elle, la lourde grille s'ouvrit enfin. Elle avait un goût de sang dans la bouche.

Pénétrant dans le Jardin qu'elle connaissait comme sa poche, Anne prenant garde en descendant les escaliers étroits, se dirigea vers les allées, insensible ce soir-là, aux parfums des massifs, aux essences odorantes et médicinales de verveine, de menthe, et de sauge.

Déterminée, rien ne pouvait l'empêcher de parvenir à son but. Elle était trop effrayée pour hurler. De toute façon, il n'y avait d'ailleurs personne pour l'entendre. Personne, à part l'homme qui venait vers elle.

Son agresseur qui semblait ne pas être un habitué des lieux, désorienté, ne pouvait se fier qu'aux bruits que sa proie effectuait en cherchant à s'enfuir. Mais une vieille dame ce n'est pas bien lourd et ses déplacements étaient silencieux.

Ses sens aux aguets, comptant sur ces facultés de perception, il écoutait les bruits alentour.

Au bout d'un temps qui lui parut une heure, il perçut enfin une sorte de bruissement sur sa gauche il s'y dirigea immédiatement, rapide, souple, retenant son souffle et sans bruit. Son but était de s'approcher d'elle furtivement par-derrière et lui ravir la vie.

Rien n'est plus facile à condition de faire preuve de précision et de concentration. Il se demanda si elle savait. Il avait entendu dire que certaines personnes savaient, le jour d'avant, une heure avant, qu'elles avaient rendez-vous avec elle. Et, malgré cette intuition, elles n'étaient pas prêtes. La mort était toujours là, en embuscade et chacun évidemment sait qu'il doit mourir un jour. Malgré cela, tout le monde était pris par surprise.

Anne n'entendit pas le battement d'ailes d'un choucas prenant son envol depuis le haut de la Tour. Si elle avait suivi l'oiseau des yeux, elle aurait peut-être vu apparaître tout en haut des 25 mètres de l'édifice, une silhouette qui rodait dans la nuit, un homme vêtu d'une robe à capuchon noir qui pendait sur son corps décharné.

Elle amorça le plus hâtivement que son vieux corps le lui permettait, une manœuvre afin de trouver la sortie, un crissement de gravier, un froissement derrière elle la fit sursauter, elle se retourna et vit le faciès déformé par la haine d'un homme qui lui asséna un grand coup sur la tête. Une fureur sauvage l'habitait.

Il exultait, ivre de rage et de bonheur. Pour lui, sentir qu'il prenait une vie, c'était devenir un dieu l'espace d'une fraction de seconde.

Le dernier son que perçut Anne fut le chant du castrat soprano jouant le rôle de Sextus qui attaquait le *Svegliatevi nel core* de Haendel. Elle poussa son dernier soupir aux pieds du monument de Rabelais.

Le meurtrier s'empara ensuite du sac de la vieille femme et s'enfuit dans le dédale des ruelles du Clapas, dans le silence complet et complice de la lune. Les pas de sa course martelant doucement le sol pavé, leur bruit quelque peu masqué par l'écho de la musique qui s'échappait de la Cathédrale.

Il avait le sentiment d'avoir agi proprement, sans possibilité d'établir un lien avec lui, sans risque d'indice ni de piste, sans rien qui le trahisse, sans rien qui suggère qu'il puisse s'agir d'autre chose que d'une mort de hasard telle qu'il s'en produit régulièrement dans toutes les villes. Mais surtout, cet instant fut comme un révélateur, comme si une partie lui dont il ignorait jusqu'alors l'existence s'éveillait. Il ne s'était jamais senti aussi lucide, aussi sûr de lui. Il ne s'était jamais senti aussi vivant. Il eut la certitude qu'il contrôlait enfin sa vie. Il en éprouva un immense bien-être.

Chapitre 3

La vie de Titoan Coustou n'était pas un roman d'aventures. Il s'était absent quelques années de Montpellier sa ville natale, puis y était revenu. Journaliste indépendant depuis quelques années, après avoir tenté d'intégrer sans succès une grande rédaction, il avait collaboré avec près d'une dizaine de titres en presse française et anglo-saxonne, assez prestigieux pour certains.

Mais, cela ne l'avait pas empêché de connaître à peu près toutes les galères possibles : les confrères qui piquaient ses sujets ; les articles commandés, annulés et jamais payés. Ceux à qui il avait fait parvenir un sujet très pointu avec des détails très précis et qui répondaient qu'ils avaient décidés peu de temps auparavant de traiter ce sujet en interne. Et pourtant, il continuait. Parce qu'écrire était la seule chose qu'il aimait vraiment faire.

Il avait la passion de la vérité et lorsque c'était possible il essayait de rendre compte de la complexité de la vie quotidienne.

Tout n'était pourtant pas si noir au pays des pigistes. Au cours de sa jeune carrière, il avait rencontré nombre de personnes carrées et bienveillantes, qui lui avaient dispensé des conseils judicieux. De ceux qui se préoccupaient de savoir si vous aviez bien été payé, à temps et qui vous félicitaient lors de bons échos sur l'un de vos papiers. Hélas, ces personnes étaient minoritaires.

Son employeur régulier était actuellement le journal Le Clapasien. Ce n'était pas un journal bien important et à la différence des autres quotidiens ou hebdomadaires son but n'était pas d'influencer l'opinion publique ni les décisions des hommes publics.

Le sympathique et vieux briscard Max en était le rédacteur en chef. C'était un journal à faible diffusion, fier de son indépendance où le petit nombre de journalistes faisait de son mieux pour couvrir tous les domaines possibles.

Les sujets que Coustou proposait étaient souvent des expositions artistiques, commémorations, d'inaugurations, d'événements concernant le sport amateur local, de vœux, de noces d'or, de Noël... bref pas les chiens écrasés mais, presque. Sauf cette fois où Max lui avait donné carte blanche avec ce fait divers.

Car il avait la particularité d'être tenace et d'avoir la capacité à regarder derrière le miroir, il lui semblait être bien apprécié du petit nombre de Clapasiens qui lisaient ses billets, il possédait de bonnes qualités relationnelles et surtout il savait écouter, aussi, parfois, il décrochait des informations que d'autres journalistes plus professionnels et plus expérimentés ne parvenaient pas à obtenir. Il avait un don pour faire parler les gens, poli, discret et courtois, parfaitement inoffensif aux yeux des hommes ou femmes de confiance qui savaient rassurer les concitoyens. Il recoupait et vérifiait toutes ses informations. Quand les professionnels du mensonge s'apercevaient de leur erreur, il était généralement trop tard.

Cette semaine, il avait proposé à ses lecteurs un article sur un sujet délicat et difficile, qui faisait l'objet de toutes les conversations. Le meurtre d'une vieille dame du centre-ville. Il avait écrit un article sur ce drame pour Le Clapasien, journal qui paraissant deux fois par semaine sur Montpellier et qui le sollicitait régulièrement. Il savait que cet entrefilet allait déclencher chez les gens cet émoi, mélange d'épouvante et de quiétude, qui se produisait lorsqu'on apprenait une mort tragique, parce qu'on en était préservé et qu'on se contentait d'en lire le récit. Comme au cinéma ou bien à la télévision, en spectateur, en parfaite sécurité. Bien tranquille, chez soi.

Dans la pensée d'un journaliste, le plus précieux est ce moment solitaire de la première intuition. Et il avait eu l'intuition que derrière ce drame il pourrait découvrir quelque chose de plus important qu'un fait divers mineur.

"Les commerçants et membres des différentes sociétés culturelles du Centre Montpellier organisent ce vendredi à 19 heure 15 une marche silencieuse en hommage à Anne Courtines, assassinée dans la nuit de lundi et dont les obsèques seront célébrées samedi matin.

Ils appellent toutes les personnes qui le souhaitent à se joindre à eux pour un "hommage solennel et sans prétention". Le cortège partira de l'église Saint- Roch pour rallier la rue Four des Flammes, où se situait le domicile de la nonagénaire. Car celle-ci effectuait ce parcours de deux cents mètres quotidiennement pour aller se recueillir à l'église.

Une personne âgée discrète et distinguée assassinée non loin de chez elle. Un quartier du centre-ville bouclé par la police.

Hier matin, Montpellier s'est réveillée avec boule au ventre et une étrange anxiété. Qui a tué Anne Lecloitre veuve Courtines, quatre-vingt-onze ans ?

Elle n'avait plus que peu de temps à marcher pour arriver, saine et sauve, à son domicile. Anne, est décédée dans le Jardin des Plantes à Montpellier, après avoir été violemment agressée par un ou plusieurs inconnus qui voulaient sans doute lui voler son sac à main.

Dans la nuit du lundi au mardi, la nonagénaire, qui vivait seule, avait été retrouvée inanimée au petit matin par un SDF, le corps étendu au milieu de l'Allée des Étudiants, aux pieds du monument dédié à Rabelais dans le jardin des Plantes et le visage en sang.

Décrite comme « vive et sympathique » par ses voisins, Anne avait passé sa vie à Lyon, où elle avait été la secrétaire médicale de son époux le docteur Courtines, originaire également de Montpellier.

Elle était revenue dans sa région d'origine il y a vingt ans, où elle et son époux avaient choisi de passer leur retraite.

Sans enfant, devenue veuve, « elle était encore très alerte, et n'était pas du genre à se laisser faire », se souvient son voisin, Paul.

Décrite par un ami comme « discrète, mais aimant beaucoup bavarder », elle passait l'essentiel de ses journées à promener dans le centre-ville, aller fureter à la Bibliothèque Municipale, aux Archives Départementales, lorsqu'elle n'était pas présente à la Société Historique Montpelliéraine rue de la Providence.

Quelques heures après les faits, le sac à main d'Anne a été retrouvé par les forces de police à plusieurs centaines de mètres du lieu de l'agression, mais vide.

Si aucune piste n'est écartée, « celle du rôdeur en quête d'argent est privilégiée », indique un policier. C'est le syndrome de la violence ordinaire.

Une enquête pour « vol avec violence ayant entraîné la mort » a été ouverte, et une autopsie ordonnée par le parquet de Montpellier.

« Le quartier est bouleversé : c'est le prototype de la victime isolée, vulnérable, qui ne demandait rien à personne », glisse une source proche de l'affaire.

Un appel à témoins a été diffusé pour tenter de retrouver le ou les agresseurs.

Qui pouvait bien pouvoir assassiner cette vieille dame, un petit bout de bonne femme d'un mètre cinquante-quatre et cinquante kilos, propriétaire d'un appartement cossu de la rue Four des Flammes à Montpellier, au point de décider de l'éliminer ?

La veuve du docteur Bernard Courtines dont le corps a été retrouvé mardi matin aux Jardins des Plantes non loin de chez elle, est morte « dans des circonstances violentes d'origine criminelle certaine », confirme Jean Soulet, le procureur de la République. Un décès survenu « à la suite d'un ou plusieurs coups donnés à l'aide d'un objet contondant », ajoute-t-il, préférant ne pas donner davantage de précisions. "

L'autopsie de la victime était toujours en cours à l'Unité médico judiciaire et l'institut médico-légal. Ce service qui ne traite pas uniquement des morts, comme on pourrait le croire, mais qui gère chaque année près de 3000 examens de victimes vivantes, mais aucune information particulière de la part des Services de Police n'avait encore filtré."

Chapitre 4

Il existe des coïncidences dont on pourrait supposer qu'elles sont l'œuvre d'une main occulte, d'un marionnettiste maléfique doté d'un sens machiavélique très développé et qui agite des personnages, qui, sans son action ne se seraient jamais rencontrés.

Tout avait commencé au Marché aux Puces et à la Brocante à la Mosson le dimanche matin précédent. Un rendez-vous traditionnel et incontournable pour de nombreux montpelliérains, un endroit où il avait l'habitude de se rendre régulièrement, en effet, les plus de 400 exposants : brocanteurs, soldeurs professionnels et vendeurs occasionnels lui avaient permis de faire quelquefois des affaires.

Mais il ne faut pas rêver. Dans une braderie, on ne trouve ni peintures de Cézanne ou de Salvador Dali, et ce d'autant moins que les professionnels sont "au cul du camion" avant l'ouverture, à la recherche d'objets d'une certaine valeur pas encore déballés. Pour trouver une pièce rare ou celle qui manque à sa collection, il est préférable de venir tôt, avant la foule.

Après avoir garé sa BMW 6 coupé relativement loin du marché pailladin, sécurité oblige, l'homme aux lunettes noires et au crâne rasé, habillé d'un pantalon gris et d'une chemise blanche, se dirigea vers le Marché aux Puces, des voitures étaient stationnées partout. Sur les trottoirs, le long de la route principale. Il croisa des piétons qui regagnaient leur véhicule, luminaire, tapis, sur l'épaule, chaise sur la tête ou coussins sous le bras. Les chineurs ou simples visiteurs, étaient venus nombreux comme chaque semaine Du simple curieux au chineur invétéré.

Sur le site, dès onze heures, les tables des espaces restauration avaient été prises d'assaut. Frites et sandwichs partent comme des petits pains. En fait, on trouve de tout aux Puces de la Mosson. De la vaisselle, des bibelots, des meubles, des livres, des jeux vidéo, des affiches, des bijoux, des robinets, du matériel de couture, des vieilles cartes postales…Tout se mélangeait au rien. Un service de vieux verres, un sac en cuir racorni côtoie des collections de cartes anciennes ou d'affiches de cirque ou de cinéma, des disques vinyles anciens.

Certains chineurs cherchaient des objets très précis. Lui, s'intéressait aux cartes postales, aussi, tout en déambulant à travers les allées il fut surpris de constater qu'un exposant jamais remarqué auparavant proposait des cartes postales anciennes.

Comme il s'approchait, il constata que le brocanteur vendait également de vieux appareils photo dont le Zeiss Ikon Nettar, albums photos, timbres-poste et sacs de tris postaux chinois, japonais...

Focalisé sur les présentoirs de cartes postales il jeta son dévolu sur le premier présentoir à la recherche du sujet qui lui tenait à cœur : les représentations des cartes postales du Zeppelin, le dirigeable de fabrication allemande. Fouinant dans les cases où le classement plutôt original du vendeur lui laissait peu d'espoir de découvrir l'une de ses pièces manquantes le LZ 129 : le Hindenburg.

Était-ce le hasard ou le destin ? Certains disent que le destin attend au coin de la rue. Il suffit parfois d'une simple rencontre fortuite pour faire basculer le destin d'une ou plusieurs personnes.

Son attention fut attirée par une vieille femme qui se trouvait à ses côtés et qui feuilletait minutieusement un album photo d'un format d'environ 25 par 30 centimètres. Ce dernier semblait en piteux état, toutefois elle se penchait vers chaque photo avec une concentration de plus en plus soutenue.

Cette attitude l'intrigua, alors il se mit à observer à présent la vieille dame tout en simulant une recherche attentive dans le bac des cartes postales.

— C'est combien Emile ? demanda-t-elle à l'exposant.
— Cent euros, madame Courtines.
— Ecoutez ! Marchander, c'est pour moi le plaisir de chiner. Mais il ne faut pas que vous, les vendeurs, vous me preniez pour un pigeon, ou plutôt pour une pigeonne, sous prétexte que je suis une vieille femme. C'est trop ! Vous me prenez pour qui ? une américaine ? lui dit-elle sur un ton acerbe.
— Quatre-vingt euros et c'est mon dernier mot, fut la réponse du marchand.
— Beaucoup de personnes vendent ce type d'album photo, j'imagine que ça se revend assez mal ? Cela n'intéresse plus personne, cela fait plusieurs mois que vous cherchez à le vendre sans doute, sans y parvenir. Écoutez, je peux vous en débarrasser, il ne vous encombrera plus et vous ne l'aurez plus sous les yeux à chaque brocante, si vous acceptez de me faire une ristourne de dix euros. Qu'en pensez-vous ?

Le brocanteur hésitait encore, car il lui semblait que la vieille dame tenait réellement à cet album, mais celui-ci l'encombrait parmi tous les objets qu'il avait à vendre et il lui paraissait si insignifiant...

Il songea un instant que, peut-être, il pourrait en obtenir plus.

— Soixante-dix euros. Rappelez-vous que si vous avez tiré un bon prix de vos différentes ventes de journaux et de documents à la Société Historique c'est un peu grâce à moi.

Emile, battit en retraite et opina du chef en signe d'acceptation.

— Bon d'accord on fait affaire, voulez-vous un sachet pour le porter, madame Courtines ?
— Oui, je veux bien, ... sans rancune Emile ?
— Évidemment madame Courtines !
— Avec ça tu pourras faire un joli cadeau à ton épouse, répliqua-t-elle joyeusement, en le payant.

Emile fit une mimique, à mi-chemin entre la moue et la grimace, comme s'il avait un goût amer dans la bouche.

Lorsque le vendeur tendit un petit sac avec son achat à sa cliente, le sachet glissa et l'album photo s'ouvrit en son milieu découvrant deux photos aux pieds de l'amateur de cartes postales de Zeppelin, celui-ci blêmit en fixant l'un des deux clichés qui était apparu à présent sous ses yeux. Son étonnement fut remarqué par la personne âgée qui le dévisagea.

D'abord abasourdi il resta là, figé, pendant que l'alerte nonagénaire ramassait en maugréant son achat et s'éloignait à petits pas rapides vers la station de tramway la plus proche. L'homme regarda longuement la femme qui s'éloignait. Elle l'avait dévisagé, bien regardé dans les yeux, comme si elle le connaissait ou reconnaissait. Il y avait quelque chose dans son regard qui vous transperçait.

Après quelques pas, elle trébucha légèrement et dû s'arrêter, mais elle reprit immédiatement sa marche en avant.

Retrouvant ses esprits, l'homme choisit une carte postale un peu au hasard et s'adressa au brocanteur.

— Voilà j'ai trouvé ce qu'il me faut, j'ai été moins long que la vieille dame qui vous a acheté cet album.... Il vous faut beaucoup de patience pour exercer ce métier de brocanteur.

Il remarqua que celui-ci portait un tatouage sur l'avant-bras. Le fer à cheval est largement connu pour sa vertu de porte-bonheur, se rappela-t-il.

— A qui le dites-vous ! Mais bon avec l'âge on apprend à conserver son flegme et la patience. De plus, cette cliente est une habituée, une cliente régulière et je la connais bien, madame Courtines, elle n'est pas méchante, un peu râleuse comme le sont les vieux Clapasiens.

— J'ai vu que vous regardiez mon tatouage, c'est un fer à cheval. Le tatoueur m'a précisé que ce symbole avait des propriétés magiques, le métal était très cher dans l'Antiquité, c'est pourquoi le fait de trouver un fer à cheval a toujours été considéré comme un bon signe, parce que cela signifiait pratiquement toujours obtenir de l'argent et la chance donc.

L'acheteur approuva d'un hochement de tête.

— Et c'était quoi cet album ?

— Oh ! un vieil album photo que j'avais dans mon débarras depuis quelque temps et que j'ai décidé de proposer à la vente, ce sont de veilles photos de famille de la région me semble-t-il. Enfin c'est une supposition car il n'y a aucune note ou remarque particulière, dans les marges ou les photos, mais je crois avoir reconnu une photo avec l'Arc de Triomphe, pas celui de Paris, le nôtre celui de l'avenue du Maréchal Foch.

— Il s'agit peut-être de la famille de madame Courtines ?

— Peut-être, en tout cas elle n'en a pas fait mention ou bien est-ce l'aspect patrimoine local qui l'intéresse. Madame Courtines est une des responsables de la Société Historique Montpelliéraine, rue de la Providence. Elle anime régulièrement des conférences sur l'histoire locale.

Ces détails lui étaient bien utiles et lui permettraient sans aucun doute de retrouver la trace de cette femme. Tout compte fait, comme l'avait dit César Borgia en son temps : "Ce qui ne s'est point fait au dîner se fera au souper."

Chapitre 5

De la terrasse de son appartement Titoan observait la ville, un tueur s'y promenait peut-être encore, le ciel au sud brillait comme une brillante soie bleue.

Il espérait qu'il allait faire orage cet après-midi, que la pluie viendrait nettoyer les rues, le toit de son immeuble, et déferler dans les rigoles. Mais ce ne fut pas le cas.

Son logement était un lumineux trois pièces éclairé par de grandes baies vitrées. Dans sa bibliothèque il y avait de nombreux livres, dont la collection de livres ayant appartenu au grand- père paternel, mort longtemps avant sa naissance. Il y avait des livres partout, romans, biographies, livres historiques. Il y avait même une pile de livres sur la table de chevet, et sous le lit.

Il aimait sa ville, Montpellier la "surdouée" toutefois cela ne l'empêchait pas d'être objectif et impartial dans ses articles dans Le Clapasien. Ce qui lui valait régulièrement des lettres ou des messages d'insultes.

A partir de 1990, Montpellier avait raflé tous les prix et toutes les récompenses : de la ville la plus culturelle, de la ville la plus sportive, de la ville la plus dynamique, de la ville la plus sociale, de la ville la mieux gérée, de la ville la plus innovante… La municipalité souhaitait attirer des investisseurs, des chefs d'entreprises, des artistes et des créateurs, des grands noms de l'architecture.

Montpellier était une ville bourgeoise belle et riche ; il y avait là de vieilles fortunes et de plus récentes, de beaux quartiers. Mais, par endroits, cette beauté était aussi mince qu'une couche de vernis et cachait à peine les fissures, car ici aussi il y avait de la laideur, de la pauvreté et du mensonge, bien qu'ils fussent nombreux à prétendre le contraire.

Ce matin-là, il quitta son domicile de bonne heure, il avait rendez-vous dans un petit bistrot du vieux Montpellier avec Germain Canté, un ami de longue date, cadre à la préfecture de l'Hérault.

Il laissa ses pas le conduire lentement jusqu'au Café-Bar " La soif du mâle " situé dans l'Ecusson, le centre historique de la ville. Sur le trajet il s'arrêta pour acheter le quotidien régional de référence, se penchant sur les rubriques nécrologiques, mais comme il l'avait deviné celles-ci ne comportaient aucun élément notable qui aurait pu l'aider.

Il entra dans le bar en jetant un regard sur l'un des décors qui l'attirait le plus dans les commerces du Centre Historique, en effet, les murs étaient recouverts de photos d'acteurs célèbres des années cinquante, et d'affiches de cinéma.

Orson le metteur en scène des lieux adorait cette période de l'histoire du septième art.

D'ailleurs le nom de son bar était un clin d'œil au film d'Orson Welles, il était resté jusqu'à aujourd'hui un spectateur passionné du cinéma et du monde, engagé par l'un dans une réflexion permanente sur l'autre.

Malgré le nom de l'enseigne, le lieu n'était nullement réservé à la gent masculine car Orson était tout sauf misogyne, en fait le bar était surtout fréquenté par les cinéphiles, hommes et femmes.

Accoudé au comptoir, un jeune dégingandé et barbu expliquait à son auditoire que le tournage de Psychose n'avait failli par avoir lieu faute de moyens financiers car aucun studio n'ayant souhaité produire cette histoire de tueur psychopathe, Hitchcock avait dû hypothéquer sa maison pour la tourner avec un maigre budget de huit cent mille dollars et une petite équipe technique.

Orchestré de main de maître par une musique fantastique, un scénario puissant et maîtrisé associé à une mise en scène impeccable, Psychose méritait sans conteste d'être élevé au rang de chef-d'œuvre.

Il expliquait avec emphase et conviction que rarement un film avait fait naître auparavant un tel suspense, rarement un personnage avait été aussi inquiétant et insaisissable que Norman Bates.

D'ailleurs, voir Psychose, c'était comme assister à un condensé de tous les éléments devenus incontournables du genre : Alfred Hitchcock avait tout inventé dans ce film.

L'un de ses interlocuteurs eut tout juste le temps de préciser que lors de la fameuse scène de la douche :

La surprise du spectateur était augmentée par la terrifiante musique de Bernard Hermann. Hitchcock voulait se contenter du bruit de l'eau de la douche et des cris de Marion. Hermann le convainquit avec raison d'utiliser des violons stridents pour appuyer le côté effrayant de la scène...

L'animateur de la discussion reprit la main en précisant que pour Hitchcock, le choix du noir et blanc s'imposait, en premier lieu pour des raisons budgétaires. Il craignait en outre que la couleur ne rende son film plus sanglant, qu'angoissant et n'entraîne la censure des scènes de meurtres.

Ainsi, nul besoin de ketchup pour imiter le sang, remplacé ici par du chocolat liquide. À la sortie du film, le maître avait exigé que les portes des salles soient fermées aux retardataires.

Dans les cinémas, un message adjurait les spectateurs de ne rien révéler à leurs amis. Le film a été très mal perçu à sa sortie aux Etats-Unis par la critique, les spectateurs étant surpris par la violence de certains passages. Il termina sa prestation en concluant : le cinéma est un sismographe pour l'avenir et le miroir de la société actuelle. Il en reflète les problèmes et c'est pour cela qu'il peut parfois déranger.

Dans la salle, attentif et intéressé par cette discussion, Germain attendait Coustou.

Un jour, Il lui avait avoué qu'il trouvait à présent plus d'intérêt aux échanges informels et sympathiques entre cinéphiles, même si quelquefois ceux-ci étaient très vifs, qu'aux conversations concernant la politique qu'il adorait lorsqu'il était plus jeune.

— Bonjour Germain lui dit-il en lui serrant la main.
— Bonjour Titoan.
— Comment ça va aujourd'hui ?
— Météorologiquement belle journée ! J'étais perdu dans mes pensées. Je m'étonnais encore de la vitesse à laquelle ma jeunesse s'est envolée, répondit-il amicalement.

Léon le patron du bar, que tout le monde surnommait Orson, vint prendre la commande.

— Deux expressos, l'informa Germain dont un serré et double pour mon ami.

Orson se dirigea rapidement vers sa nouvelle machine dont il était si fier, c'était une machine à café professionnelle semi-automatique deux groupes avec deux buses vapeurs qu'il avait reçus et installés la semaine précédente.

Le patron allait et venait sans bruit. Leurs cafés furent servis rapidement.

— Et voici, messieurs. Vous m'en direz des nouvelles, vous n'en trouverez pas un aussi bon des kilomètres à la ronde.

— Nous n'en doutons pas, convint Titoan.

— Orson, savais-tu qu'il y a cent ans environ à cet endroit, à cette même place où tu sifflotes lorsque tu fais ton service il y avait déjà un bar ? continua Germain

— Je l'ai su, mais je ne m'en rappelle pas.

— Il s'appelait " Le Cabaret du Néant". Spécialité l'absinthe : on en sortait souvent ivre et quelquefois mort.

Le patron éclata de rire :

— Ici plus d'absinthe, mais plutôt du bon café et quelquefois pour les vrais amateurs, du bon cognac.

— Cela dit, reprit Germain, il est vrai que l'absinthe provoquait des lésions cérébrales chez l'homme, mais on sait à présent que celles-ci peuvent être causées par de nombreuses choses ; exposition à des substances toxiques etc. Chaque année aux États-Unis, 80 000 à 90 000 personnes deviennent invalides suite à une lésion cérébrale traumatique et ils ne boivent pas tous de l'absinthe.

— Comment vas le moral ? cela n'a pas l'air d'aller bien fort, demanda Titoan. Ces temps-ci on n'a pas eu le temps de se parler.

— Physiquement ça va, mais effectivement, aujourd'hui, je n'ai pas le moral. Ça fait déjà quelques jours que je n'ai pas le moral. J'ai le cafard, je suis l'homme à la triste figure. Tu ne t'es jamais interrogé sur le sens de ton existence ? demanda soudain Germain.

— Chaque jour. Mais c'est le cas de tout être humain, tu ne crois pas ?

— Le temps passe trop vite. Sans avoir eu le temps de dire ouf, tu as cinquante-deux ans, et les gens avec lesquels tu as débuté ont depuis longtemps été remplacés par une génération qui discute d'autres sujets, qui a des opinions qui te paraissent aberrantes et écoute une musique différente. L'âge est un voleur silencieux. Et tu connais la dernière ? J'ai un nouveau chef... il a quarante balais, le type ! Le moment où tu sais que tu deviens vieux pour de bon ? C'est quand ton chef est plus jeune que toi. Je me rends compte aujourd'hui, que jamais je n'ai eu un patron plus jeune que moi. Ce freluquet de moins de trente-deux ans qui compte en tout et pour tout cinq ans d'ancienneté et un joli diplôme sur son CV, va donc être mon boss, moi qui ai cinquante-deux ans, dont vingt-cinq de métier.

— Voyons Germain, tout cela c'est dérisoire, qu'importe son âge ? Ces sont des préjugés, c'est psychologique, ce n'est pas justifié. Les temps ont changé. Il a sans doute de grandes qualités qui ont justifié cette nomination.

Germain maugréa, puis, redevenant sérieux, souffla :

— Je suis né et j'ai grandi ici, et je ne reconnais plus ma ville. L'assassinat de cette vieille dame est la goutte qui fait déborder le vase. La violence est dans nos murs et l'on dit qu'il faut faire quelque chose, à tout prix. Mais c'est toujours quand la question nous touche directement ou bien atteint nos portes que nous finissons par considérer que c'est un problème qu'il faut résoudre absolument.

Coustou approuva d'un hochement de tête le point de vue de son ami.

— Je suis entièrement d'accord avec toi, je suppose que tu as lu mon billet sur le sujet ?

— Oui bien sûr, c'est tragique, Montpellier était si tranquille auparavant, et la police ne semble pas avoir de piste. Cette femme était peut-être au mauvais endroit au mauvais moment. Bien que ton article laisse supposer que tu n'excluais pas des motivations plus personnelles.

— Effectivement, et j'aurai du mal à alimenter les lecteurs de notre gazette en information complémentaire si je ne trouve pas de piste. Cela me paraît nécessaire d'autant plus que l'émotion publique est à son comble. Les médias traditionnels vont encore en faire toute une histoire, sur quelques jours seulement, parce que cela fait vendre les journaux, ou écouter, la radio, ou regarder la télévision, ce qui revient au même. Après ils passeront à autre chose, un cyclone, un attentat, un tremblement de terre, un scandale politique. Certains pensent qu'il s'agit peut-être d'un meurtre de hasard, Germain. Cela arrange certains de mettre cela sur le compte de gens dérangés, sans visage, qui parcourent le pays.

— Sans doute, mais ici, les gens auront peur de sortir de chez eux parce qu'il y a un tueur en liberté dans les rues de Montpellier et que n'importe qui pourrait être sa prochaine cible. Là, il ne s'agit pas de découvrir l'auteur d'un crime crapuleux. La question, pour les montpelliérains, n'est de ne pas, uniquement, punir un assassin, mais c'est aussi une question de défense. Une femme a été tuée et rien ne permet de supposer que la liste est close. Des hommes vénaux, corrompus, des hommes du mal sont en train de détruire le monde dans lequel je suis né et je me sens démuni. Le monde dans lequel j'ai grandi a disparu, cela s'est fait peu à peu, presque à mon insu. Le pays dans lequel je vis n'est plus celui dans lequel je suis né murmura-t-il comme dans un souffle.

Se reprenant, Germain l'interrogea :

— Je suppose que ta feuille de chou a bien besoin de nouveaux lecteurs. Je crois savoir que les affaires ne vont pas fort. Alors ? que veux-tu mon ami ?

— Comme tu le sais, en France, comme dans d'autres pays, la presse écrite connaît de grands bouleversements. Les modes de consommation ont changé et la tablette ou le smartphone remplacent peu à peu le bon vieux papier imprimé. Une mutation qui entraîne la fermeture de nombreux journaux et librairies. Alors tout élément qui nous permettrait de relancer l'intérêt des lecteurs pour notre petit journal serait le bienvenu. Tu travailles à la préfecture, je sais que tu as des relations au commissariat, à l'Hôtel de Police, ce serait formidable de m'apporter des éléments., ou bien de me fournir des tuyaux., de me donner un contact. Il est évident que, dans toute enquête, les policiers ne révèlent pas tout ce qu'ils savent aux médias. Un coup de pouce serait utile et ainsi tu participerais à la relance des médias traditionnels, dit-il avec le sourire.

Germain réfléchi un moment à la demande de son ami, pesant le pour et le contre, il était ainsi Germain, pas le type à se jeter inconsidérément sur les problèmes ou les situations qui pouvaient les générer.

Toutefois sa réponse surprit Coustou :

— Es-tu certain de vouloir écrire sur cette affaire ? Tu sais que nul n'est blanc comme neige. Et de nos jours les gens ne veulent pas savoir pourquoi les choses se passent, mais connaître seulement ce qui se passe. Il s'agit peut-être d'une vieille histoire, une rancune. Les gens ont la mémoire tenace Titoan. Surtout lorsqu'il s'agit des fautes de quelqu'un d'autre.

— Oui bien sûr. Il y a toujours quelqu'un qui sait et mon travail sera de découvrir ce qui se cache derrière cette histoire. Mais, ta question m'étonne.

— À mon tour, je te pose une question : si ce meurtre n'est pas du genre, crime banal pour voler le sac de la vieille, s'il s'agit d'autre chose, d'un mobile plus complexe, auras-tu les épaules, la volonté, la pugnacité d'aller jusqu'au bout, même si cela doit te mettre en difficulté voire en danger ?

— Sans aucun doute, je ne peux pas rester les bras croisés. Germain, ce qui est arrivé à cette pauvre femme n'aurait dû et ne devrait jamais arriver, c'est pour cela que je ferai tout mon possible pour trouver le ou les coupables, ce n'est pas un fait divers, d'ailleurs, je hais ce terme : faits divers, un meurtre n'est jamais un simple « fait » et il n'a rien de « divers ».

Titoan parlait peu, raison pour laquelle il avait souvent le mot juste.

— Une enquête de ce type c'est aussi et sans aucun doute devoir se heurter au mensonge mais dans le monde actuel, est-ce que toutes les relations ne sont pas basées sur le mensonge ? Je ne dis pas cela pour toi ou pour les collègues de ton journal, mais, la politique, le sport, les faits divers, l'économie, tout. On nous affirme les choses pas parce qu'elles sont vraies, mais parce qu'il faut les dire pour obtenir ce que l'on veut des électeurs, du public. Et on passe sous silence certaines affaires, ou certains actes parce qu'il ne faut pas en parler. On nous ment pour nous manipuler. Les journaux ne sont pas faits pour divulguer les informations mais pour les couvrir. Ce n'est pas de moi mais de Umberto Eco et si Umberto Eco l'a dit ce ne doit pas être tout à fait faux. Montpellier est une ville jeune, ce type de meurtre n'est pas fréquent reconnait-le, les étudiants qui sont une source de vitalité pour la ville depuis le Moyen Age ne posent pas de problème en général et ils sont plus de 75 000 dans notre cité. Je vais fouiller, explorer toutes les pistes, il faut toujours faire l'effort de chercher des informations contradictoires pour pouvoir se forger sa propre opinion. J'ai compris progressivement que quand l'information donnée était sans nuances, que tout le monde disait la même chose, autrement dit qu'il n'y avait pas de contradiction, alors cela méritait au moins vérification.

— OK, OK, je vais tenter de faire quelque chose pour toi annonça Germain. De toute façon tu es têtu comme une mule, et quand tu commences quelque chose, tu as toujours un mal de chien à t'arrêter. A vrai dire, je crois même que c'est surtout comme ça que tu résous les problèmes, avec un soupçon de talent en plus, je dois le reconnaître, conclu-t-il.

Ce fut le moment que Thomas Barberol choisit pour les rejoindre.

Exerçant la profession d'ébéniste, il avait une allure d'artiste, un peu bohème, il avait fait connaître ses productions sur Internet. Le monde d'Internet le fascinait et lui permettait d'associer l'aspect artistique de sa personnalité avec ce mode d'échange universel. Son site web professionnel, novateur et très bien conçu graphiquement attirait de nombreuses visites et quelques commandes. D'autre part piochant dans son imagination fertile, il avait lancé un concept assez innovant, en fait repris des États-Unis, en adaptant un projet qui publiait sur son blog personnel de cartes postales anonymes qui délivraient un secret.

— Alors du courrier ? lui lança Titoan, c'était leur habituelle et rituelle salutation.
— Quelques cartes, certaines très intéressantes, mais les secrets que je reçois reflètent l'éventail complet des questions complexes que beaucoup d'entre nous se posent chaque jour : l'intimité, la confiance, le sens de la vie, l'humour, et le désir. J'imagine que chaque carte postale est une œuvre d'art, et aussi l'art de l'autorévélation et il s'agit d'un projet artistique collectif. N'importe qui peut participer en envoyant anonymement une carte postale avec un secret.
— Une d'entre elles sort du lot ?
— Parmi la quinzaine du jour…Je l'ai postée sur mon blog, un correspondant, anonyme, bien évidemment m'a écrit : « Un jour, un

médecin m'a demandé si j'entendais des voix. La voix dans ma tête a crié : "Dis-lui que non !" »

Cette remarque fit rire toutes les personnes alentour.

— Hier, j'ai eu " Dieu n'existe pas, je crois en lui"
— Oups, trop philosophique et mystique pour moi et de bon matin en plus ! s'exclama Germain.

Chapitre 6

Coustou avait bien fait de solliciter son ami Germain.

Ce dernier jouant de ses relations avait eu la possibilité de l'aider dans son enquête, car quarante-huit heure plus tard, il eut ainsi la possibilité de rencontrer l'agent immobilier qui gérait le petit immeuble dans lequel se situait l'appartement de la victime.

Il l'attendit à la terrasse de la brasserie. La radio diffusait une émission consacrée aux vieilles chansons françaises, notamment " Puisque vous partez en voyage " chantée par Mireille une chanson démodée mais qui toutefois lui plaisait.

En fait, l'agent immobilier était une femme, il fut surpris, car Germain ne le lui avait pas précisé, il lui avait simplement indiqué que son contact, qui lui était redevable d'avoir bénéficié d'un petit privilège afin d'obtenir son passeport plus rapidement, devrait le retrouver à dix heures sur la place de l'église Saint-Roch, avec un exemplaire du journal Le Clapasien à la main. Le petit nombre de lecteurs de son journal, lui laissait supposer qu'il avait peu de chances de se tromper d'interlocuteur.

Elle ne fut tout d'abord qu'une silhouette lointaine s'avançant vers lui, parmi d'autres. Il la vit arriver de la rue du Plan d'Agde, un exemplaire du journal à la main, ses cheveux châtains éclairés par la lumière du soleil, passant devant le trompe-l'œil de trois cents mètres carrés de la Place Saint Roch, insensible à l'objectif du photographe aux chaussures de ciel et aux semelles de vent. Sur le mur les vraies fenêtres étaient fermées les fausses étant ouvertes.

Une allure vive, une démarche volontaire, Coustou la sentait un peu nerveuse, sans doute contrariée par la perte de temps pour elle, que devait représenter l'obligation de rendre le service convenu à Germain.

Il l'étudia avec attention, bien plus jeune que lui, elle avait un teint pâle, dont le visage en forme ovale criblé de taches de rousseur conservait quelque chose d'enfantin avec son menton arrondi, son nez retroussé et ses pommettes hautes. Pourtant il émanait d'elle une extraordinaire impression de volonté, il n'oserait dire d'entêtement. Elle était habillée sobrement mais avec une certaine élégance un jean bleu, plutôt brut, avec un joli chemisier blanc, et une veste bleue nuit, comme bijoux une chaîne fine autour du cou, et un bracelet : sobre et efficace !

Coustou se présenta comme l'ami de Germain, et la remercia de bien vouloir l'aider dans ses recherches, ainsi que pour sa ponctualité.

Cela la détendit quelque peu et tout en se dirigeant vers la Rue Four des Flammes Elle se présenta à son tour elle s'appelait Natacha et lui confia que le quartier Saint Roch était reconnu comme étant un endroit tendance et que nombre de nouveaux montpelliérains cherchaient à s'y loger.

La lourde porte verte et vitrée de l'immeuble donnait accès à un escalier qui desservait trois étages.

Parvenus au second, sa guide ouvrit la porte dans le noir complet. En effet, la police avait pratiqué à la fouille de l'appartement mais avait laissé les volets fermés, apparemment rien ne semblait avoir été dérangé.

L'accès au logement était interdit d'accès plusieurs jours après la mort d'Anne Courtines.

Après avoir allumé le plafonnier du couloir principal ce qui le frappa le plus fut l'odeur de renfermé et de cire qui flottait dans l'appartement, celui-ci n'ayant pas été aéré depuis le décès de la locataire.

Il eut soudain conscience que leur présence, bien qu'indispensable, était une intrusion.

Il laissa errer son regard avec la sensation d'avoir pénétré dans une autre époque. L'odeur des vieux meubles cirés était présente. Et le silence, ce silence peut être particulier aux habitations des personnes décédées...

Il n'avait pas d'idée précise sur ce qu'il recherchait.

La cuisine ne lui sembla d'aucun intérêt il lui paraissait plus intéressant d'apporter toute son attention aux lieux privés, chambre ou bureau. Suivi de sa guide il pénétra dans la chambre.

Une faible lumière pénétrait à travers les volets, Coustou appuya sur l'interrupteur afin d'avoir plus de clarté, ce fut à ce moment qu'opportunément le portable de l'agent immobilier sonna.

Celle-ci s'éclipsa dans le salon afin de pouvoir répondre à son interlocuteur cela semblait urgent et important, peut être confidentiel, mais cela convenait tout à fait à Titoan qui pourrait ainsi fouiller à loisir.

Même s'il est vrai qu'aujourd'hui où les gens conservent la plupart de leurs souvenirs et de leurs archives dans leurs disques durs ou dans les clouds reliés à leurs ordinateurs, et que les tiroirs recèlent bien moins de secrets qu'auparavant ce n'est pas le cas de tout le monde et peut-être pas n'était-ce pas le cas d'Anne.

Les personnes d'un certain âge aiment bien le papier et puis on peut toujours trouver un écrit quelque part.

Dans la chambre il se pencha et jeta un coup d'œil sous le lit. Rien.

Il ouvrit des tiroirs de la commode, de l'armoire, placards...rien... aucun résultat concret.

Le secrétaire Louis XVI en acajou n'apporta rien d'exceptionnel, des comptes rendus de la Société Historique, quelques factures.

Son attention se reporta ensuite sur la commode, où était placée une petite pendule en marbre rouge veiné et bronze doré ornée d'une nymphe debout reposant sur une sphère prise dans des nuées de forme mouvementée et contenant le mouvement.

Sur le devant, des chiffres romains indiquaient les heures, les aiguilles étaient en bronze doré en forme de serpent.

La commode était magnifique. Il fouilla à nouveau, toujours rien.

Ce fut à l'instant où la cloche de l'église sonna onze heures que la jeune femme entra dans la chambre.

Natacha lança :

— C'est une belle commode à encoignures ouvertes Louis XVI, aussi appelée commode-desserte ou commode "à l'anglaise", elle présente une façade légèrement bombée flanquée de deux encoignures latérales. Ici, c'est une bibliothèque trois portes en acajou moucheté orné de laiton doré de style Louis XVI elle est sans aucun doute du dix-neuvième siècle. Ce mobilier vaut une fortune.

— Je suis ébahie par tant de connaissances !

— Je n'ai que peu de mérites, je suis titulaire d'un double diplôme en droit et en histoire de l'art, et c'est vrai j'ai une connaissance pointue du marché de l'art, une passion des objets, des mobiliers anciens notamment de cette période.

Coustou s'approcha de la bibliothèque de madame Courtines. Dans les rayonnages, impeccablement rangés, peu de littérature, essentiellement des ouvrages consacrés à l'histoire locale, classés par ordre alphabétique et les bulletins de l'association dont elle faisait partie qui étaient classés par dates de parution. Il ouvrit quelques livres, mais laissa vite tomber.

Natacha hochait la tête gravement, car elle ne croyait pas qu'il put encore y avoir quoi que ce soit d'utile à trouver dans le logement. Titoan se rapprocha de la fenêtre, ouvrit les volets et observa la rue et l'immeuble d'en face.

Mais plus encore que la vue, ce fut un grand tableau de facture classique accroché au mur du salon qui captura son regard. C'était un tableau d'environ un mètre sur cinquante centimètres.

Il représentait une femme habillée d'une robe verte avec une abondante chevelure châtain-foncée. Le tableau ne lui plaisait guère et il fut étonné qu'il occupe une place centrale dans le salon d'Anne.

La suite de ses recherches n'apporta aucun résultat.

En désespoir de cause ils sortirent du logement et sur le palier se heurtèrent à une femme âgée qu'ils n'avaient pas entendue venir. Elle était petite et mince. Ses cheveux étaient gris et courts, ses yeux larmoyants trahissaient sa tristesse.

— Bonjour madame, vous êtes la voisine d'Anne ?
— Bonjour, je m'appelle Carole Barbero, je suis, j'étais, se reprit-elle, la voisine d'Anne et j'étais une amie. Êtes-vous de la Police ?
— Non. Mademoiselle est la personne qui gérait le patrimoine immobilier de madame Courtines et pour ma part, je fais un travail de journaliste. Vous pouvez peut-être m'aider et m'apporter des renseignements utiles à mon enquête.
— Pensez-vous que l'on retrouvera le criminel qui a osé s'attaquer à une faible femme sans défense ? Vous savez, nous les vieux on ne compte pas pour grand-chose, mais il faut retrouver le coupable. Quand un arbre tombe dans la forêt et que personne ne l'entend, l'arbre n'est quand même plus là.

— Je ne sais pas si le coupable sera retrouvé, je l'espère vraiment... Je suis sincèrement attristé pour votre amie.

— C'est tellement absurde... Elle qui était si vive, toujours pleine de curiosité, avec une soif d'apprendre permanente, elle ne faisait de mal à personne.

Sa voix s'étranglait dans sa gorge.

— À votre connaissance, Anne aurait-elle reçu des menaces ?

— Non, pas du tout. Je ne vois vraiment pas ce qui a pu arriver, il n'y a pas de motif. Tout le monde est désolé dans le quartier, elle n'avait autour d'elle que des amis.

— Avait-elle l'habitude de sortir ainsi le soir ?

— Oui. Enfin, non, pas le lundi. Car d'habitude c'était le mardi soir, c'était le soir où elle avait sa réunion au siège de la Société d'Histoire Montpelliéraine, rue de la Providence et là elle s'y est rendue lundi soir car elle m'a expliqué qu'elle devait chercher des informations dans les archives de la société.

— Elle ne vous a pas dit ce qu'elle cherchait exactement ?

— Non, Anne était une personne charmante mais très réservée et d'humeur changeante, donc là non, elle ne m'a rien précisé, faut dire que je ne le lui aie pas demandé non plus car je sais lorsque Anne veut ou pas se livrer sur un sujet lors de nos discussions.

— Avez-vous entendu du bruit dans son appartement lundi soir ou avez-vous remarqué quelque chose d'anormal, de suspect peut être, ou bien simplement d'inhabituel ?

— Non rien de particulier, à mon âge vous savez on se couche tôt, mais on se lève aux aurores.

Avec l'accord de Natacha, Coustou proposa à la vieille dame de pénétrer à nouveau dans l'appartement qu'ils venaient d'inspecter sans succès. Une émotion bien compréhensible envahit Carole lorsqu'elle entra dans la première pièce.

— Remettez-vous Carole, asseyez-vous, ensuite si vous pouviez m'indiquer si quelque chose vous paraît anormal, un déplacement d'objet ou bien s'il manque quelque chose... cela me serait très utile.

Madame Barbero reprit son souffle, ses esprits et consciente de l'importance de sa mission examina les coins et recoins de cet appartement, passant dans chaque pièce où elle avait si régulièrement bavardé avec Anne, échangeant souvenirs, anecdotes, confidences comme de vieilles amies.

— Elle n'avait pas eu d'enfants, personne ne venait la voir, enfin je veux dire, personne de la famille. Vous savez leur murmura-t-elle tristement, les jeunes rêvent à leur vie quand ils seront grands, les vieux songent au temps de leur jeunesse. Ah ! la vieillesse est un grand tourment...

Ils passèrent dans le salon, Titoan demanda à la vieille dame si elle savait ce que représentait le tableau placé bien en évidence au centre du mur. Devant la réponse négative de celle-ci, Natacha vint une nouvelle fois à sa rescousse.

— Il s'agit d'un tableau de Dante Rossetti, il représente la déesse Mnémosyne, il est également intitulé Lamp of Memory.
— Je suis désolé, cela ne me dit rien.
— Mnémosyne est une Titanide, déesse grecque, fille d'Ouranos et de Gaïa, elle est la déesse de la Mémoire. Elle fut aimée de Zeus qui s'unit à elle pendant neuf nuits. Un an après, elle donna naissance aux neuf Muses au sommet de l'Olympe.
— Vous êtes une source de savoir inépuisable ! Est-ce un original ?

— Vous me flattez. Non ce n'est certainement pas un original, d'ailleurs regardez. Il n'est pas signé, d'autre part il me paraît plus petit que l'original. Peu de gens le savent mais en matière de copie et de vente, tout n'est pas autorisé. Il faut qu'il y ait une différence de format par rapport à l'original, qu'il y ait mention « copie » au dos de l'œuvre, et ne pas signer la copie du nom du Maître sous peine d'être considéré comme un faussaire.

— Mais, le tableau. Comment est accroché le tableau ?

— Oh, il est de travers, indiqua Natacha.

Il mesura quelques centimètres avec ses doigts.

— Vers la droite...

Titoan, retourna le tableau. La mention copie était bien présente et au dos du tableau, il put lire : "Ceci est une réalisation de Victor Pilonel, à la manière de Dante-Gabriel Rossetti".

— Natacha, connaissez-vous ce Victor Pilonel ?

— Oui, je crois qu'il a son atelier rue de la Valfère.

— Vous connaissez ce monsieur, madame Barbero ?

— Non, pas du tout.

— Maintenant, madame Barbero, regardez bien autour de vous. Tout vous parait normal, manque-t-il quelque chose ?

La vieille dame regarda attentivement autour d'elle, ses yeux firent le tour de la pièce, lentement, elle se retourna vers le bureau puis s'exclama :

— Mais bien sûr, mais... Il manque son ordinateur ! Elle y tenait beaucoup, vous savez un ordinateur portable avec une souris à côté.

— Et où était-il posé habituellement cet ordinateur ?

— Là, ici, sur le bureau, tout simplement.

Coustou examina le bureau, ouvrit à nouveau les tiroirs, rien... pas de trace d'ordinateur, pas de câble... rien.

— Madame Barbero, vous l'avez vu quand pour la dernière fois cet ordinateur sur ce bureau ?

— Lundi après-midi, vers seize heures trente, c'est l'heure à laquelle nous avions coutume Anne et moi de prendre une collation, c'est là qu'elle m'a précisé devoir aller ensuite au siège de la Société Historique Montpelliéraine le soir même.

— Avait-elle l'habitude d'emmener son micro-ordinateur avec elle ?

— Oh non, trop encombrant et peut-être même un peu trop lourd pour ses frêles épaules.

Le regard humide de l'amie d'Anne les accompagna tout le temps de la visite, sa vie était à présent bouleversée, les proches des victimes de meurtres n'avaient nulle part où se tourner, puisque le présent était perdu, le passé dévasté et l'avenir condamné. Le temps ne cicatrisait rien.

La détresse de Carole avait profondément ému Titoan. Sa volonté de trouver le coupable en fut renforcée, il prit soin de noter ses appréciations et le maximum de renseignements qu'il avait pu glaner, dans l'un de ses carnets, il plaça ensuite celui-ci dans le sac de berger en cuir marron qu'il emmenait partout.

Sortant de l'immeuble, Titoan prit congé de la vieille dame ainsi que de Natacha les remerciant pour leur aide précieuse, n'omettant pas de leur indiquer qu'il se permettrait sans doute de faire à nouveau appel à leur aide.

Le voisin Paul, celui qui avait déjà été mentionné dans l'article paru dans Le Clapasien, la veille, était justement dans la rue, ils se saluèrent et échangèrent quelques mots. Paul était une personne âgée d'assez petite taille, droit, sec, nerveux et maigre. Son visage ovale était ridé par des dizaines de plis qui formaient des franges arquées sur le front.

— Avez-vous des informations ? L'enquête avance-t-elle ?

— Non hélas, je n'ai rien à vous apprendre de plus que ce que vous avez pu lire dans les journaux ou bien entendre à la radio ou à la télévision. Vous savez, il s'agit surtout d'une affaire de police. Mais j'ai une question pour vous.

— Allez-y, si je peux aider ce sera avec plaisir, répondit Paul avec ravissement.

Coustou avait pu constater que généralement une sorte de déclic se produisait dans la tête des gens lorsqu'ils rencontraient un journaliste. La méfiance et la prudence n'existaient plus ils semblaient se livrer complètement, faire confiance absolue. Certains journalistes abusaient ainsi du crédit qui leur était accordé. Lui se faisait un devoir de conserver des limites.

— Lorsque la Police a pénétré dans l'appartement étiez-vous présent ?

— Oui.

— Vous habitez au premier étage ?

— Oui, l'appartement juste au-dessous de celui d'Anne.

— Vous avez entendu quelque chose d'inhabituel le soir du meurtre ?

— Ben non, faut dire aussi que je n'ai plus mon ouïe d'antan et que la nuit je pose mon appareil auditif.

— Revenons à la Police, Paul. Les avez-vous vu emporter un ordinateur ? Un sac avec des effets ? une valise ? quelque chose ?

— Absolument rien. Ils n'ont rien emporté, faut dire que l'appartement était fermé à double-tour lorsqu'ils sont entrés ils ont dû faire appel à un serrurier. Tout était impeccable, il ne manquait rien, tout était parfait chez Anne, faut dire que c'était une femme d'ordre, ne fallait pas broncher, son mari n'a pas dû l'avoir belle !!

Titoan réprima un sourire et poursuivit :

— Vous étiez présent et pas Carole sa voisine de palier ?

— Carole, le matin, elle va à l'Hôpital suivre un traitement, je ne sais plus lequel, un truc trop compliqué pour moi, expliqua Paul ôtant sa casquette pour se gratter le dessus du crâne. Enfin, bon, bref, elle n'était pas là quand la Police est venue, faut dire qu'ils ne sont pas restés bien longtemps. Et puis, je ne sais pas si cette affaire les intéresse vraiment. En fait je suis rentré pour la première fois dans cet appartement avec les policiers. Avant, jamais ! Anne ne faisait jamais rentrer d'homme chez elle. C'était une femme à principes vous voyez, et ça ne rigolait pas tous les jours, un vrai caractère. Mais bon, je l'aimais bien. Vous savez, à présent, à nos âges, nous ne sommes plus que des solitaires, des survivants d'une époque révolue, presque en noir et blanc dont les amis, les connaissances et les compagnons ont depuis longtemps disparu. Donc on est solidaire, on se rend régulièrement de petits services.

Chapitre 7

Avec encore à l'esprit cet échange sympathique avec Paul, le voisin d'Anne, Coustou marchait dans les rues de la ville, cela l'aidait dans ses réflexions, lui permettait de mieux réfléchir, on lui avait indiqué que lorsqu'on marche, le cœur palpite plus vite, et fait circuler plus de sang et d'oxygène, pas seulement vers les muscles, mais vers tous les organes dont le cerveau. Il suivait ces conseils et marchait dans les rues du cœur de ville en direction du siège du journal au boulevard Louis-Blanc.

Un court moment, Coustou songea que dans ses lieux bien peu de résidents du quartier avaient conscience de vivre au niveau de l'ancien cimetière des Hospitaliers de Saint-Jean-de-Jérusalem. Celui-ci partait de la place Saint- Roch en s'étendant de part et d'autre la rue Four des Flammes.

Passant par la rue Roucher et la rue Saint Guilhem, son sac en bandoulière, il eut la bonne surprise de tomber nez à nez sur Hilario. Tout à ses réflexions il ne l'avait pas vu.

Hilario Pacho était un musicien ambulant mais qui vivait à Montpellier, c'était un argentin qui avait fui l'Amérique du Sud et le Mexique, son dernier port d'attache, où sa vie n'aurait tenu qu'à un fil, lui avait-il confié.

Au Mexique, au Chili, disait-il la vie est faite de sacrifices et de démence. Titoan avait toutefois remarqué que malgré ses recours fréquents à l'autocritique, le musicien n'appréciait guère les critiques formulées par les étrangers, surtout des personnes connaissant mal son pays d'origine et sa situation politique. Il faisait donc preuve de prudence sur les opinions ou jugements concernant le Mexique ou l'Argentine et l'Amérique du Sud en général.

Son instrument de prédilection était le bandonéon. De forme carrée, plus petit que l'accordéon, le bandonéon se transportait aisément et Hilario enchantait les passants de la Comédie à celle de la Préfecture ; il envoûtait son auditoire.

D'autre part afin de retenir les badauds Hilario avait une technique bien rodée, qu'il avait peaufiné patiemment au fil du temps.

Il avait d'abord travaillé son apparence, Hilario était le prototype du sexagénaire argentin, costume, chapeau, barbe blanche, soigné comme un hidalgo, comme on se l'imagine en Europe Occidentale, il ne passait pas inaperçu.

Toujours un sourire accroché au visage, il savait se faire apprécier de son public, la musique argentine et les tangos avaient la faveur du public méditerranéen et il n'était pas dénué de ce talent qui fait la différence et lorsqu'il effectuait quelques fausses notes il souriait et mettait les spectateurs dans sa poche.

De plus il agrémentait ses productions musicales d'anecdotes sur les pays qu'il avait visités, Titoan supposait que celles-ci n'étaient pas toujours vraies mais peu importe les auditeurs étaient satisfaits et c'était ce qui lui importait. Il leur racontait des histoires.

Coustou le connaissait depuis une paire d'années et ils s'appréciaient mutuellement, échangeant quelques mots de temps en temps et quelquefois prenaient ensemble une boisson à la terrasse d'un bar du centre-ville.

Hilario l'apostropha :

— Holà ! Mon gars !
— Bonjour Hilario, excusez-moi, j'étais perdu dans mes pensées.

— Vous avez la mine des mauvais jours, je vous vois préoccupé Titoan, presque triste. A croire que vous venez d'écouter des airs de Tango. C'est Ernesto Sabato qui disait que le tango "est une pensée triste qui se danse". Mais, que vous arrive-t-il ? vous avez l'air ennuyé ? demanda amicalement Hilario.

— En effet, je suis préoccupé par l'assassinat de madame Courtines et je dois avouer que je ne comprends pas grand-chose. Et j'ai bien peur que la police n'en sache pas plus que moi et surtout ne mette pas beaucoup d'ardeur à retrouver le criminel.

— Surtout avec ce qui s'est passé tout à l'heure, précisa don Pacho, comme l'avait surnommé affectueusement Coustou.

— Je ne suis pas au courant, que s'est-il passé ?

— La police est sur le kidnapping d'un neveu du préfet. Enfin, kidnapping si l'on veut, car étymologiquement kidnapping c'est pour les gosses, enfin…, normalement...

— Le neveu ? quel neveu ?

— Pierre-Jean celui qui fait des coups tordus, qui deale, fait des trafics en tout genre, paraît-il. Il a disparu... donc les effectifs de police sont tous là-dessus. Ordre de la hiérarchie policière. J'ai appris ça lorsque je jouais tout à l'heure devant les cafés et les restaurants de la Place de la Préfecture. Ici, tout se sait, comme dans toutes les villes du sud, les gens ne savent pas tenir leur langue.

— Oui, bon cela ne va pas arranger nos affaires pour trouver le ou les coupables du meurtre du Jardin des Plantes.

— Voyons, chaque chose en son temps, mon ami Coustou, en Amérique du Sud j'ai aussi appris la patience, souvent les choses mettent du temps à s'éclaircir. Et puis chez nous Vous savez, en Amérique du Sud les gens sont des bons vivants, ils ont en eux cette joie irrépressible qui est l'antidote au fatalisme.

Les relations entre Don Pacho et Titoan avaient toujours été cordiales et franches.

Hilario était un vieil érudit francophile qui avait roulé sa bosse dans de nombreux pays et qui, malgré son âge, avait une soif d'apprendre jamais rassasiée. Il était curieux de tout, il fut l'un des seuls par exemple à lui avoir posé la question de la signification et l'origine de son prénom Titoan, prenant pour prétexte son origine étrangère.

Coustou lui avait expliqué avec plaisir que son prénom venait de son grand- père qui l'avait surnommé ainsi, en fait son prénom était Antoine et il l'appelait petit Antoine ce qui avait donné occitanisé, Titoan, qui lui était resté.

Après quelques instants de réflexion Hilario le questionna avec son accent argentin si particulier.

— Connaissez-vous Robert, le S.D.F, le vagabond, comme on dit chez vous ? Moi, je l'appelle Roberto. Observer et boire. Personne ne les remarque ces gens-là, personne n'y fait plus attention, ils sont pourtant présents, ils sont partout. Les clochards, les mendiants, sont partout. Ils sont partout et ils voient tout. Ils voient mais se taisent... s'ils le veulent.

— Non, Don Pacho, je ne le connais pas. J'ai le sentiment que bien que je sois né ici, je connais moins de monde que vous qui n'êtes à Montpellier que depuis deux ans.

— Non je ne crois pas, vous connaissez des gens que moi je ne connais pas, nous ne sommes pas du même milieu, moi je suis du monde des saltimbanques, des poètes, des troubadours. Tiens, saviez-vous cher ami que Paul Verlaine votre grand poète vivait à Montpellier en 1848 à l'âge de quatre ans par ce que son père, capitaine, avait son régiment ici ?

— Je l'ignorais, avoua Coustou.

— Pour en revenir à notre affaire, Robert, va régulièrement dans les locaux de la Croix-Rouge à côté du Jardin des Plantes où la dame a été attaquée et c'est lui qui a découvert le corps, vous devriez le voir et lui poser les questions qui vous intéressent, présentez-vous de ma part il vous répondra sans difficulté c'est un ami. Mais pour vous dire où il se trouve là actuellement, impossible, il est en vadrouille avec son chien, vous les reconnaîtrez facilement tous les deux lui il a un haut-de-forme noir et son chien est une sorte de lévrier. Reste plus qu'à espérer que vous tomberez dessus, il est en général dans le périmètre du centre historique. Ah oui aussi, rajouta Don Pacho, Robert met un point d'honneur à être impeccable au niveau vestimentaire et en matière d'hygiène. Vous le remarquerez aussi, ses vêtements sont usés mais toujours propres. Et il est soupe au lait.

— Merci beaucoup Hilario, j'irai sans doute jeter un œil demain matin sur les lieux du crime. Pouvez-vous faire passer le message s'il vous plaît je suis à la recherche de toute information sur ce meurtre, il va de soi que le renseignement sera confidentiel mais sans rétribution.

— C'est d'accord vous pouvez compter sur moi, j'ai un bon réseau. Bon allez, bonne chasse, moi je m'en vais faire visiter toute l'Amérique du Sud avec mes notes de musique. Je vais leur jouer des airs de tango.

Hilario s'éloigna lentement, il avait une démarche singulière, il appartenait à cette dernière catégorie d'aventuriers intrépides, qui ne laissaient aucun répit à leurs songes, les emmenant toujours plus loin. Il avait franchi les frontières, géographiques, culturelles et mentales, son instrument en bandoulière.

Le son de celui-ci, semblait l'envelopper d'une sorte de grande cape protectrice, l'enclore dans une bulle invisible. Il se dirigeait à présent vers la place Jean Jaurès où les platanes abritaient de leur ombre les clients des bistrots et restaurants. C'était l'un des lieux privilégiés par l'hidalgo argentin.

Plus loin, il croisa un groupe d'enfants qui jouait au football dans une ruelle piétonne.

L'un d'entre eux jouait tout seul, il tapait dans un ballon miteux contre la vieille porte en bois d'une maison, et il le refrappait au moment où il rebondissait. Le ballon ébranlait la porte avec un bruit assourdissant, qui se répercutait dans la cage d'escalier.

Titoan songea que les enfants ont besoin de jouer comme ils ont besoin d'air. Leurs cris joyeux, des hurlements de triomphe, leurs rires retentissaient dans tout le quartier, leur bruit et leur joie amplifiés par l'étroitesse de leur espace de jeu.

Coustou reprit sa marche vers le journal où il savait qu'il retrouverait son petit groupe de collègues et amis, tous animés par la même flamme journalistique qui permettait tant bien que mal au modeste périodique de vivoter dans la difficulté que connaissait la presse et l'écrit en cette période.

Il constatait que l'"architecture d'une ville atteste des existences et préférences de ses habitants autant que les habitudes d'un homme révèlent sa personnalité. Les lieux reflètent un aspect du caractère, et ce centre historique parlait d'orgueil, de courage, d'honneur et de gloire. Au XVIIIe siècle, à Montpellier et en périphérie de la ville étaient apparues d'élégantes demeures conçues par des architectes locaux, dont l'un des ancêtres de Coustou, pour des aristocrates ou de grands bourgeois, ces bâtisses appelées Folies Montpelliéraines ont marqué l'histoire architecturale de la ville et contribuaient encore aujourd'hui à son identité. Ceci même si, au dix-neuvième siècle, de grands travaux d'urbanisme, inspirés par ceux de Hausmann à Paris, avaient modifié le visage de l'ancien quartier historique, l'Écusson.

Le siège du journal se situait boulevard Louis-Blanc. Le plan de la ville imprimé dans son cerveau, comme dans celui de tout bon montpelliérain, il poussa son chemin à travers le dédale des ruelles de l'Écusson. Il marqua un temps d'arrêt devant l'hôtel de Beaulac, cet hôtel particulier, mais privé, avait été bâti sur des structures de demeure médiévale, comme plusieurs autres dans le Centre Historique, à partir de la seconde moitié du dix-septième siècle, on l'avait informé que l'hôtel conservait une salle voûtée d'ogive en rez-de-chaussée et un passage en berceau ouvrant au sud sur l'ancienne artère médiévale. Cet édifice s'organisait autour d'une cour intérieure avec un escalier monumental ouvert par un ordre de colonnes en étage, sur le côté ouest. Dommage qu'on ne puisse le visiter pensa-t-il.

Il était parvenu devant le siège du journal, lorsqu'il croisa Florentin aux pieds de l'immeuble.

Ce dernier crachait ses poumons, ce qui ne faisait vraiment pas bonne impression.

— Tu vas bien Lou Bruèis ?
— Je ne me suis jamais senti aussi bien, affirma-t-il, fumant sa cigarette sur le trottoir non loin du bar à tapas à l'architecture à la fois moderne et typique, où la modeste rédaction du journal avait l'habitude d'apprécier régulièrement la gastronomie espagnole.

Avec son crâne dégarni, ses rares cheveux blonds, ses lunettes rondes et son sens des formules oratoires, ce fumeur invétéré n'avait pas obligé ceux qui lui ont trouvé son surnom de Bruèis à se creuser trop les méninges. En fait il s'appelait Florentin, il signait ses papiers

Bruèis, le sorcier en occitan. Il avait un naturel particulier, comme s'il était porteur d'un savoir ancien, et son regard suggérait une inaptitude à s'accommoder des imbéciles.

Chargé de la rubrique sport, il avait hérité de ce pseudonyme en 1998. En effet, dès le mois de janvier 98, il avait publié une rubrique dans Le Clapasien où il pronostiquait une finale France-Brésil, ainsi que le score de la finale de la coupe du monde de football organisée en France au mois de juin. Depuis, peu de personnes mettaient en doute ses compétences footballistiques, car cerise sur le gâteau, il avait même prédit en 2012 la victoire de Montpellier en championnat de France de football.

En effet, lors de la saison 2011-2012 le Montpellier Hérault Sport Club déjoua tous les pronostics de début de saison en devenant pour la première fois de son histoire Champion de France lors de l'ultime journée d'une saison où le club n'aura quitté qu'une seule fois les deux premières places.

Depuis, les éditoriaux du sorcier faisaient l'objet d'une attention toute particulière dans les rédactions de presse sportive et des directions sportives des clubs hexagonaux.

— Tu continues à fumer... et tu tousses !
— Comme Serge Gainsbourg.
— Il est mort.
— Justement.

Cette répartie arracha un sourire amer à Coustou. Son médecin lui avait conseillé d'arrêter de fumer à de multiples reprises, conseils que Florentin s'était méthodiquement appliqué à oublier.

A cet instant, un vieil homme passa devant eux, il portait un feutre gris sur ses cheveux blancs et marchait lentement, appuyé sur une canne.

Florentin le regardait fixement, comme un souvenir revenu d'un lointain passé.

— Tu connais cet homme ?
— C'est Félix Platter...

Florentin lui confia que lorsqu'il était étudiant, il y avait bien longtemps, il avait entendu Félix Platter, cet éminent Professeur honoraire de la Faculté de Droit de Montpellier, présenter une solide et belle étude consacrée à " L'histoire des fontaines de Montpellier" dans l'amphithéâtre de la Faculté.

Aujourd'hui, il n'avait aucune intention de le lui dire, par pudeur ou pas timidité, mais en voyant le vieil homme, l'événement lui revint à l'esprit avec une telle netteté qu'il écouta les pas qui s'éloignaient dans la rue avec encore un peu de l'enthousiasme de sa jeunesse.

— Alors toujours sur la piste du meurtrier ? demanda-t-il. Les gens préféreraient savoir qu'un vagabond l'a tué, quelqu'un qui ne faisait que passer par là. Tuer une vieille femme, quelle ignominie ! Mais pour les assassins, l'habit, la fonction, l'âge importe peu.

— Je cherche encore et toujours, c'est un jeu de piste criminel qu'il faut déchiffrer. Mais il y a de nombreux points à éclaircir, à vérifier...

— Il est vrai que mon domaine de prédilection est plutôt le football et le sport en général. Ce terrain n'est pas le mien donc je te fais confiance. Mais tu sais le football est un miroir, le reflet de l'état de notre société, un creuset où viennent se mélanger le pire mais aussi le meilleur des émotions et des sentiments, alors, crois-moi en matière criminelle les coïncidences n'existent pas, comme au football..., quoique... Qu'est-ce qui te tracasse ?

— Il manque l'ordinateur portable de la victime, en tout cas il n'est plus chez elle, et je ne crois pas que ce soit la police qui l'a embarqué, mais je n'en suis pas certain.

— Rien de plus simple pour vérifier ce point, l'adjoint au commissaire ne peut rien refuser au Bruèis, il m'appelle régulièrement afin que je le conseille pour ses pronostics hebdomadaires, et il m'arrive parfois de tomber juste, fit-il d'un air amusé. Je vais l'appeler. Ce gars-là a deux amours dans sa vie : le football et les femmes. A ceci près que les femmes venaient en seconde position, mais au pluriel.

— Sois prudent, ne leur en dit pas trop, je souhaite savoir s'ils ont pris l'ordinateur, mais, je ne voudrai pas leur mettre la puce à l'oreille dans le cas où ils l'ignoreraient.

— D'accord, j'ai compris, tu souhaites faire ta propre enquête, découvrir seul, le ou les responsables.

Chapitre 8

Plus tard, assis sur le sable, le dos appuyé sur un petit parapet de la rive gauche à Palavas, le Bruèis alluma une cigarette et ferma les yeux. Dans une heure le soleil se coucherait, mais comme cela devenait de plus en plus fréquent dans sa vie, il n'éprouvait aucune impatience. Il songea qu'il s'agissait sans doute une des seules et dernière des qualités qui lui restait de son ancienne vie de marin.

Tout ce qui l'intéressait à ce moment- là, c'était le plaisir de voir arriver le crépuscule, ce cadeau de l'instant fabuleux où le soleil s'approche de la mer argentée, de la baie, du port et dessine un sillon de feu à la surface des flots. Il prit son portable, rechercha dans le menu les coordonnées de Titoan et l'appela.

— Salut Titoan, j'ai des renseignements pour toi.

— Vas-y je t'écoute, répondit celui-ci, anxieux et très attentif, en saisissant son carnet de notes.

— Au préalable, je dois te dire que les fonctionnaires ont une liberté d'expression plus limitée que le reste des citoyens. La liberté d'opinion et d'expression leur est garantie, mais dans les limites du secret professionnel, de la discrétion professionnelle et de l'obligation de réserve. Mais ça tu le sais déjà, non ?

— Oui, bien sûr, tu sais bien que je ne divulgue jamais mes sources.

— Bon, j'ai tes informations, cela va me coûter, sans doute, une série de conseils privés et particuliers sur les futurs résultats des matches de L1, voire de Champion's League mais je crois que cela valait le coup. Donc, l'appartement a été vérifié, contrôlé etc. à priori selon la police rien n'a été volé, le domicile était bien verrouillé lorsqu'ils sont intervenus, rien n'avait été dérangé !

— Tu ne leur as rien dit ? s'inquiéta Coustou.

— Bien sûr que non, cher ami, je sais tenir ma langue, en fait j'ai appelé mon contact, l'adjoint, au motif de l'intérêt que je portais pour cet appartement idéalement situé, et je voulais savoir si à l'occasion de cet homicide les criminels auraient éventuellement commis des dégâts chez la victime. D'après lui, il n'y a pas eu de vol, pas d'effraction, pas de dégâts. Je l'ai questionné subtilement et cela a marché, je ne croyais pas réussir à l'embobiner aussi facilement je vais finir par croire que je suis réellement un sorcier, en fait je suis un sorcier qui s'ignore.

— C'est tout ? Et tu n'as pas d'autres renseignements ?

— J'ai des informations mais je ne suis pas certain que ce soit du nouveau pour toi.

— Est-ce qu'elle a essayé de se défendre ? demanda Titoan.

— Non. Le corps ne comportait ni égratignures, ni bleus, ni marques d'étranglement. Son crâne présentait une lésion due probablement à un coup porté avec un objet contondant. La tache de sang montre qu'elle est morte là où elle est tombée. Elle n'a pas été déplacée.

— Pas d'empreintes digitales ?

— Aucune.

— Des traces de drogue ?

— Non, non, rien à ce niveau-là. Pas d'alcool non plus. C'était une personne âgée, à cet âge on se dope à la camomille plus qu'à la cocaïne. En résumé, l'inspecteur en charge du dossier pense qu'il y a erreur sur la personne ou bien qu'elle ait été tuée pour lui voler son sac, enfin surtout ce que le sac contenait. Puisque l'on a retrouvé le contenant et rien du contenu.

Coustou réprima un soupir d'exaspération.

— Merci beaucoup pour ton aide Flo.

Titoan l'imagina, à l'autre bout du fil, faire un geste de la main, comme pour dire ce n'est pas grand-chose, ou c'est bien naturel entre amis.

— Attention Titoan. Tu es un sentimental. Tu sembles ignorer que les hommes ne sont pas tous faits sur le même modèle que toi, alors sois prudent. Bon, je te laisse, je vais me rentrer chez moi, matelot.

Florentin avait besoin de vivre près de la mer, puisqu'il ne pouvait plus à présent être dedans ni dessus, il lui était difficile de vivre sans son bruit, son odeur, sans les reflets du ciel rouge sombre au crépuscule, des nuages, de la nuit, des gris, des bleus et le bruit des vagues.

Il lui suffisait d'entendre le nom des lieux pour les voir à nouveau : baie de San Francisco, baie de Porto, baie de Naples, baie de Diego Suarez, baie de Phan Nga, baie d'Along, bouches de Kotor, véritables invitations au voyage et au rêve.

Il vivait seul, veuf à présent, ses deux enfants habitaient loin de lui, sa fille travaillait dans une banque en Irlande et son fils expert-comptable dans une grande entreprise à Strasbourg. Il disait souvent : mon fils ne lit pas mes articles et ça me va très bien.

Heureux des précisions obtenues, Coustou nota mentalement qu'il lui faudrait inviter son ami et collègue au restaurant afin de le remercier pour son aide précieuse. Ce serait sans doute l'occasion de déguster une bonne bouteille de Pic Saint-Loup ou un cru des Terrasses du Larzac.

De nos jours, où tout le monde se marche sur les pieds pour tout et n'importe quoi. Être bien élevé, se conduire en gentleman était l'un des traits de caractère de son ami jugea Coustou.

Le salaire que Titoan percevait pour exercer le métier de pigiste ou pour faire le travail de journaliste comme il le disait lui-même, ne lui aurait pas permis de vivre correctement s'il n'avait eu l'opportunité de vendre quelques années auparavant un brevet dont la technologie avait été intégrée dans les smartphones. Les royalties étaient suffisantes pour tenir financièrement une vingtaine d'années. Cette manne lui permettait de loger dans un appartement agréable situé non loin du Centre Historique.

Parvenu chez lui, il mit dans son lecteur CD le premier album de Dire Straits. Il avait appris que le nom du groupe avait deux significations : 'détroits terribles' et 'dans la dèche'. Allusion sans doute à la situation quelque peu précaire des membres du groupe au moment de la création dudit groupe, ou bien, si on voulait donner une justification politique pour ce choix peut être la future révolution conservatrice qui allait être mise en place en Angleterre, sous l'ère Thatcher en 1979.

Musicalement le disque était très bien conçu c'était une éclatante réussite de la part de la bande à Knopfler. Et puis, le style musical l'apaisait et lui permettait de réfléchir en toute quiétude.

Il n'y eut aucun meurtre, ce soir- là. Montpellier dormit de son respectable sommeil de bourgeoise ou d'étudiante surdouée, derrière ses volets bien clos.

Chapitre 9

Au matin il se leva, se doucha et se rasa. Sur l'une de ses stations de radio préférées passait « *Crime of the Century* » de Supertramp. Il prit son petit déjeuner avec une tasse de café.

À 9 heures, il était sorti et se trouvait à nouveau dans la rue, en piste.

Il décida de se rendre à la librairie Le Mont Peylat dans la rue de l'Aiguillerie, tout en observant s'il ne croisait pas un homme en haut-de-forme accompagné d'une sorte de lévrier. La rue de l'Aiguillerie était l'une des rues les plus anciennes de Montpellier, la librairie était gérée par Loïsa, très courageuse, volontaire, consciencieuse, et dynamique elle parvenait à maintenir un espace culturel pertinent dans un mode où l'audiovisuel prenait de plus en plus de place.

Ils se connaissaient depuis l'enfance et les discussions avec Loïsa étaient toujours instructives.

Il pénétra dans la librairie ; il était seul, son amie était sans doute occupée dans l'arrière-boutique à trier les nouvelles livraisons de livres.

Les étagères du magasin accueillaient en général des publications distrayantes, toutes de bonne qualité. Les romans y côtoyaient les manuels pédagogiques. On pouvait choisir entre une méthode d'apprentissage de la peinture et des contes pour enfants. Littérature classique, roman policier, poésie, sciences humaines : psychologie, philosophie, livres d'actualité, ouvrages d'art etc. Les clients venaient ici pour rêver et se faire plaisir. Il y était impossible de ressortir sans un livre sous le bras. Autant refuser le bonheur.

Furetant dans les rayons il saisit un ouvrage de Pablo Neruda et il se mit à lire l'un des poèmes, le répétant autant de fois qu'il l'estimait nécessaire pour mémoriser le texte qu'il trouvait magnifique.

— Qui est l'auteur ? demanda une jeune femme qui était entrée dans la librairie sans qu'il l'ait entendu.

— Excusez- moi, murmura-t-il, surpris, je croyais être seul. Je n'avais pas réalisé que je lisais à voix haute. C'est un poème de Pablo Neruda " *Parmi les étoiles admirées*"

— Je vous en prie, répondit-elle. C'était si beau et vous avez une jolie voix.

Déstabilisé, il esquissa un sourire modeste, mais fut sauvé par le retour de Loïsa qui s'occupa de la femme. Elles se dirigèrent vers le rayon Nature et Jardinage.

Coustou, fit un tour dans le secteur Littérature Etrangère et jeta un œil admiratif aux titres de Kazuo Ishiguro, Elena Ferrante et Jim Harrison.

Dès le départ de sa cliente, Loïsa vint le rejoindre.

— Tu m'as l'air en pleine forme, Loïsa, dit-il en déposant un baiser sur son front.

Son visage au teint mat s'éclaira d'un sourire éclatant, une légère rougeur lui monta aux joues. Ses mèches décolorées mettaient en valeur ses magnifiques yeux verts. Ses joues respiraient la vitalité.

— Toi aussi, Titoan. Tu ne changes pas. Sauf ces quelques fils d'argent sur les côtés de tes cheveux bruns.

Elle ramena une mèche blonde derrière son oreille.

— Je me suis laissé dire que tous les amoureux des belles lettres connaissent cette adresse et qu'il s'agissait d'un véritable temple où l'on voudrait passer ses journées. Tout se passe bien ?

— Très bien, nous avons eu de beaux livres ces derniers mois. Côté francophone d'abord, les maisons d'édition ont misé cette année sur de grosses pointures. Les prix littéraires sont des valeurs sûres, et les éditeurs ont fait la part belle aux auteurs récemment primés. Il y a beaucoup d'auteurs à lire actuellement et certains peuvent impressionner par l'étendue de leur œuvre, avec de jolies découvertes en matière de primo romanciers.

— Tu ne regrettes toujours pas de t'être lancée dans cette aventure ?

— Bien sûr que non, tu sais, cela fait maintenant cinq ans que j'ai repris la librairie de monsieur Ranchin. Quand j'ai appris que cette librairie Mont Peylat était en vente et qu'elle ne trouvait pas de repreneur. Tu te rappelles c'était la librairie que nous fréquentions lorsque nous étions petits, celle des livres de la collection verte, des dictionnaires, des beaux livres d'histoire de géographie, des livres de Jules Verne, de Victor Hugo ? Je me suis dit : c'est cela qu'il faut que je fasse. Et je ne le regrette pas. J'adore toujours autant les livres. J'aime les soupeser entre mes mains, sentir l'odeur de l'encre et du papier. Je rencontre des gens, certains deviennent des habitués, je les vois, je les apprécie, je connais leurs goûts, je peux les conseiller, poursuivait-elle enthousiaste.

— J'en suis convaincu ! affirma-t-il. Tu as réussi à personnaliser ta librairie à faire en sorte qu'elle te ressemble sans pour cela perdre son âme, ce qui en fait un lieu à part, bien particulier de cette rue. Tu aimes les livres comme les marins aiment la mer.

Loïsa rougit sous le compliment, ce qui embarrassa à nouveau Coustou.

— Il n'empêche que certains de mes confrères admettent que les gens sont trop occupés à pianoter sur leur smartphone pour avoir le temps de lire. Il est vrai que certains sont de réels toxicomanes du mobile. Mais, tu venais pour quelque chose de spécial, pour un motif particulier ?

— Non je passais par-là, j'allais rue de la Providence au siège de la permanence de Société Historique Montpelliéraine.

— Tu fais une recherche spécifique ? Tu sais que j'ai de nombreux livres régionaux tu peux te servir si tu as besoin.

— Je te remercie, mais en fait, je vais tenter de découvrir ce qui a motivé la visite de madame Courtines dans les locaux de la S.H.M, lundi soir, la dame âgée qui a été assassinée.

— C'est vrai quel acte horrible, mais je croyais qu'il s'agissait d'un vol, qu'on l'avait tué pour lui voler son sac à main !

— C'est possible, mais je vais faire de mon mieux pour démasquer le ou les coupables.

— Tu vas écrire un nouvel article sur le sujet ?

— Sans doute, sauf si je fais chou blanc, ce qui est le risque... Mais je dois absolument trouver de nouveaux éléments. Il me faut de la matière.

— En fait je me pose la question que faisait-elle au Jardin des Plantes à cette heure-là ? On l'a retrouvé au pied de la statue de Rabelais. Pour rentrer chez elle ce n'était pas le chemin le plus court, elle aurait tenté d'échapper à un poursuivant qu'elle n'aurait pas fait autrement, peut-être en tentant de le perdre dans les allées gravillonnées du Jardin.

— Et la police, elle n'enquête pas ?

— La police est focalisée sur le kidnapping du neveu imbécile du préfet donc elle n'enquête pas plus sur le meurtre. De plus, j'ai lu qu'en France, aucune statistique précise existe sur les crimes non élucidés. Mais on estime que chaque année, sur un millier d'homicides commis, environ quinze pour cent ne sont pas résolus dans un délai décent. Dans le cas de madame Courtines la police locale s'est contentée de sonder en aveugle un peu partout, sans aucun résultat bien sûr.

— La police a ses limites. Même si les policiers sont astucieux, déterminés et volontaires, ils ont des dizaines d'affaires en cours, des effectifs sous dimensionnés, des femmes, des maris, des enfants, des divorces, des maladies, des emprunts à rembourser comme nous tous. La vie et ses emmerdes.

— Je sais cela, mais c'est le cas de nous tous, et je dis seulement qu'en général ils ne font pas le job que l'on attend d'eux, faute sans doute de moyens, d'organisation et surtout parce que les objectifs qu'on leur donne ne correspondent pas à ceux que la population attend. Et le meurtre d'une vieille dame n'est certainement pas classé dans les affaires à résoudre en priorité. Bien que les autorités aient réitéré la promesse illusoire d'arrêter au plus tôt le ou les auteurs de ce crime.

— Mais le criminel n'a laissé aucun indice, aucune trace, peut-être va-t-il recommencer ?

— Il semble admis qu'il s'agisse d'un crime d'opportunité, causé par le vol du sac. Mais, pour ma part, je ne connais pas les réelles motivations, donc je ne saurai m'avancer. Je sens que cette affaire n'est pas aussi simple que ce que l'on veut nous faire croire.

— Quelquefois quand on recherche quelque chose ou des réponses à des questions que l'on se pose, on se découvre soi-même. Et on met le doigt sur des choses dont on n'avait même pas soupçonné l'existence. Prends bien soin de toi, Titoan, dit-elle en déposant un baiser sur sa joue. Tout cela peut devenir dangereux.

— Ne t'inquiète pas, répondit-il, transmets mes amitiés à Armand. Cela fait plusieurs mois que je ne l'ai pas vu. Il est en forme ? Les affaires tournent ?

— Oui il va bien, mais on ne se voit pas assez. Ses affaires l'occupent beaucoup, beaucoup trop.

Armand Nascenta, son mari, était issu d'une famille locale qui avait fait fortune dans le foncier et l'immobilier.

Il était l'un des promoteurs immobiliers et lotisseurs les plus en vue sur la place et faisait partie de la grande bourgeoisie montpelliéraine. C'était un homme qui comptait dans la région et dans la ville plus particulièrement. Il faisait partie d'un club qui regroupait les têtes de pont des principaux réseaux économiques de la ville. C'était un réseau informel. Cependant, les membres se réunissaient tous les mois, et l'entrée restait très sélective : il fallait être coopté et appartenir à un réseau d'envergure nationale.

Se dirigeant de la rue de l'Aiguillerie vers la rue de la Providence et pour cela passant dans les nombreuses ruelles de l'Écusson, Coustou songeait qu'il fallait absolument qu'il poursuive ses recherches, convaincu qu'il était que les forces de l'ordre ne feraient pas leur maximum afin de trouver le meurtrier, appliquant une sorte de loi de l'oubli et du silence qui concernait trop souvent les décès suspects de personnes âgées.

Il passa devant le magasin de son ami l'atelier du Cuir Occitan. Celui-ci était dehors, son béret sur le crâne, assis sur une chaise à côté de la porte d'entrée de son magasin un livre de poésie à la main.

Il le salua d'un signe de la main.

Claudi avait plusieurs passions en dehors du travail du cuir où il excellait.

Il était un artisan dans la plus pure tradition, il privilégiait le travail de qualité sur la quantité. Il faisait de la sellerie, de la maroquinerie il concevait et réalisait des sacs de berger, des sacs à main ou des articles de petite maroquinerie, tels que des portefeuilles, des ceintures.

Lorsque Titoan pénétrait dans son échoppe, au sein de laquelle régnait un désordre très organisé, il laissait l'odeur du cuir l'enivrer. Il se sentait comme emporté vers les plateaux de l'Aubrac et du Larzac.

Autre particularité, Claudi adorait la poésie, on le trouvait toujours un bouquin à la main. Il se définissait comme un amoureux éclectique de la rime. Il appréciait autant les classiques que les contemporains. Il butinait de façon variée là où il trouvait son miel. Il était l'un des descendants du potier poète occitan, de Clermont-l'Hérault, Jean-Antoine Peyrottes.

Il aimait les poèmes de Victor Hugo, Aragon, Prévert, Rimbaud, Du Bellay, Ronsard, Saint Exupéry et ne s'empêchait pas de lire aussi les poètes étrangers, García Lorca, Pablo Neruda, Rainer Maria Rilke, Emily Dickinson, Cesare Pavese.

Claudi Peyrottes était capable de réciter des poèmes entiers ou bien d'en glisser quelques vers lors de conversations. Cette dernière particularité lui attirait de nombreux clients qui n'hésitaient pas à acquérir un article, heureux de pouvoir emporter avec eux un souvenir à partager en plus de l'objet acheté.

Le bruit courait également que quelques jolies clientes avaient eu le bonheur de découvrir de belles strophes glissées dans le sachet ou dans la boite contenant leur achat, au grand dam de l'épouse de Claudi qui était très jalouse.

Parvenu dans les locaux de la petite association, il fut accueilli avec bienveillance par la présidente, madame Virgillis, une grande femme aux cheveux gris et aux yeux bleus perçants, qui malgré l'émotion causée par le malheur décès de son amie, le renseigna sur l'organisation et les objectifs de la Société Historique Montpelliéraine.

— C'est une histoire qui a commencé avec quelques personnes qui ont décidé de sortir du cadre de " l'Histoire officielle de Montpellier". Le but de notre association fondée en 2010 est de faire mieux connaître le Montpellier populaire, son passé, promouvoir et sauvegarder son patrimoine local. L'association travaille à collecter, rassembler et diffuser sous forme de publications les éléments permettant de sauvegarder et valoriser le patrimoine clapasiens ; qu'il soit architectural, culturel, ouvrier, étudiant, sportif… Pour cela nous dépouillons les archives, recherchons toutes photos, livres, articles ou documents qui nous permettront de retracer et faire revivre ce passé local. Actuellement, chacun travaille à la réalisation d'un fascicule, ou d'un petit livre, cela dépendra du nombre de documents, sur " la collaboration à Montpellier et dans les villages proches ". Anne était un peu la coordinatrice de ces recherches, d'autant plus qu'il s'agissait d'une période qu'elle avait connue, même si elle était jeune à l'époque, je ne vous cache pas que sa mort est une grosse perte pour nous aussi bien au niveau historique qu'au niveau humain.

— Je suis désolé de faire votre connaissance dans de telles circonstances et de devoir vous poser ce type de question, mais savez-vous pour quelle raison elle s'est rendue dans vos locaux un lundi soir et non le mardi comme d'habitude ?

— Effectivement, c'est étonnant, cela devait être urgent ou bien il s'agissait d'un point qui devait la tracasser. Elle avait les clés et pouvait venir quand elle le désirait. Mais, je suppose qu'elle est venue consulter des journaux de l'époque ou bien d'autres documents. En fait, nous n'avons pas grand-chose d'original les documents les plus importants sont aux Archives Départementales à Pierres-Vives.

— Quels types de documents ?

— Par exemple, aux Archives Départementales, les fonds de la Préfecture de région de 1941 à 1944, de la préfecture du département, du commissariat de la République. Mais aussi les archives du cabinet du préfet de l'Hérault et également les affaires relevant de la Justice, ainsi que les fonds des juridictions temporaires de la période de guerre en provenance des différents tribunaux du département, versés par la cour d'appel de Montpellier et notamment ceux du tribunal spécial et de la section spéciale de la cour d'appel, juridictions spécifiques à la période d'Occupation. Ici, elle ne pouvait que consulter des documents assez communs, je suppose qu'elle ne se sera déplacée que pour confirmer un point particulier. Elle était ponctuelle, rigoureuse et n'affirmait rien qui ne soit vérifié, recoupé. Mais on l'a agressé pour la voler, son sac, son argent, n'est-ce pas ?

— C'est le mobile supposé de la Police. Toutefois, je recherche toutes les causes et possibilités en commençant par retracer les dernières heures de cette pauvre madame Courtines.

— Si vous désirez savoir ce que recherchait Anne, il est possible que je puisse vous aider... enfin j'ai ma petite idée. Nous avons ici, depuis peu, toute la collection du Petit Méridional, les soixante-sept années. Le 19 mars 1876 Antoine Sereno et Étienne Camoin, impriment le premier numéro du Petit Méridional. Parmi les sympathisants des idées défendues par le Petit Méridional, à savoir essentiellement le républicanisme radical et radical- socialiste, ainsi que l'anticléricalisme, les deux allaient souvent de pair au cours des trente premières années de la troisième République, on trouve la franc- maçonnerie, et, plus particulièrement, le Grand Orient de France, très actif dans l'Hérault à cette époque. Mais, ensuite, la politique de ce journal a changé complètement pendant la période de l'occupation et s'est alignée aveuglément sur les positions du pouvoir pétainiste. Ce qui a été la cause de sa disparition en août 1944, à la libération. Il fut remplacé par La Voix de la Patrie, un journal communiste qui auparavant était un journal clandestin.

— Donc, d'après vous elle est venue consulter un ou des exemplaires du Petit Méridional ?

— J'envisage cette hypothèse car les tiroirs qui contenaient les différentes reliures étaient légèrement ouverts ce matin, toutefois, il ne me semble pas en manquer. Ils étaient dans les tiroirs où nous mettons les journaux ou archives pas encore documentées, répertoriées.

— Vous pensez qu'elle était venue y vérifier ou contrôler quelque chose de spécial, d'important, une archive, ou bien un dossier en particulier ?

— Vous savez, avec Anne, tout devait être vérifié, contrôlé, plutôt deux fois qu'une, alors cela pouvait être une information bénigne comme un point d'importance. D'autre part, je suppose que la période qu'a dû consulter Anne était celle entre 1939 et 1944 et pendant cette époque le quotidien ne comportait que deux pages et il ne faisait que peu de mentions sur les informations locales, donc je m'interroge. Le passé fait disparaître certaines choses, d'où la fascination qu'exerce son mystère.

La visite des locaux n'apporta aucun élément nouveau à Titoan, ceux-ci étaient relativement exigus, l'aménagement était sommaire quelques tables, quelques chaises, un environnement quasi spartiate, il est vrai que les surfaces de cette permanence étaient prêtées par la mairie alors les membres de l'association ne se montraient pas exigeants.

— Pourriez-vous vérifier s'il manque un exemplaire de l'un de ces journaux ? demanda-t-il à la Présidente de l'Association. Si cela est possible bien sûr.

— Nous le ferons et avec plaisir, toutefois je ne peux vous donner un délai comme vous le savez sans doute notre groupe est relativement restreint et même si ce qui est arrivé à notre amie nous touche énormément chacun à ses obligations.

Il lui fit la promesse de la tenir au courant de l'évolution de ses recherches. Titoan avait des cartes de visite sur lui. Madame Virgillis prit celle qu'il lui tendait et la rangea sur son bureau. Il sortit, marchant à pas lent dans la rue baignée par les rayons d'un soleil printanier tout à ses réflexions, et se dirigea vers le Jardin des Plantes là où avait eu lieu le crime.

En atteignant le coin de sa rue, il eut de l'étrange sensation d'être suivi. Il reprit sa marche et regarda discrètement par-dessus son épaule de temps en temps, mais, comme souvent, ne remarqua rien d'anormal.

Chapitre 10

Le Jardin des Plantes était ouvert au public, il s'orienta lentement vers le lieu où avait eu lieu le meurtre, tenant compte des informations que la police lui avait communiqué.

Parvenu dans l'allée des Etudiants, au pied du monument dédié à Rabelais sous un micocoulier. Rabelais fut en 1530 l'un des élèves de l'école de médecine de Montpellier.

Il ne put s'empêcher de sourire en lisant l'inscription "Vivez Joyeux" qui orne le dos du monument.

Ce monument inauguré en novembre 1921, par le Président de la République de l'époque Millerand, est l'œuvre de Jacques Villeneuve, sculpteur né à Bassan en 1865, qui fut l'élève, entre autres, d'Injalbert.

Il fut réalisé en pierre de Sussargues et l'on peut distinguer outre le buste de Rabelais, une allégorie de l'université, un étudiant tenant un verre, un moine, ainsi que des masques représentant Pantagruel et Gargantua.

Ce meurtre, devant un monument dédié à un humaniste amoureux de la vie n'en était que plus tragique. Il fit le tour du monument, observa minutieusement les moindres recoins, revint sur ses pas, tenta de déceler des traces de sang pour se représenter la scène du crime. Mais tout avait été effacé, nettoyé. On meurt pour être aussitôt précipité dans l'oubli par une société où seul l'instant présent compte.

Pendant un moment, mais un court moment seulement, il regretta d'avoir quitté Port- aux- Français, aux Kerguelen, dans la zone des cinquantièmes hurlants où l'être humain reste une exception, sous la seule protection de Notre Dame du Vent. Au creux d'une nature sauvage et majestueuse balayée par les vents de plus de deux cent kilomètre heures, où les manchots, otaries et les éléphants de mer sont les maîtres des lieux.

Songeur, il fut surpris par les salutations que lui adressa l'homme en haut-de- forme noir.

Il reconnut le dénommé Robert grâce à la description d'Hilario, son interlocuteur engagea la conversation.

— Il paraît que vous me cherchez ?
— Oui, je suis journaliste et je tente d'avoir toutes les informations possibles sur la mort de madame Courtines. Don Pacho m'a suggéré que vous me seriez d'une grande aide.
— Je suis au courant, c'est notre Carlos Gardel local qui m'a averti que vous aviez besoin de mes services, en m'expliquant que vous vous baladiez dans le secteur et il m'a décrit votre besace, laquelle, au passage et si vous le permettez, je trouve magnifique.

Titoan sourit sous le compliment.

— En effet, vous n'êtes pas la première personne à me le dire. Il s'agit de l'une de mes acquisitions auprès de mon ami Claudi aux Cuir Occitan, sa forme remonte au XVIIème siècle. Mais ce sac est encore utilisé de nos jours par les bergers transhumants du sud de la France. C'est un mariage de cuir souple et de cuir épais, aux coutures invisibles. Il est solide, et pratique.
— Il y a encore des artistes dans notre pays.

Robert était un homme âgé d'une quarantaine d'années. Il était assez athlétique avec son mètre soixante-dix-huit environ, ses quatre-vingt-dix kilos, ses cheveux étaient bruns. Il avait des yeux verts très vifs qui reflétaient sa sincérité.

— J'ai laissé mon chien à un pote, les cerbères du Jardin ne veulent pas me laisser entrer avec Ercule mon lévrier écossais. En plus, ils me traitent comme un SDF, mais attention monsieur, je ne suis pas un SDF ! Je suis un clochard, dit-il en haussant le ton, inquiétant quelque peu les promeneurs alentour. Je suis un clochard libre, et la liberté, c'est de faire ce que l'on veut. Y compris d'aller en prison quand on en a envie, comme l'affirme Gabin dans Archimède le clochard. Moi, je suis un clochard anarchiste ! Et en plus cet alcoolique de gardien persiste à m'appeler Bob Je ne m'appelle pas Bob, mais Robert, j'interdis que l'on m'appelle Bob, c'est un cas de casus Belli ! lança-t-il avec véhémence.

Coustou n'arrivait pas à savoir si c'était une menace ou une plaisanterie, mais il avait la vague intuition que quelqu'un qui l'avait appelé Bob quand il ne fallait pas était enterré quelque part.

— Robert, calmez-vous un peu, je ne mets pas en doute votre indépendance, ni votre intégrité. Vous savez pourquoi je souhaitais vous rencontrer, je sais que c'est vous qui avez découvert le corps de cette pauvre vieille dame. Pouvez-vous m'aider à y voir plus clair ?

— Excusez-moi, je m'emporte, je m'emporte, vous n'y êtes pour rien. Mais bon, faut que ça sorte. Je ne suis pas un mauvais bougre. Mais ça me gonfle, l'autre là-bas, le gardien me dit sans cesse que je suis un SDF, je répète je suis un clochard c'est différent. De nos jours, on met tout le monde dans des cases, on crée des sigles, pire on appelle plus les choses de leur vrai nom, maintenant on dénomme les aveugles non- voyants, les sourds non-entendants, et pourquoi pas les Noirs, les asiatiques, des non-Blancs ?

Le temps qu'il reprenne son souffle après cette véhémente diatribe, Coustou acquiesça et reprit son questionnement.

— Qu'avez-vous vu ? Robert, que pouvez-vous me dire que vous n'avez pas avoué à la Police ? Cela restera entre-nous vous avez ma parole.

— Est-ce que je peux vous faire confiance ? demanda l'émule de Jean Gabin.

— Bien sûr, confirma Coustou, se demandant si une personne censée répondrait non à une question pareille. Je suis un ami de Don Pacho, et il m'a recommandé, non ?

— Ok, ok, c'est moi qui ai découvert le corps. Je croyais au début qu'elle cuvait après boire, mais je dois vous avouer que dans la main de la petite dame, il y avait un joli stylo, et comme il était joli, je le lui ai pris, mais c'est tout, je vous le jure, parole d'homme, je ne l'ai pas confié aux flics car ils auraient cru que j'avais volé le reste, le sac et à savoir quoi d'autre. Dans la rue les gens peuvent vous agresser pour une paire de chaussures, un manteau, mais je ne suis pas comme ça, je ne suis pas comme eux, je suis un clochard honnête. Même si quand on est à la rue on connaît jusqu'à la valeur d'un grand carton en bon état et d'une couverture chaude. Et je peux vous dire aussi que tous les gars que je connais, aucun ne s'attaquerait à une vieille !

— Et, quand vous avez trouvé Anne étendue à terre, avez-vous remarqué quelque chose de particulier, avez-vous entendu des pas de quelqu'un qui s'éloignait par exemple ?

— Je n'ai rien vu ou entendu de particulier, non j'ai rien remarqué de spécial. Mais quand je me suis rendu compte qu'elle était morte j'ai plutôt évité de regarder, faut dire que je n'étais pas tout à fait dans mon état normal à vrai dire.......et avec la gueule de bois que j'avais, je me suis mis à vomir. Faudrait peut-être que j'écoute les copains qui me disent que si je continue à boire autant, je mourrai avant la fin de ma vie.

— Pouvez-vous me montrer ce stylo s'il vous plait Robert ?

— Oui, et d'ailleurs je vous le donne, j'ai le sentiment qu'il va me porter malheur.

Le stylo-feutre à encre noire que Robert donna à Coustou était tout à fait classique, seul son aspect argenté avait pu ou dû attirer la convoitise du clochard.

— Bien. Je vous remercie de votre confiance Robert, mais êtes-vous certain que le stylo était dans la main de la victime ?

— Oui, sûr et certain, croix de bois, croix de fer, si je mens je vais en enfer comme je disais quand j'étais petiot. Quoique l'enfer il est plutôt là, dans la rue, alors l'autre s'il existe...si j'y vais, ce dont je doute, j'aurai déjà fait mes classes ici sur terre, une sorte d'entraînement préparatoire.

Titoan plongea ses doigts au fond de sa poche pour en ressortir un billet de dix euros qu'il mit discrètement dans la main du sans-abri.

Avant qu'il ne parte Coustou lui lança :

— Robert ! Merci d'informer vos amis que je recherche toute information sur ce crime, cela restera confidentiel mais bénévole si vous voyez ce que je veux dire.

— OK ça roule, mais veillez au grain !

Sur ce, le clochard tourna les talons et sortit du Jardins des Plantes en chantant :

It was the third of September

That day I'll always remember, yes I will

Drôle de personnage, qui était par moments incapable de se contrôler et qui à ses moments pouvait être charmant, agréable et même capable de chanter Papa was a Rollin' Stone comme un membre des Temptations. Un homme qui malgré une certaine culture et contre toute attente, faisait désormais partie de cette cohorte de déracinés, condamnée à errer au long des rues et des boulevards.

Titoan prit le temps de flâner, de redécouvrir ce Jardin des Plantes qu'il connaissait pourtant depuis qu'il était enfant, marchant dans les allées où l'on pouvait découvrir différents paysages : jardin à la française, bambouseraie, jardin paysager à l'anglaise du second Empire, petit étang, ou bien carrés de simples espace méditerranéen ... Il y avait ici plus de deux mille espèces végétales qui se partageaient un espace de plus de quatre hectares relativement protégés de la pollution urbaine. Il comprenait de nombreuses plantes méditerranéennes, médicinales, tropicales, collection d'orchidées, de pivoines, de roses, de fougères, de légumes anciens et cactées, mais aussi d'arbres exceptionnels tels que le sophora du Père David, ou l'arbre aux quarante écus, le cèdre de l'Hymalaya, le platane d'Orient, l'érable à sucre.

Ce jardin botanique lui semblait un havre de paix et de calme au sein d'un monde ultra-urbanisé, un monde de bruit et de fureur, mais un lieu où un crime avait été commis.

Cet acte inadmissible ne devrait demeurer impuni.

Il s'interrogeait sur le fait que la victime tenait un stylo dans sa main, il était maintenant certain que le ou les agresseurs s'étaient emparés du sac à main et de son contenu, donc d'éventuelles notes que Anne avait pu inscrire sur un bloc-notes ou un carnet. Il supposait aussi que les clés avaient été subtilisées et qu'ainsi l'ordinateur de la victime avait été volé. Devait-il en informer la police ?

Tandis qu'il marchait dans la rue une sourde inquiétude envahissait Titoan. La sensation de ne pas avancer dans ses recherches le replongeait dans ce sentiment qui lui était si familier, cet abattement, cette monotone lassitude qui lui donnait envie de s'avouer vaincu, d'arrêter là, comme le détective privé solitaire et désabusé dont il lisait régulièrement les aventures dans les livres qu'il empruntait à la bibliothèque municipale de la ville.

Le journaliste se rappela qu'il devait un repas à son ami Florentin, le Bruèis, comme on le surnommait. Ils convinrent le soir de se retrouver pour aller manger dans un petit restaurant choisi par son ami où il lui ferait découvrir une pizza comme il n'en avait dégusté, rue du Pyla Saint Gély, cette rue charmante où les bonnes adresses se succédaient.

Chapitre 11

Dans le passé cette rue était l'une des rues les plus importantes de la ville, car elle permettait l'accès à la cité, une porte y donnait accès, on l'appelait la porte du Pila Saint Gély, c'était un élément de l'enceinte fortifiée, l'une des vingt-cinq tours qui protégeait la ville de Montpellier au treizième siècle, une partie de la Commune Clôture.

La légende disait également que c'était en haut de cette rue, que Saint-Roch, natif de cette ville, pèlerin épuisé, assis sur un banc, fut arrêté à son retour de Rome, soupçonné d'être un espion, il fut mis au cachot pendant cinq ans et il y mourut le 16 août 1379. Cela s'appelle être prophète en son pays disait fréquemment Florentin.

Ils se retrouvèrent devant le journal et se dirigèrent tranquillement vers la rue du Pyla Saint Gély qui était peu éloignée.

Lorsqu' à deux rues de leur destination, Florentin remarqua un vieil homme qui distribuait des prospectus faisant la promotion d'un nouveau restaurant à Montpellier à grand renforts de superlatifs.

Sur le recto du dépliant figurait une photo du chef cuisinier avec en titre "Le dieu vivant de la gastronomie française vient vous régaler à Montpellier ". La phrase était reproduite sur une affiche fixée sur un chevalet juste à côté.

Au même moment, un véhicule pila net, se moquant de la circulation heureusement fluide à ce moment.

Un individu assez athlétique et chauve sortit de la voiture, sauta sur le trottoir et se mit à donner de grand-coups de pied dans l'affiche, prit les prospectus et les jeta à terre sous le regard surpris du vieil homme qui hurla, appela à l'aide, invectivant son agresseur.

Ce dernier réagit en pointant un doigt menaçant dans la direction du vieillard :

"Écoute vieux, tu devrais avoir honte de distribuer des conneries pareilles, cet âne n'a jamais été et ne sera jamais un dieu de quoi que ce soit, tout ce qu'il fait c'est de flatter l'ego des journaleux et leur offrir des repas".

Puis il remonta dans sa voiture, démarra nerveusement et partit dans un crissement de pneus, sous les yeux ébahis des quelques badauds qui avaient assisté à la scène.

Encore interloqués mais amusés par cet incident, ils se retrouvèrent devant la pizzeria la Fiorentina. La devanture ne payait pas de mine. Un décor typique aux couleurs de l'Italie : un poster d'Il Ponte Vecchio en toile de fond, des photos ci et là représentant un coucher de soleil sur le fleuve Arno à Florence, la Tour de Pise illuminée et un autre poster de l'équipe du calcio de la Fiorentina, des tables dressées de nappes à carreaux rouges et blancs.

Coustou comprit rapidement que le Bruèis avait trouvé ici un ensemble de valeurs qui lui étaient chères, outre son goût immodéré de la pizza, il avait trouvé un patron fanatique de la Fiorentina, le club de football de Florence, avec qui il échangeait évidemment de longs propos footballistiques

Ils furent accueillis chaleureusement par Marco qui faisait également fonction de cuisinier, Florentin, présenta Coustou, en insistant un peu trop au goût de ce dernier sur ses nombreuses qualités intellectuelles, professionnelles et humaines.

Marco dont la générosité de son tour de taille trahissait son hédonisme, se livra à une sympathique démonstration gestuelle sur les qualités de ses pizzas. Il y avait une multitude de produits frais indispensables à l'élaboration d'une pizza réussie. Il se les procurait exclusivement sur les marchés locaux pour créer ses fabuleuses pizzas. La farine, de belles tomates, de l'huile d'olive, de la roquette, de l'ail, des poivrons rouges, des anchois de Sète ou de Collioure Et en provenance d'Italie de la mozzarella de buffala, du Gorgonzola, du jambon de Parme, ainsi que d'autres fameux et mystérieux ingrédients, dont il taisait le nom car il s'agissait de protéger sa façon unique des risques de duplications, l'ensemble cuit dans son four à bois.

Dès le début du repas, Coustou rappela à son ami que celui-ci était son invité. Ils commandèrent deux pizzas napolitaines.

La conversation s'engagea sur le football, l'Italie évidemment où Florentin avait passé quelques mois dans une vie antérieure comme il aimait appeler cette période. Il lui indiqua aussi, que jusqu'en 1882 et l'apparition de la barre transversale en compétition, il suffisait de taper entre les deux poteaux pour que le but soit comptabilisé.

Marco vint personnellement leur apporter leur plat en leur précisant qu'il s'agissait de vraies pizzas napolitaines et que celle-ci nécessite une cuisson dans un four à bois à coupole basse et au registre étroit afin de conserver une température autour de 400 degrés. Il se permettait donc de leur offrir une bouteille de vin spécialement pour eux, un vin dont il leur raconterait l'histoire à la fin du repas.

Marco s'appliquait à parler un français impeccable, il le faisait avec un léger accent italien qu'il ne parvenait pas à gommer malgré beaucoup de bonne volonté et d'application. D'ailleurs, il leur révéla que d'après une étude de l'application d'apprentissages des langues, rendue publique dernièrement, l'accent français a été réélu « accent le plus sexy du monde », juste devant l'espagnol et l'italien. Mais il était fier de son pays vantant le côté Dolce Vita et sa douceur de vivre.

Ils échangèrent leurs points de vue sur différents joueurs de la Fiorentina bien sûr mais également de Montpellier et d'autres clubs. Ils tombèrent ensemble d'accord pour constater que le football moderne faisait appel de plus en plus à la puissance et au combat physique qu'à la technique.

Florentin fit remarquer à ses interlocuteurs qu'aujourd'hui un as du ballon rond devait être un savant mélange, d'intelligence, de technique, de mental et de physique. Mais hélas la plupart des joueurs évoluant en France ne proposaient que la dernière partie de ces qualités.

La musique d'ambiance de la pizzeria comprenait de nombreuses chansons italiennes et tout en dégustant leur excellente pizza, Coustou exposa à son ami les différents points de son enquête en insistant sur les obstacles qu'il rencontrait.

Florentin avait un esprit de synthèse qui lui permettait souvent de venir en aide à ses différents collègues, lorsqu'il s'agissait de résumer une idée, en cela et en bien d'autres choses, il était précieux et très apprécié dans leur petite équipe. Titoan fit un rapide résumé des informations glanées dans sa journée.

— Bien. Donc, tu en conclues qu'elle a été tuée avec préméditation, ce n'était pas pour seulement pour lui prendre son sac, le but était de pénétrer dans son appartement pour voler son ordinateur et la faire taire à jamais par-dessus le marché. Plus de 80 % des homicides à travers le monde sont commis au sein de la cellule familiale et là ce n'est pas le cas. D'autre part, si elle s'est déplacée à l'association afin de consulter le Petit Méridional ce n'était pas sans raison. Tu devrais éplucher ces anciens numéros, période seconde guerre et à mon avis tu devrais te pencher spécifiquement sur la période de l'occupation à Montpellier et ses alentours.

— Je suis d'accord avec tes déductions, mais je ne m'explique toujours pas le stylo dans la main.... Cela viendra sans doute.

— N'oublie pas qu'ici, la période de l'occupation est encore très sensible pour les vieux montpelliérains, car il en reste crois-moi, même si leur nombre diminue d'année en année. Cela reste encore une période très traumatisante. Car il ne faut pas confondre silence et oubli, surtout, surtout dans notre région ! s'exclama Florentin en remontant du majeur ses lunettes sur son nez.

— Il est vrai que les vrais montpelliérains, comme on les appelle, ne représentent plus que vingt pour cent de la population. Alors, les personnes intéressées ou concernées par les événements de la seconde guerre ne doivent pas être très nombreuses, confirma Coustou.

— Tu as sans aucun doute raison lui, répondit son collègue, mais je ne vois pas d'autre explication en fonction des informations que tu m'as donné.

C'est le moment que choisit Marco pour prendre une chaise et se joindre à eux.

— Alors, vous en dites quoi de ce petit vin ?
— Il est bon il a des arômes de fruits rouges, d'épices et de réglisses, proposa, Florentin, impressions gustatives approuvées par Coustou.

— Ce vin a une histoire leur expliqua Marco avec son inimitable accent. C'est un parent à moi qui le produit dans un petit village de Toscane d'un village entre Pise, Florence et Livourne ou son grand-père faisait déjà du vin.

À son décès la famille a fermé la cave mais a gardé la grange. Mon cousin a donc retapé cette grange, il a acheté tout le matériel et il produit du vin qui n'est donc pas mal du tout.

— Oui, effectivement, il est bon et c'est tout ? le questionna Coustou.

— Pas tout à fait, vous savez en Italie, on est très mystiques : la vie, la mort sont des grands mystères, la tradition, la religion tout cela est lié, répondit-il, sous les regards interrogatifs et intéressés de ses deux interlocuteurs. Sa vigne est située sous le cimetière, on le surnomme le vin des morts.

— Mais dans ce vin il y a des particules humaines forcément ! s'exclama Coustou sous le regard hilare de son ami.

— Si ! on se nourrit des vieux villageois, c'est pour cela qu'il est un peu particulier. Et je dois même vous confier, poursuivit-il à voix basse, que dans le cimetière vient d'être enterré un membre de la mafia, si sanguinaire que même les siciliens lui ont refusé une sépulture. Il avait été l'un des tueurs les plus cruels et féroces dans l'histoire de la mafia sicilienne. Ce tueur et tortionnaire avait avoué plus de 150 meurtres, il était aussi considéré comme un tueur de femmes et d'enfants. Il avait kidnappé, séquestré et étranglé de ses propres mains avant de le dissoudre dans l'acide, un jeune garçon de 13 ans dont la seule faute était d'être simplement le fils d'un repenti. Il était astucieux et diabolique. Il ne reste plus qu'à espérer que les vices de cet homme ne se transmettent pas dans les prochaines récoltes. D'ailleurs, je crois que je ne vais plus proposer ce vin, rajouta Marco l'air chagriné.

Les deux amis éclatèrent de rire sous l'œil médusé des autres clients de la pizzeria.

Au même moment, à une autre table où un couple était installé une femme s'esclaffa. Elle possédait une sorte de rire obscène, un de ces rires d'habitués des soirées alcoolisées, un rire de Vodka Martini et de trente cigarettes par jour, qui résonnait entre les murs de la pizzeria. L'homme chauve qui l'accompagnait par contre ne riait pas, prototype du rabat-joie il avait les yeux éteints, un visage fermé, marqué par une cicatrice rouge sur la joue et semblait peu apprécier l'exubérance de sa compagne.

En partant, les deux amis saluèrent leur hôte alors que résonnait dans sa pizzeria une chanson de Paolo Conte : *Via, via, vieni via di qui, Niente più ti lega a questi luoghi,*

Florentin lui glissa :

— J'aime ces chansons elles m'entrainent vers des songeries nostalgiques, sur un passé qui n'est plus et qui n'a peut-être jamais existé. C'était une très belle soirée, bien sympathique.

Coustou hocha la tête et accompagna son ami jusqu'à sa voiture garée non loin.

Ce dernier lui prodigua un dernier conseil.

— Crois-en mon expérience, il faut que tu évites de t'investir émotionnellement dans cette enquête, tu seras plus efficace. Mais, il est temps que je rentre, c'est le moment d'écouter de la musique, de fumer un bon cigare, de boire un bon whisky et de cesser de penser à des choses irrémédiables.

Il mit le contact, prit une cassette qu'il enclencha dans son radiocassette, qu'il avait installé lui-même, non sans difficulté.

Coustou ne fut pas surpris d'entendre la mélodie d'un vieux Dylan, " blowin' in the wind" résonner dans l'habitacle de sa vieille 4 Chevaux verte.

La musique et les paroles de Bob Dylan lui tiendraient compagnie jusqu'à son appartement de Palavas. Coustou souhaita secrètement qu'il ne fasse l'objet d'aucun contrôle d'alcoolémie sur son trajet et qu'il ne prenne aucun risque.

Chapitre 12

Marchant tranquillement, il profitait de cette fin de soirée printanière, son pas léger, raisonnant peu dans les ruelles qui l'amenaient jusque chez lui.

Accompagné sur son trajet par la musique qui se répandait des bars, l'esprit quelque peu troublé par les quelques verres de vin partagé avec son ami il ne parvenait pas à fixer ses idées. Il croisa quelques sympathiques étudiants déguisés et légèrement éméchés, l'un d'eux était grimé en clown maléfique.

Titoan frissonna face à cette vision macabre, car les clowns peuvent facilement terroriser des adultes aussi.

À l'angle d'une ruelle, il passa devant un bar dont l'intérieur était éclairé intensément, dans l'obscurité de la chaussée privée de réverbères.

L'établissement possédait de grandes vitres à travers lesquelles Titoan put observer les clients.

Il y avait quatre personnes : deux clients, une cliente, et un barman derrière le comptoir.

Les hommes portaient costumes sombres et élimés, la femme était rousse et habillée d'une robe d'un rouge vif. Le garçon blond derrière le comptoir était occupé à laver des verres.

L'atmosphère semblait tendue, dramatique et figée. Peut-être parce qu'aucun son ou aucune musique n'était perçu de l'extérieur. L'un des hommes était de dos et buvait, seul. Le couple, dont l'homme et la femme habillée en rouge se touchaient presque la main mais ne se parlaient pas, ils étaient assis accoudés au comptoir. Le compagnon de la femme semblait indifférent ; il ne la regardait pas. Il ne regardait rien, ses yeux semblaient perdus dans de sinistres pensées, son visage émacié, ses lèvres serrées, son nez busqué lui donnaient l'air d'un oiseau de nuit.

La rousse flamboyante assise à ses côtés et qui frôlait sa main était aussi accoudée au comptoir et perdue dans la contemplation d'un objet qu'elle tenait du bout des doigts tout près de son visage : une pochette d'allumettes empruntée sans doute dans un autre bistrot.

L'homme qui tournait le dos possédait trois anneaux d'or dans son lobe gauche. Le droit était aussi nu et lisse que son crâne rasé.

La rue était complètement déserte, seule la lumière pesante du commerce apportait de la lumière dans ce secteur où les lampadaires ne fonctionnaient plus.

Il marchait rapidement à présent, puis, tournant dans une nouvelle rue, il passa devant un autre bar dont l'enseigne lumineuse crachotait dans la vitrine, dehors un grand gaillard, la barbe rousse en bataille, le portable collé à l'oreille, fumait une cigarette sur le trottoir. Ce soir-là, la sono du bistrot dernier déversait dans la rue à plein volume la chanson de U2 "Bloody Sunday", inspirée du drame qui s'est passé en Irlande, où des manifestants pacifiques s'étaient fait tirer dessus par l'armée britannique en Janvier 1972.

Il eut à nouveau la brusque certitude d'être épié, se retournant vivement, scrutant l'obscurité à travers la lumière blafarde des lampadaires, ne constatant aucun motif qui pouvait l'inquiéter, cette sensation était illusoire et il se reprocha ce trouble de l'anxiété.

Ce coup de stress eut le mérite de lui remettre les idées en place et de faire cesser immédiatement sa légère ébriété.

Sa conversation avec son ami Florentin lui avait permis de faire le point de ses recherches et il s'était décidé, à retourner à la Société Historique au Jardins des Plantes, ainsi qu'à effectuer une nouvelle inspection de l'appartement de madame Lecloitre, tout était à refaire, songea-t-il. Mais il ne lâcherait rien.

Il scruta le ciel, au sud celui-ci était rempli de lumières étranges. L'orage était proche. Arrivé chez lui, il se plongea sur Internet à la recherche de compléments d'information sur la victime, mais il n'apprit pas grand-chose, qui puisse lui être utile immédiatement. Il semblait que Anne était issue d'une vieille famille Montpelliéraine sans histoire, et les familles sans histoire ne laissent que peu de traces sur Internet ou ailleurs. Il jeta un œil autour de lui. Son appartement était décoré, dans un contraste de noirs et de blancs, et lui ressemblait.

Les murs étaient peints en laque blanche. Il l'avait arrangé du mieux qu'il avait pu. Dans le salon il y avait un grand pan de mur où il avait accroché quelques- unes de ses meilleures photographies des Iles Kerguelen, notamment l'Arche de Kerguelen au nord- ouest de l'archipel.

Face à ce mur, en plein centre, était suspendu le masque tlingit de chamane représentant la Lune que lui avait offert son ami Florentin. Celui-ci l'avait ramené d'Amérique du Nord lors de l'une de ses traversées dans une vie antérieure comme il disait.

Il lui avait expliqué que certains masques étaient portés par les chamanes pour célébrer les ancêtres lors des « potlaches » c'était une fête religieuse qui se déroulait pendant les mois d'hivers.

Lorsqu'il le lui avait donné il lui avait glissé presque à voix basse.

Savoir écouter. Savoir écouter est sans doute la qualité essentielle du chamane. Et toi tu sais écouter et ressentir. Le chamane est celui qui sait soulever le voile, aller voir de l'autre côté".

Cela étant, il reconnut que la décoration intérieure de son logement aurait bien besoin d'une petite touche féminine, malgré le fait que l'appartement soit toujours propre et bien rangé.

Le plus souvent il passait des nuits entières sans rêve mais cette nuit-là ce fut différent.

Au milieu de son sommeil, le fracas du tonnerre ne le réveilla pas totalement. Du moins il avait le sentiment de n'être pas tout à fait réveillé. Dans son rêve, il était dans une Citroën, une traction avant noire, il était à l'arrière encadré par deux hommes, les prototypes de gestapistes ou de miliciens. La voiture arrivait dans la cour d'une villa éclairée par une lumière blafarde ou après avoir passé le portail, des chiens aboyaient, il voyait son visage blême, tel un spectateur immobile et muet, se retourner par la vitre arrière de la voiture le regard terrifié, le portail se fermait, à ce moment apparaissait le nom de la Villa des Rosiers gravé sur une plaque. Il se réveilla en sueur, étourdit par ce cauchemar qu'il n'avait plus fait depuis des mois et dont il ne connaissait pas l'origine.

Florentin, qui avait beaucoup voyagé, lui avait dit un jour que les rêves avaient quelquefois plus de sens que la réalité.

Le lendemain, il se rendit à la Société Historique, et fut accueilli avec autant de bienveillance que lors de sa précédente visite.

Dans le petit local, une autre personne était présente, une femme absorbée par ce qu'elle tapait sur le clavier de son ordinateur.

Ils se présentèrent, elle s'appelait Aliénor. Sympathique, la quarantaine, elle avait les cheveux bruns légèrement bouclés, de jolies fossettes aux joues, des yeux marrons qui pétillaient de vivacité et un sourire qui illuminait son visage.

Elle lui expliqua, qu'elle était membre de l'association depuis quelques mois et que sa contribution actuelle était de saisir informatiquement, la liste des journaux, chronologiquement avec une description des sujets des pages principales. Elle n'en était qu'au début de ce travail qui lui paraissait conséquent.

Effectivement, il avait pu constater que sur sa gauche étaient empilés de nombreux magazines. Étonnée, sans doute, par la perplexité qu'elle vit sur son visage elle lui posa la question :

— Le volume de journaux paraît très important, n'est-ce pas ?
— Votre travail est loin d'être terminé, répondit Coustou. J'admire votre courage et votre persévérance.

Elle esquissa un sourire modeste. Il put remarquer alors qu'il y avait quelque chose d'extrêmement vif et d'éveillé dans son regard, quelque chose de très subtil qui disparaissait rapidement et réapparaissait de nouveau.

— D'autant plus que l'une des originalités de la presse de l'Hérault est la permanence d'un grand quotidien d'opposition catholique et monarchiste durant toute la Troisième République : L'Éclair et que du côté républicain, on lit dans l'Hérault : Le Petit Méridional. Mais, ici il ne s'agit que de classer les exemplaires du Petit Méridional.

Elle lui avoua que c'était pour elle un vrai plaisir de parcourir de vieux quotidiens d'informations, d'entendre le froissement et de sentir l'odeur du papier, d'essayer de ressentir les sentiments des lecteurs, des gens vivant à cette époque difficile, si éloignée mais aussi proche dans le temps.

— Il s'agit d'une collection de journaux acquise par l'intermédiaire de cette pauvre madame Courtines il y a quelques semaines. Elle a sauvé du pilon et de la moisissure cet ensemble de journaux qui concerne le Petit Méridional de 1939 à 1944. Ils étaient stockés chez un brocanteur, certainement dans un endroit pas très adapté, car il subsiste de nombreuses traces d'humidité. Avant de les classer, il me faut les répertorier dans une base de données. Évidemment, je ne peux mentionner tous les articles par date, mais je vais y indiquer les plus importants, les titres majeurs, les articles caractéristiques de la période, sans omettre les faits locaux, du moins importants pour notre région. Autrefois, on prenait son temps, maintenant il faut que tout aille si vite. Mais ici, je ne suis pas pressée par le temps.

— Sauriez-vous auprès de qui elle en a fait l'acquisition ?

— Je ne sais pas, je crois qu'il s'agit d'un brocanteur ou bien d'un collectionneur local, mais je n'en sais pas plus. Madame Virgillis le sait sans doute. À mon tour de vous faire part de mon admiration sur votre travail d'enquêtes.

— Hélas, réagit Coustou, je n'ai obtenu que peu de résultats actuellement, il est vrai qu'en général la plupart des meurtres sont commis par des personnes appartenant à l'entourage des victimes et ici, cela n'est sans doute pas le cas. Donc le spectre est plus large et il me faudra sans doute beaucoup de patience. L'un de mes collègues me répète régulièrement qu'un bon journaliste d'investigation doit avoir l'esprit vif, le regard aiguisé et user systématiquement de l'art subtil de la patience.

Puis, son attention fut attirée par l'un des exemplaires qui était placé sur le haut de la pile de journaux en cours de saisie par Aliénor.

Il se saisit du premier journal. Une grande partie de la première page de l'exemplaire du vendredi 17 décembre 1943 du Petit Méridional concernait l'accident de tramway qui s'était produit la veille ". Une catastrophe à Montpellier. Privé de ses freins, un tramway dévale le boulevard Henry IV et se renverse contre un mur, sept passagers tués et dix-sept personnes sérieusement blessées dont le général

Guyomar". Le journal du lendemain relayait l'information en page deux, dernière page du quotidien.

Coustou lut l'article qui n'était plus qu'un entrefilet d'une demi- colonne et contigu à celui sur deux colonnes, concernant les obsèques d'un éminent professeur honoraire de la Faculté de médecine de Montpellier décédé à quatre-vingt-douze ans. Aucune nouvelle information sur ce sujet dans le Petit Méridional du 20 décembre.

Il prit un autre exemplaire, il datait du mois de juin 1943. Un article mentionnait une opération policière dans un petit appartement au 9 rue Nozeran où un jeune activiste notoire, défini comme responsable local de la « propagande antinationale » avait été arrêté grâce à l'action courageuse d'une patriote convaincue.

La lecture des autres chroniques collaborationnistes des trois exemplaires lui donna la nausée. Il savait qu'il devait prendre plus de recul avec cette période mais son histoire familiale lui revenait régulièrement au visage dès qu'il s'agissait d'événements concernant la Seconde guerre mondiale.

Coustou se leva et alla à la fenêtre pour se laisser un moment de réflexion et ne pas troubler plus encore Aliénor dans son activité. Il se passa machinalement l'ongle du pouce sur les lèvres.

Aliénor observait Coustou à la dérobée, elle remarqua son trouble mais avant qu'il ne lève la tête elle se remit sur sa tâche.

Il sortit son calepin du sac de berger qui l'accompagnait partout, et à partir des articles qu'il avait lus, il prit des notes de manières assez exhaustives, avec ses propres commentaires d'accompagnement et quelques observations complémentaires.

Interrogé par Aliénor sur le fait qu'il utilisait encore du papier, afin de reporter les renseignements qu'il trouvait utiles, à l'ère du tout informatique. Coustou lui assura qu'il avait été à plusieurs reprises gêné par des pertes d'informations et il ne voulait plus courir de risques, si minimes soient-ils, de destruction ou de disparition de ces précieux renseignements, lors de l'utilisation systématique des outils informatiques. Il lui avoua également qu'il était de ceux qui croyaient qu'à l'époque de l'ordinateur, écrire au stylo, sur du papier, était devenu un rare plaisir délectable.

Aussi, le soir il relisait attentivement ses notes, il les réorganisait, les complétait et les mettait en forme sur son ordinateur, chez lui. Il reconnaissait que cela ne faisait pas très moderne mais cette façon de travailler lui paraissait plus efficace, pour lui.

— Après, chacun sa méthode, conclut-il.
— On dit que l'histoire est écrite par les vainqueurs, souligna Aliénor levant la tête.
— Sans aucun doute, les morts ne parlent pas, Aliénor. C'est ceux qui restent en vie qui écrivent l'histoire.
— Pour ma part, je pense que l'histoire est avant tout celle des gens, celle du quotidien, des anecdotes journalières, savoir comment vivaient nos grands-parents, nos ancêtres, m'a toujours fasciné. Connaître leurs difficultés, par exemple. J'ai des lointains cousins cajuns et j'ai appris dernièrement que de 1910 à 1969, le gouvernement américain interdisait de parler français aux Cajuns, descendants d'Acadiens, la pratique du français était interdite. Mais, c'est horrible !
— Je suis entièrement d'accord avec vous.

Il sortit une carte de visite qu'il tendit à Aliénor. Son nom y figurait, avec toutes ses coordonnées, téléphone mobile, adresse mail.

— Merci pour votre aide, dit-il, en serrant sa main douce et menue. Ces informations me seront d'une grande utilité.
— Je l'espère. Bonne chance. Tenez-moi au courant.

Aliénor sourit une nouvelle fois à Titoan, il eut envie qu'elle sourît encore une fois. Elle marqua un nouveau temps d'arrêt et il vit une lueur inattendue danser dans son regard.

Puis il posa les journaux, à l'endroit d'où il les avait pris, toujours absorbé et pensif, Coustou se dirigea vers madame Virgillis.

— Madame Virgillis, pourriez-vous me dire auprès de qui madame Courtines s'était procuré le lot des journaux de Petit Méridional, s'il vous plaît ?

Celle-ci lui répondit aimablement qu'il s'agissait de Marcel Panjat, elle pensait qu'il officiait régulièrement sur les marchés de la région Pézenas, Palavas, et Montpellier. Il possédait un entrepôt dans son mas, vers Viols-le-fort.

— Vous n'auriez pas son numéro de téléphone ?
— Sans aucun doute, je vous le donne de suite, affirma courtoisement la Présidente de l'Association. Ah ! j'oubliais, comme vous me l'avez demandé, nous avons vérifié avec Aliénor aucun numéro du Petit Méridional ne manque à l'appel.

Titoan la remercia puis il sortit son téléphone portable et composa le numéro qui lui avait été communiqué.

Pas de chance, son appel aboutit sur la messagerie de son interlocuteur. Il laissa un message avec ses coordonnées en lui donnant les motifs de son appel et lui demanda de le rappeler afin de convenir ensemble d'un rendez-vous.

Il se dirigea vers la porte, mais lorsqu'il fut presque dans la rue il entendit la voix de la Présidente de l'association qui l'appelait.

— Oui, qu'y a-t-il ? madame Virgillis.
— J'allais oublier, vous pourriez aussi aller voir son ami Fernand le disquaire rue de l'Université, ils se connaissaient depuis plusieurs

années et je sais qu'elle y passait régulièrement, toujours à la recherche de musique à écouter. On ne sait jamais peut-être pourra-t-il vous aider dans vos recherches.

— Merci beaucoup, je le connais bien, je vous suis extrêmement reconnaissant de vos efforts pour me venir en aide.

Il quitta les lieux et sortit dans la rue ensoleillée, c'était le printemps, il faisait bon.

Ici, l'été en pleine canicule, entre deux et quatre heures de l'après-midi, les rues de la ville étaient presque dépeuplées et silencieuses. Les maisons aux volets clos abritaient les montpelliérains accablés par la chaleur.

C'était pour cela qu'il aimait le printemps, une saison avec des températures en journée qui remontaient doucement, le printemps à Montpellier était une saison agréable où on profitait du ciel bleu, et des douceurs de la flânerie dans les jardins embaumés.

En 1940, la rue de la Providence, au cœur du centre historique, avait abrité au numéro 16 une imprimerie clandestine. Coustou supposait que les résidents de cette adresse n'en savaient rien.

Chapitre 13

Il se dirigea ensuite vers le Jardin des Plantes, manquant se faire renverser par un cycliste qui roulait sur le trottoir afin de parvenir sans doute à un rendez-vous urgent. Parvenu non loin de la grille ouverte il remarqua un attroupement d'une vingtaine de personnes massées devant l'entrée et qui attendait patiemment tout en bavardant.

Se rapprochant du groupe il supposa qu'il s'agissait d'une amicale ou d'une association qui attendant leur guide accompagnateur.

À tout hasard, bien qu'il ne crût pas à la théorie qui disait que le coupable revenait toujours sur les lieux de son crime, il observa l'ensemble des visiteurs et n'y vit aucun visage sur le front duquel aurait été inscrit le mot assassin.

En fait, il comprit que le guide-accompagnateur était un binôme constitué d'un couple de conférenciers scientifiques d'une soixantaine d'années. Lui, était un grand brun sec et barbu, elle une petite femme rondouillarde coiffée d'un béret. Il prit la décision de s'intégrer au groupe, bien qu'il connaisse de façon générale l'histoire du Jardin des Plantes, il y avait encore une somme d'informations ou d'anecdotes à recueillir et qui sait, peut-être apprendrait-il quelque chose qui pourrait l'aider dans son enquête ?

Il suivit à distance le groupe dans les allées du Jardin.

Tout en marchant dans les différentes allées, le guide commença par les généralités. Le Jardin royal de Montpellier, le plus ancien de France, avait été créé en 1593 par Pierre Richer de Belleval, un jeune médecin.

Les plus grands botanistes s'étaient succédé à sa direction. Et dès la fin du dix-huitième siècle, il était ouvert à la promenade des montpelliérains. Il faisait partie du patrimoine historique des clapasiens, un monument incontournable. Il s'agissait là d'un havre de paix propice à la détente et à la flânerie, qui attirait chaque jour nombre de visiteurs désireux de se promener, de lire, de discuter sous les arbres ou d'apprendre. Car avec plus de 2000 espèces végétales et 420 ans d'histoire, le Jardin de Plantes, était classé Monument Historique depuis 1992.

Profitant, d'un instant où le conférencier reprenait son souffle, sa compagne le relaya apportant sa contribution en parcourant les différentes allées, elle indiquait que de nombreuses statues illustraient les grands noms de la botanique montpelliéraine : Magnol, Candolle ou encore Linné dont les travaux faisaient encore aujourd'hui référence dans le monde de la botanique.

— À noter, rajouta-telle, également le monument dédié à Pierre Rabelais inscrit à la Faculté de Médecine de Montpellier et dont il marqua à jamais les annales.

L'enthousiasme des deux guides ne semblait pas emballer l'assistance, le peu d'intérêt attaché à leurs propos, était démontré par les nombreux bavardages qui parvenaient à certains moments jusqu'à couvrir leurs commentaires. Mais lorsqu'il fut question de la statue de Rabelais une grande partie des visiteurs marqua plus d'attention.

— N'est-ce pas à cet endroit que cette pauvre femme est morte assassinée ? s'enquit un homme affublé d'un bouc et portant des lunettes, en montrant du doigt le pied de la statue.

Il s'était fait un peu le porte-parole de la petite assemblée.

Coustou se voyait une nouvelle fois conforté, ici, que les faits divers en général et les meurtres en particulier étaient des actes qui passionnaient un public avide et curieux d'affaires morbides.

La paire de guides acquiesça de concert sans s'étendre sur le sujet, leur hochement de tête simultané rappelant à Titoan un couple de perruche.

Ils rappelèrent à l'auditoire dissipé que leur domaine n'était pas l'actualité mais la Science, avec un S majuscule.

Pour ce qui est de l'actualité, ils laissaient cela aux médias avec un m minuscule rajoutèrent-ils.

Puis apostrophant le groupe comme on s'adresse à une classe dissipée :

— Puisque le malheur et le sordide vous intéressent, affirma le guide barbu, qui monopolisait la parole, ce qui semblait énerver sa compagne. Je vais vous faire découvrir un cénotaphe du XVIIIe siècle, le mystérieux tombeau de Narcissa, la fille du poète anglais Edward Young qui aurait secrètement inhumé dans la crypte du jardin, une nuit de 1736, le corps de sa fille, morte de la tuberculose. Car, protestant, il n'aurait pu la faire enterrer dans un cimetière catholique de la ville.

L'un des visiteurs demanda :

— On affirme qu'une exhumation fut faite peu avant la Révolution, et qu'il fut découvert des ossements que l'on déclara être ceux d'une jeune fille de 15 à 16 ans.

— C'est ce qu'on prétend, rétorqua le barbu. Légende ou fond de réalité, les poètes amoureux de la nature vinrent y rechercher leur inspiration autour de ce mystérieux tombeau comme André Gide et Paul Valéry.

Sa compagne se rehaussant, pour ne pas être en reste, ajouta rapidement, avec un certain plaisir, sans doute pour clouer le bec à son co animateur.

— Vous savez sans doute que des médecins lyonnais ont battu en brèche cette théorie : la prétendue fille de Young n'a jamais été à Montpellier, elle est morte et enterrée à l'Hôtel-Dieu de Lyon. De plus, ajouta-t-elle, avec emphase, Narcissa s'appelait en fait Elizabeth Lee-Temple, et elle n'était pas que la belle-fille de Young mais également l'arrière-petite-fille de Charles II, ex-Roi d'Angleterre.

Il semblait bien que cette diatribe n'eût pour autre but que de casser le mythe et river le clou à l'organisateur de la visite.

Et ce fut le cas, le groupe des femmes romantiques baissa la tête et commença à s'éloigner dans un silence entrecoupé de murmures désapprobateurs.

— Ah, bravo, je te tire mon chapeau ! dit énervé, l'échalas maigre et barbu à sa massive compagne. Tu es une obstinée et une rancunière !

— C'est de ta faute bougre d'âne, rétorqua l'autre. Tu tires toujours la couverture à toi, il n'y en a toujours que pour toi, on ne peut pas en placer une. Ton comportement, est celui d'un malade, il témoigne d'un ego surdimensionné, d'une prétention à se considérer au-dessus de tout, y compris de la vérité !

Au grand dam de l'homme au bouc, le groupe de promeneurs qui était devenu spectateurs, comprit qu'il était temps de s'émanciper de la dispute conjugale, en clair la visite était terminée. Tout le monde s'éclipsa, tels les oiseaux dérangés par un bruit, s'éparpillant dans diverses directions.

Le couple improbable sortit également du Jardin des Plantes poursuivant chacun ses invectives vers l'autre, ceci sans tenir compte des regards étonnés des passants. Il traversa le Boulevard Henri IV en pleine circulation des tramways se moquant des tintements des avertisseurs sonores des conducteurs, tout à leur dispute.

Coustou n'avait rien appris de neuf, mais la promenade l'avait amusé.

Il se retourna brusquement, encore le sentiment d'être observé. Mais rien, personne. Toujours cette sensation d'une présence malveillante et sournoise.

Chapitre 14

En réprimant de son mieux l'inquiétude qui le taraudait, il prit la direction des bureaux du Clapasien s'arrêtant au passage à la librairie Mont Peylat dans la rue de l'Aiguillerie.

Loïsa était occupée avec un client. C'était un homme grand, portant une barbe grise, au visage émacié et à la denture proéminente, il portait un costume gris et de grandes lunettes à verres épais.

Ils étaient dans la section spécifique des livres à gros caractères. Dans cette librairie on trouvait toutes sortes de formats de livres, du livre de poche, aux livres en gros caractères. Elle lui avait dit avoir découvert avec consternation que dans de nombreuses librairies ou bibliothèques presque tous les ouvrages de ce type étaient des guides pratiques ou des romans sentimentaux. C'est comme si les personnes présentant un handicap visuel étaient tenues aussi pour des personnes limitées intellectuellement !

Aussi elle était constamment à la recherche de tout type d'édition et de sujets ce qui faisait que sa librairie était particulièrement appréciée.

— La lecture élargit les perspectives, le panorama, l'horizon de la vie, dit-elle au client qui semblait satisfait de son achat. Il s'agit là de l'un des meilleurs raconteurs d'histoires à travers sa façon de représenter sa vision du monde dans ses livres.

Le client partit, Coustou demanda :

— Que lui as-tu conseillé ? il semblait content.
— J'en serai certaine lorsqu'il l'aura lu et s'il revient. Il est amateur de polars je l'ai donc incité à lire "l'Homme Inquiet "d'Henning Mankell. En parlant d'homme inquiet, toi, tu as encore ces rides horizontales au front, et les mâchoires serrées. J'en déduis que tu es toujours aussi préoccupé ou bien contrarié.

— Très bon choix ce bouquin, dommage que Mankell nous ait quittés.

— C'était un humaniste, sa façon de représenter sa vision du monde dans ses livres offrait peut-être son meilleur portrait d'homme et d'écrivain.

— Moi, j'aimais bien son personnage du commissaire Kurt Wallander, aussi dépressif que perspicace, avec sa maxime : *« Il y a un temps pour vivre et un temps pour mourir »* Pour en revenir à cette affaire, je dois t'avouer que je ne progresse pas beaucoup dans mes recherches. J'interroge à droite à gauche, j'accumule des informations, je prends des notes, mais globalement j'ai le sentiment de faire du sur place. Mais, je viens de passer un moment assez réjouissant.

Ce faisant, Titoan raconta à Loïsa, la scène à laquelle il venait d'assister au Jardin des Plantes n'omettant aucun détail.

Il racontait bien, toutefois moins bien que Pierre le gars qui tenait le bureau de tabac-presse au coin de la rue, dont l'unique talent dans la vie semblait consister à assembler des mots pour raconter une histoire cohérente et intéressante.

Loïsa riait disant regretter de n'avoir pu assister à cette fameuse dispute.

— Donc interrogea-t-elle, donc votre groupe n'a même pas vu l'arbre aux vœux, le Phillyrea ?

Cette question, anodine, rappela à Coustou l'ensemble des livres et documents qu'il avait lu sur le Jardin des Plantes bien des années auparavant.

Il s'en voulut de ne pas y avoir pensé. Il se rappelait trop bien maintenant l'histoire de cet arbre.

Puis s'adressant à son amie.

— Mais oui ! Je dois te laisser, je te remercie, je te tiens au courant !

Il partit rapidement, à nouveau en direction du Jardin des Plantes.

Accélérant le pas il réfléchissait, se demandant comment il avait pu passer à côté. L'arbre dont avait parlé Loïsa était situé quelques dizaines de mètres après l'entrée principale sur la gauche, c'était un arbre remarquable par son âge et son tronc entaillé et bosselé naturellement avec de multiples fissures : un filaire à feuilles larges.

C'était un arbre, sombre, épais et noueux, cette multitude de petites cavités rugueuses, lui donnait toute son étrangeté.

Il était de tradition de déposer dans l'une d'entre elles un petit mot noté sur un bout de papier. Selon la volonté de chacun, le message pouvait être un mot doux ou tout simplement un souhait à réaliser. L'étrange filaire était devenu l'arbre à souhait, mais aussi l'arbre aux secrets. On disait qu'il avait été planté en 1620 ce qui en faisait le plus vieux représentant de cette espèce en France. Et cette particularité, en plus de sa longévité, faisait de cet arbre une des légendes de ce célèbre jardin des plantes occitan, et un attrait pour les amoureux, les romantiques, les rêveurs…

Puis, il se mit à courir furieusement, gêné et ralenti par son sac en bandoulière. Pénétrant en trombe et pour la seconde fois de la journée dans le Jardin des Plantes.

Parvenu au pied du filaire, il ne lui restait plus qu'à explorer les dizaines de cavités et de retirer les bouts de papier qu'elles contenaient. En effet, Anne Courtines, en historienne connaissant la particularité de cet arbre, avait dû laisser un message dans l'une d'entre elles, et ceci expliquait le feutre qu'elle tenait encore à la main lorsqu'on l'avait assassinée.

Sous les regards incrédules de quelques passants, il commença à retirer et à lire les bouts de papier. Les premiers messages étaient en anglais, italien, espagnol il comprit qu'il s'agissait de messages d'amour ou de serments éternels. Il prit soin de les replacer où il les avait pris.

Et là il découvrit un bout de papier chiffonné, avec écrit de façon maladroite au feutre noir, **Secret. Tiroir Sec**.

Il s'agissait là, c'était évident, du message de madame Courtines. Il était tellement heureux de sa découverte qu'il sauta sur place comme un enfant, sous le regard surpris des visiteurs.

Quelques minutes plus tard, fouillant dans sa besace de cuir, il en extrait son carnet, trouva le numéro de Natacha l'agent immobilier, et lui laissa un message afin de lui demander si cela était possible, de visiter à nouveau l'appartement de madame Courtines.

Ensuite, il transmit un message à son ami Thomas Barberol, l'ébéniste, lui expliquant en quelques mots qu'il aurait besoin de ses talents sans doute dans les 24 à 48 heures pour une affaire extrêmement importante. Pour lui l'association des trois mots sur le billet laissait supposer que le secrétaire qu'il avait vu chez Anne comportait un tiroir secret, puisqu'il les avait tous ouverts et vérifiés lors de sa visite. Il s'agissait à présent de parvenir à ouvrir le tiroir caché et découvrir ce qu'il contenait. Mais il serait peut-être vide.

Thomas était reconnu comme un artisan serviable, sympathique et expérimenté, estimé de tous. Il aimait faire le bien, cela le rendait heureux. Il était certain qu'il le contacterait.

Heureux de l'évolution positive de son enquête, Coustou se dirigea vers la Place de la Comédie. Après avoir arpenté des petites rues, il accéda à cet espace grand ouvert aux rayons du soleil, tout autour les magnifiques bâtiments de style Haussmannien embellissaient la place où déambulait une foule jeune et bon enfant.

Une vie nocturne de belle renommée, une atmosphère amicale décontractée et de belles plages à quelques kilomètres valaient à la ville de Montpellier une très bonne réputation dans les milieux estudiantins, ce qui expliquait, avec la qualité de l'enseignement sur place, le choix de nombreux étudiants notamment étrangers d'y venir faire leur scolarité. Place de la comédie un jeune guitariste reprenait avec talent une chanson de Georges Brassens : les Passantes. C'était un poème d'Antoine Pol, poète et héros de la guerre 14-18, mis en chanson par l'héraultais Georges Brassens en 1972.

Il sentit son téléphone vibrer dans la poche de son blouson. Il avait l'espoir que ce soit Natacha ou bien Thomas. Mais il dut déchanter car il s'agissait seulement de Pierrette Casterats qui faisait fonction d'adjointe au Rédacteur en Chef du Clapasien.

Pierrette ne se définissait pas comme journaliste, car comme elle le disait : elle n'avait pas fait d'école de journalisme, n'avait pas les yeux bleus, mais verts, n'avait pas fait de thèse sur Marcellin Albert et notamment sur la révolte des vignerons de 1907 et avait oublié tout ce qu'elle avait appris à l'université.

Pourtant, elle imposait l'esprit rigoureux de celles et ceux qui tenaient l'information pour essentielle priorité. Sa pudeur et sa discrétion lui évitaient de s'offrir aux basses curiosités. C'était une femme de tempérament sur laquelle on pouvait compter. A sa voix on la devinait capable de rire de tout et de rien. Pierrette l'appelait pour lui demander d'assister à un vernissage qui devait avoir lieu à l'Hôtel Cabrières-Sabatier d'Espeyran, cette exposition était consacrée à un jeune peintre canadien plein d'avenir et où étaient conviés toute l'intelligentsia et le gratin montpelliérain.

— Essaie de faire un article plus bienveillant que les fois précédentes. Et évite d'écrire des phrases du type : "Si l'on voulait persuader les visiteurs que l'art contemporain est vraiment nul, on ne s'y prendrait pas autrement".

Titoan sourit sous la remarque.

Il est vrai qu'il n'aimait pas du tout l'atmosphère de ces soirées guindées et snobs où les invités semblaient toujours interpréter un rôle, où tout le monde encensait à tort ou à raison un artiste généralement inconnu et qui était exposé pour des motifs qui l'étaient également.

Tous ces gens appartenaient à un monde dont il ne connaissait pas grand- chose. De plus il avait été échaudé lors du vernissage précédent où dans un domaine viticole le peintre avait réalisé une performance artistique déplorable sur l'un des containers, performance qui avait été chaudement applaudie par l'assistance et qu'il avait éreinté dans son papier le lendemain. Mais, peut-on encore critiquer l'art contemporain ?

La question était posée, car dans les jours qui suivirent, le rédacteur en chef reçut plusieurs coups de fil de l'entourage du peintre afin de se plaindre du traitement qu'avait subi celui-ci de la part d'un prétendu journaliste et provincial de surcroît. Max ne put que valider le fait que Titoan, ne se prétendait pas journaliste était provincial et qu'effectivement il n'était pas très grand. Après il les envoya paître.

Coustou devait bien ça au journal et notamment à Max le rédacteur en chef qui avait demandé à Pierrette de l'appeler. Il ferait l'effort d'être présent et de proposer un papier le plus objectif possible.

La réception débutait à 21 heures il s'y rendrait donc. Il avait le temps de rentrer chez lui et de se changer. Il espérait trouver dans sa penderie un costume léger, mais adapté aux soirées encore un peu fraîches du printemps.

Dans la rue, il se retourna à plusieurs reprises, toujours ce sentiment d'être observé ou suivi.

Il croisa Germain, en profita pour le remercier pour l'aide qu'il lui avait apportée en lui relatant la visite de l'appartement. Il l'informa également des progrès de son enquête sans toutefois mentionner sa découverte du billet rédigé et retrouvé au Jardin des Plantes.

Germain lui fit la promesse de relancer Natacha, l'agent immobilier, si cela s'avérait nécessaire.

— Titoan qu'est-ce qui est arrivé à notre ville ? C'était une ville bien, avant.

Germain, malgré ses nombreuses qualités, était devenu un homme malheureux. Après ses cinquante ans, pour son malheur, il avait épousé Dunya Gousseva, une jeune femme russe de vingt-cinq ans, bien jolie et sympathique, mais qu'il n'avait connu que lors d'un voyage touristique à Saint-Pétersbourg. Ils s'étaient mariés rapidement, trop rapidement aux goûts de son entourage familial.

Et lorsque l'"un des frères de Germain, pêcheur d'anchois à Collioure, s'étonna d'un pareil choix et le lui signifia. Germain lui expliqua que Dunya avait de nombreuses qualités, autant intellectuelles que physiques. De sorte qu'elle était apte à lui donner une descendance, ce qui était le but principal de son mariage. Le fait qu'elle était séduisante, cultivée, soignée et féminine pouvait lui laisser supposer que son frère était jaloux, tout simplement. Mais, quelques mois plus tard Germain avait dû déchanter. Dunya avait demandé à divorcer. Les différences culturelles, d'âge, d'adaptation, d'éloignement de la famille russe, les difficultés en matière d'insertion professionnelle l'avaient emportées. Depuis Germain broyait du noir.

Plus loin dans la rue, un orchestre jouait dans un bar et des jeunes étaient assis sur les marches, certains fumaient des cigarettes ou bien partageaient des joints.

Sur le trajet ils croisèrent un jeune trio, qui chantait tout en sautillant; une jolie fleur dans une peau de vache, le premier était habillé en mousquetaire roux et moustachu il portait un feutre noir avec une plume blanche, le second était brun, et avait une redingote très courte avec une gigantesque cravate et un chapeau haut de forme, le troisième, blond tout en élégance bourgeoise et britannique, était habillé d'un costume trois-pièces, une canne de gentilhomme et un chapeau melon il rappelait la série britannique des années 60 Chapeau melon et Bottes de cuir ou bien la macabre équipe d'Orange mécanique. L'apparition du groupe hétérogène et joyeux arracha un sourire à Germain.

— Ce n'est pas cette ville qui va mal, affirma Coustou. C'est le monde, mais il faut savoir regarder le mal en face, pour rester à l'écart du mal. Dans la mesure du possible.
— Tu as sans doute raison, ma perception des événements et de l'évolution de la société est celle d'un homme vieillissant et ma vision rétrospective n'est sans doute pas plus juste aujourd'hui qu'elle ne l'était dans ma jeunesse.

Ce faisant, ils passèrent devant le Centre Rabelais qui n'était autre que l'ancien cinématographe Pathé, première véritable salle de cinéma de Montpellier construite en 1908 et inaugurée en 1909. Le coq, emblème de la firme Pathé, trônait au fronton du bâtiment.

À l'époque, le cinéma possédait une grande salle de 900 places, parterre et balcon, à laquelle on accédait par deux grands escaliers situés de chaque côté du grand hall d'entrée.

Germain abandonna son ami au niveau de la rue Montpelliéret, non sans lui dire que pour lui lorsqu'on s'attend au pire, plus grand-chose ne pouvait vous atteindre. Il s'éloigna d'un pas énergique, comme s'il était en route vers un but soigneusement déterminé à l'avance.

Coustou poursuivit sa route en laissant le musée Fabre sur sa gauche. Il continua son chemin en direction du Corum qui apparut sur sa droite, vaste et massive construction de pierres de granit rose, d'acier et de verre, immense paquebot échoué, là, entre les arbres abritant le Palais des Congrès et l'Opéra Berlioz. Il connaissait parfaitement toutes les rues et ruelles de sa ville. Une légende voulait que les Montpelliérains de souche trouvent leur chemin même dans l'obscurité la plus complète.

Rentré chez lui, il avait un peu de temps, il en profita pour rentrer le résultat de ses investigations sur son ordinateur portable. Il le déposa ainsi que son carnet de notes dans son coffre-fort mural.

C'était la première fois qu'il y mettait ses outils de travail comme il disait, mais étant donné l'évolution de son enquête il ne voulait courir aucun risque.

Le coffre-fort mural était présent dans l'appartement lorsqu'il l'avait acheté. L'ancien propriétaire était un informaticien légèrement paranoïaque qui avait fait spécialement construire pour son usage un coffre-fort à code électronique qui pouvait contenir un ordinateur portable. Il avait expliqué à Coustou, que pratique et sécuritaire, ce coffre-fort pour ordinateur en acier épais et robuste était muni d'une serrure électronique programmable soi-même comprenant un code général et un code utilisateur modifiables à tout moment. Son vendeur lui avait précisé qu'il allait s'établir à l'autre bout du monde, où il serait sans doute plus en sécurité et là il ferait l'acquisition d'un coffre-fort pour ordinateur portable qui possèderait un code maître et un code utilisateur avec serrure biométrique, ainsi qu'un emplacement pour empreintes digitales interchangeables à tout moment.

Depuis son emménagement Coustou n'avait que rarement fait l'usage de ce matériel, mais là, à présent cela devenait sérieux il valait mieux être prudent.

Il enfila un jean noir, une chemise blanche et une veste confortable, noire également, mit ses chaussures les plus élégantes, achetées l'année précédente.

Chapitre 15

Coustou prit le chemin de l'Hôtel Cabrières-Sabatier d'Espeyran, ce magnifique hôtel particulier, construit en 1874 par Charles Despous de Paul accueille depuis 2010 le département des Arts décoratifs du musée Fabre. Située rue Montpelliéret, cette demeure historique, léguée en 1967 à la ville, permettait ainsi de découvrir les cadres de vie des sociétés bourgeoises et aristocratiques des XVIIIe et XIXe siècles mais était également ouverte à des projets d'exposition temporaire liés à la création contemporaine.

Au dix-neuvième siècle la fortune des Despous était si légendaire que les Montpelliérains avaient pris l'habitude de dire « riche comme Despous » plutôt que « riche comme Rothschild ».

Arrivé sur les lieux il ne put s'empêcher de tomber sous le charme du cadre magique qu'offrait l'Hôtel Cabrières-Sabatier d'Espeyran depuis sa réfection.

C'est dans une de ses salles qu'avait lieu l'exposition consacrée au jeune artiste canadien. Titoan, jeta un premier rapide coup d'œil à la production iconoclaste du délirant artiste présenté ce soir-là. Il avait pris soin auparavant de s'emparer du dossier présentant le peintre et les œuvres exposées, cela lui serait utile pour écrire son petit article, muni de son stylo il lui serait également possible d'annoter toute information ou renseignement supplémentaire.

C'est dans une ambiance tamisée qu'interagissait une petite foule partageant des points communs : l'art, la nourriture, la boisson, les conversations et surtout le paraître.

À l'image d'une convention, chacun déambulait çà et là verre à la main pour discuter avec ses amis, ses relations.

Coustou se rapprocha de l'un des tableaux, c'est à ce moment qu'une femme la quarantaine cheveux châtains, élégante, au sourire mécanique et artificiel, très maquillée, lui demanda :

— C'est beau, n'est-ce pas ? Qu'en dites-vous ?

Interloqué, Titoan ne savait pas ce qu'il en pensait. Surpris par les couleurs employées, il avait fait l'effort de chercher à interpréter ce qu'avait voulu exprimer l'artiste. Décidément il ne comprenait pas grand-chose à l'art contemporain. Mais quand les gens vous montrent une photo de leurs enfants, leur animal favori, leur nouvelle maison, leur nouvelle voiture ou moto, ou pire leur maîtresse, on leur dit "très joli". Et il voulait rester correct.

— Très joli. Mais il est vrai que chaque œuvre, que ce soit un tableau, un dessin, une sculpture nous renvoie à une expérience personnelle, qui déclenche un souvenir. Comme on dit souvent la beauté n'existe que dans le regard du spectateur. Permettez-moi d'estimer que bien souvent l'art contemporain en général présente des œuvres dans le seul but de choquer, sous prétexte de vouloir provoquer dans le public une réaction, un débat, une réflexion, mais dont le seul inavoué est à mon sens de faire parler de l'artiste et de sa production.

La femme fit une moue dédaigneuse.

— Je ne savais pas que vous étiez philosophe.
— J'essaie d'être journaliste, fut sa réponse.
— Journaliste et philosophe, mais la philosophie peut-être une activité dangereuse, répliqua la femme. Puis, elle lui répéta ce qu'il avait lu dans la brochure, et qu'il savait déjà, avec quelques petites précisions ou variantes supplémentaires. Serge Bécyk est un jeune peintre canadien autodidacte, il travaille les couleurs depuis son adolescence qu'il a passée en Algarve, au Portugal, lui précisa-t-elle.

— Un déracinement dans les années 70 l'a conduit à Lisbonne, où il a habité jusqu'en 2014. Au cours de cette période sa facture, initialement figurative, il s'est dirigé vers un dépouillement, vers une simplification de l'image et des couleurs qui l'ont amené au travers de ses œuvres vers une atmosphère lumineuse et forte ainsi qu'un sentiment de calme et de sérénité.

Opportunément, Laetitia, la responsable de la communication, c'est le prénom et la fonction qu'elle lui avait glissée, fut appelée par l'un des organisateurs de la soirée afin de répondre à une question précise à laquelle il était incapable de répondre. Elle semblait à l'aise avec tout le monde.

Soulagé, Titoan envisagea la salle qui était relativement spacieuse, il observait les différents groupes d'invités, navigant entre eux.

Dans ces occasions l'un de ses plaisirs était de saisir des phrases au vol, généralement il s'agissait de phrases convenues, il ne fut pas déçu :

— Chacune des créations a quelque chose de spécial, une alliance entre technique et originalité.
— Il s'agit là d'un nouveau réalisme de la pure sensibilité.
— Dans l'immédiat, ne boudons pas notre plaisir, c'est un choc intellectuel et émotionnel qui peut tout, sauf nous laisser indifférents, entre attraction et répulsion.

S'éloignant lentement, au détour d'un groupe il se trouva face à Loïsa, tout aussi étonnée que lui.

En se retournant et en observant le public, il constata qu'elle était la femme la plus élégante, la plus éblouissante de l'assistance.

— Mais que fais-tu là ? questionna-t-elle.
— Mon boulot, lui rétorqua Coustou.

— Ah oui, j'étais surprise de te retrouver dans cet environnement, je sais pertinemment que l'Art Contemporain et toi cela fait deux. Moi, j'ai été traînée ici par Armand et je ne le regrette pas tout compte fait. C'est un lieu où l'on parle affaires également. Tous ces gens-là possèdent des hôtels particuliers, des maisons à l'étranger, de grands domaines viticoles ; ils ont des parts dans la moyenne et la grande industrie ; depuis des années ils transfèrent de l'argent dans les paradis fiscaux, par dizaines de millions. Ce n'est pas le monde que tu côtoies régulièrement, ni que tu apprécies, je le sais. Mais certains sont intéressants, très intéressants. Armand est là-bas lui annonça-t-elle elle lui montrant un petit groupe de six ou sept personnes.

Puis elle s'éloigna dans sa robe de soie bleue-pâle. Loïsa se dirigea en direction du groupe où se trouvait d'Armand elle lui murmura quelque chose que Coustou n'entendit pas. Très lentement, elle leva la main, la posa sur la joue gauche de son mari puis lui glissa quelques mots à l'oreille. Il se retourna vers Titoan et lui fit un signe de tête amical.

Plusieurs groupes s'étaient formés Armand faisait partie de l'un d'entre eux. Il y avait là tout le gratin de la bourgeoisie et de l'industrie locale, des acteurs économiques et des décideurs montpelliérains. Il en reconnut certains.

Jean Lousteau, qui avait grandi à l'ombre des vignes. C'était un juriste devenu vigneron. Son parcours sortait du commun, il disait que petit, il était tombé dans la vigne. Son grand-père avait acheté un domaine au pied du Pic Saint-Loup.

Maurice Vlaminck qui était le fils d'un des plus grands notaires de Montpellier et descendait d'une famille emblématique de la ville et de la région qui prospérait dans le notariat depuis trois siècles.

Georges Pelorson, le continuateur du savoir-faire familial. Il avait pris la succession de son père, une société de 500 salariés. L'entité comptait un grand centre commercial, deux agences de voyages, un centre-auto, un centre culturel et une parapharmacie. De plus il avait diversifié ses investissements en déployant ses activités notamment dans les drives.

Ils étaient tous les trois accompagnés de leur grande mince et blonde seconde épouse.

Henri Valentino, ingénieur, toujours célibataire qui avait créé une société de conseil et de réalisation logicielle.

Armand Nascenta, le mari de Loïsa, était issu d'une famille de bâtisseurs et de spéculateurs immobiliers. "Faire prospérer l'outil familial", était son objectif.

L'entreprise résistait à la crise grâce à une gestion "de vieux capitalistes occitans" selon les dires d'Armand. Ses dons d'orateur, sa faconde, son charisme, sa capacité à prendre des risques lui avaient permis de développer le chiffre d'affaire de l'entreprise familiale.

D'autres patrons de petites P.M.E. et cadres supérieurs de grandes entreprises étaient présents également.

Le monde politique local assistait aussi à ce vernissage, mais il n'y avait personne de réellement représentatif, si ce n'est la responsable régionale de la culture Françoise Mahaut une femme aussi forte en corpulence qu'en personnalité, sûre d'elle, volontaire, qui allait droit au but lors de ses échanges avec les partenaires du monde de l'art où elle était particulièrement redoutée.

Un conseiller régional, cinq ou six conseillers municipaux, dont un chargé de l'urbanisme étaient présents également. Quelques artistes régionaux de premier plan et universitaires prestigieux complétaient l'ensemble.

Coustou était étonné par le statut social élevé et le nombre de personnes relativement connues venus assister à ce vernissage, l'ensemble des invités semblait avoir été trié sur le volet.

Il s'en ouvrit à l'un des hôtes qui semblait plus attiré par la nourriture que par l'exposition.

L'homme, jeune, entre vingt et vingt-cinq ans, affable et sympathique, lui répondit tout simplement qu'il allait l'informer, il savait pourquoi... Mais en une sorte de contrepartie il lui demanda de rester à sa proximité pendant qu'il se servait avec une belle avidité des nombreux amuse-bouche qui leur étaient proposés sur le buffet.

— Vous comprenez j'attire moins le regard des serveurs si je discute avec un invité, un vrai, précisa-t-il, sous le regard goguenard de Titoan. Cette exposition à laquelle les familles historiques et les puissants patrons participent, est sponsorisée par l'homme que vous voyez là- bas... c'est un homme d'affaires norvégien Vidkun Kne, un francophile, qui a emménagé il y a une quinzaine de mois dans un pied-à-terre de l'arrière-pays. C'est un homme puissant, il a de nombreuses participations dans différentes entreprises, notamment dans l'une des plus grandes entreprises brassicoles au monde : Berr Land One. C'est un homme d'affaires passionné d'art, esprit indépendant et visionnaire. De plus il réussit tout ce qu'il entreprend et il a fait créer un nouveau concept de bières pouvant paraître plus "artisanales" comme la Saint Leonardus ou la Green Venus qui sont propriété du groupe. Dernièrement, Berr Land One a aussi commencé à racheter des brasseries artisanales aux Etats-Unis. C'est un des personnages les plus emblématiques et puissant économiquement en Europe. Ils espèrent tous conclurent des affaires avec lui, conclure des partenariats et s'allier avec ce brillant personnage, qui a à leurs yeux une vision originale du marché. Pour cela il faut intégrer le cercle très fermé de ses proches, il faut montrer patte blanche, ne pas avoir de casseroles qui viendraient troubler son image par ricochet. Donc pas d'histoire avec le fisc, ou avec les médias par exemple.

— Vous êtes bien renseigné, intervint Coustou.

— C'est aussi dans ma partie, je suis étudiant en Master 2 en économie de Marchés et de l'Organisation. Quand vous saurez que l'une de ses sentences favorites est que "toute chose ou toute personne a un prix, l'important est d'arriver à savoir lequel", vous aurez plus d'éléments pour juger le personnage. Et regardez bien le charisme de Kne, cet homme éloquent, il subjugue quasiment son auditoire. Certains prennent la parole et, d'autres gardent les mots pour eux et écoutent.

— Oui, mais, il faut de tout pour faire un monde.

— Regardez, ils sont tous là à l'écouter, il fait preuve de leadership, on voit qu'il a travaillé son physique, et il ne fait pas ses quarante-quatre ans. Maintenant observez autour de lui. Les jeunes et les vieux loups sont là comme hypnotisés, car c'est une référence dans le monde économique actuel. Ils effectuent les mêmes gestes, ils imitent son style vestimentaire et même tentent de lui ressembler. Certains se renseignent même sur la marque de sa voiture pour acheter la même. D'autres vont passer des heures à le regarder, à étudier ses mimiques, comme pour s'imprégner de sa personnalité. Et puis, comme n'importe quelle personne carriériste peut s'en apercevoir, le moyen le plus sûr de progresser la vie de nos jours est de se tenir près de celui qui est tout en haut, peu importe le niveau de compétence. Ils ne sont pas là pour l'exposition, manifestement, cela ne les intéresse pas. Ils font comme si cela était important, mais ce n'est que façade, comme un jeu en quelque sorte. Beaucoup d'entre eux veulent avoir ce genre d'œuvres pour pouvoir s'en vanter, tout au moins auprès de certains amis, pour les impressionner avec leur nouvelle acquisition, mais aussi et surtout pour se faire valoir auprès de monsieur Kne.

Devant le silence intéressé de Titoan, l'homme insista :

— Avez-vous remarqué le nombre important de personnes chauves, comme lui dans cette assistance ? Combien ? 8, 10 ?

Coustou avait effectivement remarqué ce fait, mais n'en connaissait pas la cause... avant.

— Mais vous-même, vous êtes chauve, murmura-t-il au pique-assiette.

Auguste, puisque c'était ainsi que s'était présenté à Coustou, son nouvel informateur entre deux bouchées, se servit quelques brochettes de tomates et fromage, et des petits rouleaux de printemps avant de répondre.

— Effectivement, vous avez raison, je suis tout déplumé mais pour ce soir seulement. Mon mimétisme n'est que temporaire, ce n'est que façade. Je suis de la catégorie des pique-assiettes, ces créatures de la nuit déguisées en amateurs d'art qui arpentent les soirées mondaines en quête de quelques canapés, précisa-t-il en souriant. Il faut savoir user de finesse d'abord pour pénétrer sans invitation dans le sacro-saint lieu de l'exposition, pour cela il faut se renseigner un peu avant : qui est l'exposant si sponsor ou mécène il y a, sera-t-il présent ? Qui seront les invités ? Ces renseignements ne sont pas si difficiles à trouver de nos jours, dans le cirque actuel tout le monde raconte sa vie sur Internet, dans les groupes sociaux, twitter etc. Donc sachant que Kne serait présent et connaissant son influence sur son milieu et son environnement professionnel, je me suis convaincu qu'en rasant ma modeste chevelure, je pourrai passer inaperçu et participer aux agapes nocturnes. À son arrivée, je me suis donc faufilé dans son entourage. Vous remarquerez que ses deux gardes du corps qui ne le quittent pas des yeux sont également chauves.

Il poursuivit :

— Attention... le pique-assiette a du joueur en lui. Du culot et un petit côté rebelle contre l'ostentatoire, le dispendieux, l'étalage-gaspillage... dit-il en s'envoyant une nouvelle coupe de champagne.

Le jeune étudiant conclut, en murmurant à Coustou.

— Le foie gras, le champagne et les coupelles de chocolat sont délicieux vous devriez les apprécier.

Titoan s'approcha des créations exposées, il dût reconnaître que certaines n'étaient pas mal du tout, en fait il les trouvait réussies. Mais certaines seulement et elles n'étaient pas nombreuses.

Le bruit des discussions, des rires et des tintements des verres emplissait la grande salle, un monde sélectionné, circulait en admirant les toiles du jeune poulain de Vidkun Kne. Tout le monde parlait et riait à grands éclats de voix.

Il entendait autour de lui des qualificatifs : exceptionnel, fabuleux, éblouissant, ambitieux, émouvant, désarmant, charmant. Des phrases toutes faites, dictées par le cérémonial de la bienséance, dont on se délectait en public pour donner le change. Tout le monde parlait en même temps, mais personne n'écoutait les autres, comme dans un hôpital psychiatrique.

Les serveurs se déplaçaient avec agilité et discrétion pour proposer un très bon champagne, il ne put y résister et accepta une coupe. Ce serait la seule se décida-t-il.

Concentré sur l'un des tableaux présentés il n'entendit pas Loïsa qui s'était approchée.

Ils burent en silence, puis Loïsa le questionna :

— Assisteras-tu demain soir au vernissage de Klasina Cortez ?
— Je crains que non, dit Coustou, si je peux y échapper. C'est aussi l'une des artistes découvertes par Kne ?
— Sans aucun doute, il est l'homme qui monte. Les activités philanthropiques de Monsieur Kne datent de quatre ou cinq ans et elles n'ont pas attendu la médiatisation de quelques acquisitions en France pour exister. As-tu constaté comme cet homme monopolise l'attention générale ? Il est vraiment exceptionnel, affirma-t-elle.

Le ton sincèrement admiratif de son amie lui procurera un léger pincement au cœur.

Elle rajouta :

— Et depuis qu'il a acheté aux enchères à Drouot pour le bénéfice du musée Fabre, le buste de Jean, Marquis Deydé, il a acquis à présent une notoriété de mécène local de premier plan, rien ne peut lui être refusé, il est défini ici comme prince des arts et de la culture. Cette sculpture appartenait initialement au tombeau des époux Deydé et se tenait dans la cathédrale Saint-Pierre de Montpellier, il fut démantelé à la Révolution. Grâce à son action, le buste du marquis rejoint ainsi celui de son épouse. Il a ainsi accompli un acte romantique et un acte utile pour la culture locale.
— D'une pierre deux coups, répondit Coustou, non sans une certaine pointe d'agacement, ce dont il s'en voulut immédiatement.

Loïsa ne releva pas le ton acerbe de son ami ou bien fit comme si elle ne l'avait pas remarqué.

— Je ne savais pas que ton Armand faisait aussi partie de son fan-club, est-ce aussi pour cela qu'il s'est fait raser les cheveux ?
— Effectivement, il fait partie de son premier cercle, le noyau dur des amis véritables, ceux avec lesquels on entretient des liens

suffisamment forts d'affection, de confiance, d'affaires. Tout ceci dans le but d'augmenter mutuellement leurs chances de succès aux niveaux économique et personnel. Le pouvoir c'est ce qui fait avancer l'homme. Kne fait partie des gens qui sont incapables d'accepter qu'on leur dise non.

— Je suis étonné de ce que tu viens de dire, je ne te connaissais pas parmi les défenseurs de l'économie de marché et surtout de la gouvernance libérale de la société. Les industriels ont ça en commun avec les politiciens, ils promettent plus qu'ils ne tiennent. Des gens comme Kne, il y en a toujours eu. Des gens qui estiment posséder l'intelligence, la puissance, le pouvoir nécessaires pour fixer la norme.

— Titoan, je ne te donnais pas mon point de vue, mais je t'expliquais le leur. Armand est en affaires avec Kne, ils sont sur le point de conclure une opération immobilière de grande envergure et tu le connais, il ne laisse rien au hasard, c'est un perfectionniste. Mais cessons de parler de ce sujet, as-tu assez d'éléments pour l'article consacré à cette exposition ? dit-elle sur un ton quelque peu exaspéré.

— Oui, sans aucun doute, mais je suis de ceux qui sont persuadés que dans n'importe quelle soirée ou exposition, c'est toujours le public qui constitue le spectacle le plus intéressant. Et là aussi, je pense que j'ai de la matière.

Ils furent interrompus par le discours de la Chargée de Communication de l'exposition. Après que Laetitia eut remercié tous les invités pour leur participation à cet événement festif et culturel, ce fut au tour de la Responsable régionale de la culture de prendre la parole. Françoise Mahaut fut éloquente. Son discours était non seulement bien argumenté, mais aussi extrêmement spirituel. Elle parla de la contribution apportée par Vidkun Kne au développement de l'art et de la culture dans la région ; après quoi, elle évoqua quelques-unes de ses expériences personnelles depuis son arrivée à Montpellier.

Elle raconta en particulier quelques anecdotes relatives à son apprentissage des expressions locales. A Montpellier on ne râle pas on roumègue ! Et surtout, dit-elle en souriant, ne pas oublier que Clapas à Montpellier, par allusion au « gros rocher » du Peyrou, c'est le surnom occitan de la ville. Le mot clapas est la francisation de l'occitan clapàs, désignant « l'éclat de roche », « le caillou », ou bien « le bloc rocheux ». Cela n'a rien à voir avec les lapins ! conclut-elle sous les applaudissements.

Quelques instants plus tard, il croisa Kne une coupe de champagne à la main, il était accompagné d'un aréopage d'admirateurs. Les rires fusaient, les discussions étaient vives, tout en marchant Kne détailla Titoan. La nature intrusive de son regard était implacable. Il eut la vision furtive d'un homme d'affaires retors, doué d'un flair peu commun, un homme d'affaires dont il avait le sentiment qu'il pouvait se sortir de toutes les situations délicates.

Décidément il n'aimait pas ce type, il l'avait catalogué, peut-être à tort, songea-t-il, dans la catégorie de ceux qui pensaient que pour être grand, il fallait rabaisser les autres.

Tard dans la nuit, sous le ciel étoilé de la ville, à l'heure où les lampadaires diffusaient leur délicate lumière orangée, se dirigeant rêveur dans les ruelles médiévales de l'Écusson, Coustou rentra chez lui accompagné par les rires provenant des terrasses des brasseries et restaurants encore ouverts. Mais il était repris par le sentiment que ça n'allait pas du tout.

Chapitre 16

Le jour n'était pas encore levé quand l'homme monta dans sa voiture. Son iPhone posé sur le siège passager, éteint, carte Sim enlevée. Personne ne devait connaître son emploi du temps ou son itinéraire. Il traversa la ville vers les quartiers nord. Tout était à sa place, les avenues, les immeubles. Il n'y avait quasiment pas de circulation, la ville était encore endormie.

Désireux de ne pas attirer l'attention, il avait roulé lentement, un œil dans le rétroviseur, à un moment il avait fait un tour complet d'un rond- point puis il avait continué sa route.

Il connaissait parfaitement le trajet et l'adresse où il se rendait, mais il était passé deux fois devant sans s'arrêter, tout semblait normal. Ensuite il s'était garé à distance raisonnable du porche de l'immeuble.

L'ensemble de la résidence avait un aspect silencieux et engourdi qui laissait supposer que ses occupants dormaient sur leurs deux oreilles. De loin en loin une voiture passait sur l'avenue, à vive allure.

Il n'y avait personne à l'horizon. L'homme chauve descendit de voiture et, après l'avoir verrouillée, emprunta à pas lents et silencieux le chemin qui menait jusqu'à l'appartement de son comparse. Il monta sans bruit les marches qui l'amenaient au premier étage, puis parvenu à la porte d'entrée tapa doucement trois coups. On aurait pu croire qu'il s'agissait des trois coups frappés avant le début d'une pièce de théâtre.

Un bruit de pas se fit entendre et l'œil du judas s'assombrit. Le locataire fit tourner deux verrous et entrebâilla la porte bloquée par une chaîne de sécurité. Une odeur de cannabis flottait dans l'air et parvenait jusqu'au visiteur.

— Ouvre-moi Kevin, c'est important ! grinça l'homme entre ses dents serrées. Dans son regard brillait une rage froide.

Le jeune homme retira la chaîne de sécurité.

— Il se passe quelque chose ?

Kevin travaillait officiellement pour SOS Ordi Montpellier, une société de maintenance informatique, il était doué et discret. Notre homme avait fait appel à ses services pour la première fois un an auparavant, il l'avait payé pour s'introduire dans le système informatique de concurrents et pirater leurs fichiers.

Ces entreprises étaient en concurrence avec lui sur un gros marché ; un appel d'offres avait été effectué. Ce système tendait à faire sélectionner par le commanditaire le moins-disant, c'est-à-dire, parmi les candidats soumissionnaires, le moins cher. Le plus souvent, la qualité passait au second plan. Pour chacun de ses concurrents il voulait connaître le montant de son devis final afin de proposer une somme inférieure. Grâce à lui il avait pu avoir accès à toutes les données confidentielles et emporter le marché.

Kevin lui avait expliqué que pour lui, il était aussi facile d'installer un système de piratage des données qu'un système d'écoute des conversations. De même il lui dit qu'il pouvait hacker l'ensemble des sites Internet.

Il lui donna sa méthode afin de pénétrer dans le système informatique des sociétés concernées, rien de plus simple. Les salariés de ces groupes, faisaient preuve d'une grande imprudence dans leur utilisation privée d'internet sur le lieu de travail. Ils fréquentaient à titre personnel des sites connus - Facebook, LinkedIn, Uber, Instagram, Amazon ou d'autres, en utilisant leur e-mail professionnel et le même mot de passe, expliqua le jeune geek, qui avait pu cracker ces données, et ainsi avoir accès directement la sécurité informatique de groupe où ils travaillaient. Ce succès lui avait rapporté cinq mille euros en liquide bien évidemment.

C'était à lui que l'homme chauve avait confié l'ordinateur portable d'Anne.

— Il ne se passe rien, Kevin. Je suis venu pour savoir si tu as trouvé quelque chose dans cet ordinateur portable, nous avions convenu que je viendrai. Et évidemment tu es encore shooté, c'est ça ? questionna l'homme d'un ton exaspéré.

— Mais non, j'ai juste fumé un joint, lui répondit d'un air débonnaire le jeune pirate informatique à la chevelure abondante et décoiffée, qui ne devait guère connaître les shampooings.

Il arborait une barbe de trois jours, sa vieille chemise sud-américaine largement ouverte dévoilait une toison noire sur laquelle se balançait un médaillon, une réplique en étain du médaillon de Râ, que l'on avait pu voir dans le mythique film Les Aventuriers de l'Arche Perdue.

— Tu es certain de n'avoir trouvé aucune trace sur les noms que je t'ai donné. Tu as bien cherché sur le disque dur, absolument partout ? Sa chemise blanche à lui, était aussi fraîche, les plis aussi nets que s'il venait de l'enfiler

— Patron, j'ai réussi à m'introduire dans le disque dur de son ordinateur en moins de deux minutes. J'ai découvert très facilement son code secret et fouillé les archives de la mémoire de son portable. Rapidement, j'ai trouvé tous ses dossiers personnels et, à l'intérieur, les documents concernant le testament de son mari, sa situation bancaire, et tous ses anciens rapports vers la Société Historique. J'ai lu tous ses e-mails, visité tous les sites internet qu'elle avait consulté, que des trucs historiques, une vraie fondue de la Seconde guerre mondiale ! Elle n'avait même pas de firewall pour se protéger des piratages la mémé ! Avec mon logiciel perso j'ai effectué une recherche dans toutes les données de l'ordi pour trouver le moindre soupçon de trace du nom que vous m'avez donné, rien, nada ! insista Kevin, manifestement vexé.

— Je ne mets pas en doute tes capacités, mais je voulais en être sûr, le rassura son visiteur.

— D'ailleurs, je t'apporte mille euros, en espèces comme convenu, regarde. Et, pour fêter ça en plus, je te propose que l'on partage ensemble la bonne bouteille de que j'ai apporté. Un des meilleurs Blend whisky européen et je suggère qu'on aille lui faire un sort. Où sont les verres ?

Rassuré Kevin s'avança et d'un signe montra le placard à son visiteur. L'homme fit de la place sur la table encombrée de papiers et de courriers, plusieurs cendriers étaient remplis de mégots de joints qui produisaient une odeur de fumée très forte. Puis il posa bruyamment deux verres sur la table, les remplit du liquide ambré, en souleva un et le tendit à son hôte.

Celui-ci hésita. Une salve de tics nerveux lui souleva le coin de la bouche.

— Heu, je sais pas si je suis en état je suis pas mal parti déjà, dit-il d'une voix pâteuse.

— Voyons, tu n'auras pas souvent l'occasion de boire une telle merveille, regarde ces nuances. C'est le vieillissement sous-bois qui lui donne cette jolie couleur. Sens ces notes de miel et ces nuances épicées de type cannelle et pain d'épices.

Le jeune but une gorgée de whisky. L'instant d'après, il sentit se diffuser en lui une agréable vague de chaleur.

Les yeux du visiteur accrochèrent le regard de Kevin et son regard se détourna pour revenir sur lui aussi vite. Le jeune avait les yeux rouges et injectés de sang.

— Ouah, trop cool ! J'en ai jamais bu d'aussi bon, il est excellent ! Et en plus, je sais avec quoi je vais l'accompagner, dit-il, en allumant un joint, puis il inhala la fumée et la retint un moment avant de l'exhaler lentement. L'odeur empestait l'appartement.

— Je suis content qu'il te plaise, je te laisserais la bouteille si on ne la finit pas, bien sûr. Dis-moi Kevin, est-ce que tu as fait ce que je t'ai demandé ? As-tu procédé à un grand ménage dans tes ordinateurs et effacé toutes les données informatiques compromettantes, tous nos e-mails, tous nos contacts ?

— Hé boss ! Je vous rappelle que vous ne m'avez jamais contacté par mail, rien par écrit tout par téléphone, c'était les consignes. Je ne suis peut-être pas dans mon état normal et je suis un peu dans les vapes mais j'arrive à raisonner quand même, dit Kevin en se servant généreusement un autre verre.

Il parlait avec une lenteur extrême, comme s'il avait passé de longues minutes à chercher ses mots et ne les lâchait qu'avec parcimonie.

— Oui, c'est vrai excuse-moi partenaire, la journée a été longue et je n'ai pas toute ma tête, lui accorda le patron, qui buvait encore à petites gorgées son premier verre. Mais … l'ordi de la vieille tu l'as mis où ? Je ne le vois pas ! s'exclama-t-il. La frustration et la colère s'affichaient à nouveau sur son visage.

Le jeune regarda autour de lui, visiblement il avait des difficultés à se concentrer et souffrait à présent de gros troubles d'élocution.

— Ben, il est là ! affirma le jeune barbu lui montrant de son index un ordinateur portable au milieu d'un stock de cinq ou six équipements informatiques démembrés.

— Ah oui, ok je le reconnais, fit l'autre, soulagé.

— Allez ! prends ça, ça va te ferait sentir bien mieux, dit-il avec un large sourire, lui proposant un joint, tu seras plus cool, plus détendu, ça te fera du bien, lui dit le jeune en souriant, oubliant le vouvoiement habituel.

— Non, une autre fois peut-être.

Kevin se servit une nouvelle rasade et s'assit sur le canapé.

L'homme constata qu'il portait un jean délavé retenu par une ceinture mexicaine à boucle d'argent ainsi que des bottes noires.

— Tu regardes mes santiag, boss ? Elles sont en python, je les fais venir du Mexique, je peux t'avoir les mêmes si cela te branche. Cela te coûtera un bras, mais bon tu t'en fou puisque tu as du pognon.

La sueur qui coulait de son front lui piquait les yeux. Il sortit sa chemise de son pantalon pour s'essuyer le visage.

— Cela pourrait m'intéresser en effet, lui rétorqua le chauve, en lui servant un autre verre. La peau sous son œil droit trembla d'un tic nerveux.

Kevin but une nouvelle gorgée. Au moment où il reposait la bouteille, il crut percevoir un léger froissement, derrière lui. Il se retourna mais ne vit personne.

Quelques secondes plus tard il était évanoui sur le canapé. Le verre et l'alcool se répandirent sur le plancher. L'homme laissa échapper un petit ricanement. Lire ce bouquin sur la mort cérébrale et le coma causé par trop d'alcool et de médicaments n'avait donc pas été du temps de perdu.

Il marmonna :

— Il est parfois dangereux d'en savoir trop…Personne ne traverse la vie sans dommage… Et puis, on ne peut pas sauver les gens, en particulier ceux qui ne demandent pas à être sauvés.

Le jeune homme n'y avait vu que du feu, trop défoncé pour remarquer son petit manège lorsqu'il lui avait glissé les médocs dans son whisky.

Il ne restait plus qu'à le déshabiller et le laisser se noyer dans sa baignoire. Brusquement, le silence se fit autour de lui. Il alla jusqu'à la fenêtre pour regarder au-dehors. Un vent léger soufflait et, quelque part, une enseigne cognait contre un mur. Les aiguilles phosphorescentes de sa montre-bracelet indiquaient cinq heures moins cinq.

Il fallait faire vite. Il sortit de sa poche la paire de gants qu'il avait pris soin d'apporter afin de ne laisser aucune trace. Il fit rapidement le tour de l'appartement. L'évier débordait de vaisselle, des vêtements sales traînaient un peu partout, des canettes pleines de mégots étaient posées sur la télé. Sous le lit une boîte de conserve rouillée débordait de bouts de cigarettes et de cadavres de cafards.

Parvenu à la salle de bains, il regarda autour de lui. Tout était crasseux, le fond de la baignoire, les bords, les murs, les carreaux, le lavabo.

Il y régnait une odeur de linge sale et humide, mêlé à celle de cannabis et de tabac. Une vraie infection.

À côté de la baignoire, une table basse sur laquelle restaient un paquet de biscuits apéritifs entamé et un verre où stagnaient quelques gouttes de whisky, et dans un cendrier, une dizaine de mégots de joints écrasés. Il ouvrit l'armoire à pharmacie, y trouva quelques boîtes et des flacons de médicaments parmi lesquels il rajouta, après l'avoir minutieusement essuyé, et mis dans les mains du jeune homme, le neuroleptique qu'il avait insidieusement versé dans son whisky. Il en fit de même avec le Blend qu'il avait apporté et posa le briquet et la bouteille sur la table.

Après avoir rempli la baignoire, il jeta dans l'eau quelques bouts de cigarette et de joints, et après lui avoir ôté tous ses vêtements, y plongea Kevin, toujours dans un état comateux.

Normalement dans cet état, la respiration devenait profonde et régulière, le pouls ralentissait et les réflexes contrôlant les muscles volontaires disparaissaient. Il appuya longuement, mais pas trop fort, sur la tête du jeune drogué de manière à ce qu'elle soit complètement submergée. Qui se soucierait d'un jeune accro aux drogues, mort d'overdose médicamenteuse dans son bain ?

Mais il devait effectuer un travail magistral, il fallait ne laisser aucun indice, aucune empreinte, pas d'ADN, rien.

Tout était parfait, il était satisfait, cela passerait pour un accident. Le crime d'un imbécile est celui que l'on découvre. Celui d'un homme intelligent reste inconnu. Rien ne vint troubler le sentiment de puissance qui l'enveloppait. Il décida qu'en plus du portable de la vieille il emporterait le mobile du jeune ses santiags et le verre dans lequel il avait trempé ses lèvres et jetterait le tout dans le Lez. La découverte inattendue de cette photo et de l'album avait réveillé des ombres endormies. Maintenant ces ombres devaient retrouver la paix et devaient disparaître à jamais. Il ne lui restait plus qu'à continuer à surveiller au plus près le gratte-papier peut-être que celui-ci le mènerait jusqu'à cet album photo, ensuite il jetterait le précieux document dans le feu.

Chapitre 17

Il réussissait à se maintenir en forme en faisant son jogging très tôt le matin, une à deux fois par semaine. Donc, il mit ses chaussures spécial running, enfila un short, un maillot à manches longues bon marché et passa à son bras son brassard en velcro afin d'y glisser son smartphone. Le moment était venu de mesurer son déclin, se persuada-t-il, et d'évaluer les efforts à fournir pour l'enrayer. Il avait choisi de pratiquer le jogging pour conserver la forme mais aussi pour évacuer son stress !

Ce matin-là, tout en gardant un rythme soutenu, il était parvenu sur la promenade du Peyrou en une quinzaine de minutes.

Appelée auparavant place royale du Peyrou, elle culminait à 52 mètres au niveau de la mer. Louis XIV avait interdit de faire construire dans toute la ville tout édifice au-dessus de cette côte.

Plus précisément les bâtiments de Montpellier ne devaient pas dépasser le bras tendu de la statue équestre du Roi Soleil qui se trouvait sur la place.

Titoan aimait cet endroit dont les anciens disaient, sans doute avec quelque exagération, qu'à partir de ce magnifique point de vue l'œil apercevait le Canigou, le Pic Saint-Loup, le mont Ventoux, et plongeait avec plaisir sur la Méditerranée.

Passant devant le château d'eau monumental, construit à la manière d'un temple antique, il avait atteint son but il lui fallait revenir à son point de départ à présent.

Lorsqu'il fut à proximité de la statue, il fut arrêté par un couple de touristes, qui avec un accent britannique assez prononcé mais dans un français plus que correct, le questionnèrent sur la statue de Louis XIV qu'ils admiraient depuis un long moment.

— Monsieur, excusez-nous mais avec mon mari nous ne sommes pas d'accord lui avoua la femme, une blonde, habillée tout en blanc d'une trentaine d'années, au regard vif qui le détailla de la tête aux pieds. Peut-être pourriez-vous nous départager ?

— C'est à quel sujet ? leur demanda-t-il, stoppant sa course en tentant de reprendre son souffle.

— Ma femme prétend que ce n'est pas la vraie statue qui est exposée ici. Lui expliqua l'homme, qui était aussi habillé de blanc, mais son embonpoint et sa chevelure laissaient deviner qu'il devait avoir une bonne vingtaine d'années de plus que sa compagne.

— Votre épouse dit vrai monsieur. Cette statue en bronze est la deuxième version de la représentation du roi sur la ville, la Révolution française de 1792 ayant détruit la première pour la fondre et en faire des canons. La statue équestre actuelle fut solennellement érigée en 1828.

— Ah, nous avons la chance d'avoir avoir à un spécialiste, lui concéda l'homme, visiblement ravi.

— Spécialiste on ne peut pas dire, il y a beaucoup d'historiens locaux mieux informés et plus pertinents que moi sur l'histoire de Montpellier.

— Et pourriez-vous nous dire qu'est-ce que c'est cette histoire d'éperons ? lui demanda la femme blonde.

— Je vois, vous voulez parler de la rumeur tenace à Montpellier qui affirme que le sculpteur, une fois son œuvre achevée, se serait suicidé en se rendant compte qu'il avait oublié de placer des étriers au Roi Soleil.

— Est-ce vrai ? dirent-ils en même temps.

— Non, car comme vous pouvez l'observer, si Louis XIV n'a pas d'étriers, c'est parce qu'il est représenté en cavalier romain, à cru, sans selle ni étriers. Les étriers n'existaient pas encore. Il n'y eut donc pas matière à suicide.

Sur ce, il salua les deux touristes légèrement dépités, et poussa sa course vers son domicile. Sur le retour il évita de justesse un cycliste qui roulait sur le trottoir, un de ceux, sans doute pour qui un feu rouge, ou un sens interdit n'était que de simples suggestions.

Soudain, il eut la sensation d'un regard sur la nuque, il se retourna rapidement. Il n'y avait personne derrière lui. Seulement son ombre. Il soupira, rassuré et mécontent de sa propre nervosité.

Douché et revigoré par sa course matinale, il passa au journal et remit son article à Max. Celui-ci correspondait à la ligne éditoriale que le rédacteur en chef souhaitait, il en fut satisfait. Il fouilla dans sa veste, sortit son portable et regarda, toujours pas de message.

— Connais-tu la dernière performance de notre ami Florentin ? le questionna Max. Cela s'est passé il y a quelques jours au Windsor mais je ne l'ai appris qu'hier.

— Non, je ne vois pas.... Il ne m'a rien dit.

— Cela ne m'étonne pas. C'est Hector, le patron du Bar le Windsor qui me l'a raconté, notre ami commun ne va pas n'importe où, il était parmi ses derniers clients, et éclusait une bouteille de Daumas-Gassac. Comme il était seul sur la terrasse il l'a laissé fumer un cigare. Il m'a précisé également qu'il l'appréciait beaucoup car il avait compris depuis très longtemps que dans un bar il fallait éviter de parler politique, religion ou morale. Sujets sensibles à ne jamais aborder en public.

— Oui et que s'est-il passé ?

— Eh bien, alors qu'il ne lui restait qu'un fond de verre, au lieu de laisser dignement d'éteindre son cigare dans le cendrier il a plongé dans son verre de vin à moitié vide ou à moitié plein selon le sens que l'on veut bien lui donner. Ensuite il est monté sur une chaise pour déclamer un poème de Louis Brauquier, *La Mort de l'Armateur*.

— Je ne connais pas, avoua Coustou.

— Hector a noté la première strophe, je te la lis. *Mes amis rassemblés qu'un même amour dépasse, C'est pour vous que je pars. Je vous offre déjà l'ardeur de mon absence Qui sera votre part.* Cela a fait du chahut, tu parles, le Windsor ! Il a dû s'arrêter là. Il a demandé au serveur de lui apporter une nouvelle bouteille. Celui-ci le lui a refusé au motif que Florentin avait trop bu. Ce qui n'était pas faux. Et qu'a fait notre ami ? Il a repris son cigare qui trempait dans son verre, l'a plus ou moins bien séché et a terminé son verre en déclamant : *C'est un homme vivant qui part et se déchire Comme un ciel sur les mâts ; L'homme le plus tenté par l'amour des navires.* Puis il a rallumé son Montecristo et il est reparti tranquillement mais d'une démarche chaloupée.

Ils rirent ensemble de cette histoire concernant leur ami.

C'est alors que le téléphone de Titoan sonna. C'était le brocanteur Marcel Panjat.

Effectivement lui affirma-t-il d'un ton jovial, il pouvait le voir aujourd'hui même dans son Mas Brocante sur la route de Viols-le-fort. Par contre s'il n'était pas exactement dans son mas il lui faudrait aller le trouver auprès de ses abeilles.

Max lui recommanda également d'essayer de trouver de la matière afin de pondre un article sur l'apiculture en général ou bien sur cet apiculteur en particulier.

Chapitre 18

Coustou avait bien noté l'itinéraire, c'est au volant de sa Dacia qu'il prit la route. Elle avait des suspensions usées, qui gémissaient et grinçaient dans les nids-de-poule. Mais le moteur était en bon état. Il éteint l'autoradio qui était initialement programmé sur Radio Clapas une station de qualité qui diffusait régulièrement du jazz. Il souhaitait profiter du trajet pour réfléchir et admirer le paysage, de plus il avait lu quelque part que le fait de laisser l'autoradio éteint les premières minutes du trajet entre le lieu de départ et sa destination participait à la diminution du stress. L'habitacle était totalement silencieux. Situé à 27 kilomètres au Nord-Ouest de Montpellier, sur un petit causse couvert de garrigues et de taillis de chênes, Viols-le-fort était connu pour être l'un des plus vieux villages de l'Hérault.

Coustou longea le vaste domaine du château de Cambous édifié au seizième siècle en pleine garrigue et niché dans un écrin de verdure de cinq hectares. Il était doté d'un très beau jardin à la française et d'arbres centenaires. Le journaliste avait appris qu'il avait appartenu à la Marquise de Turenne, qui fortement endettée avait été contrainte de le vendre aux enchères en 1913.

Titoan roulait en suivant les indications données par le brocanteur, il ne pouvait s'empêcher d'observer la nature autour de lui, cette garrigue aux violentes essences de plantes sauvages. Le trajet le menait au travers de magnifiques paysages de garrigue vert et brun, formations du chêne kermès, de rochers blancs sous un soleil éclatant et un ciel bleu sans nuages. La route était bordée de murets composés de milliers de cailloux savamment assemblés par des bergers maintenant disparus. Pour les ovins, pas de fuite possible, pas d'issues, excepté celles qui donnaient sur les herbages proches de la draille. Comme le lui avait indiqué le brocanteur. Il traversa la départementale et s'engagea sur le chemin qui se faufilait entre les blocs de rocher puis il dépassa une lavogne. Pris la draille à gauche, coupa le chemin vicinal et poursuivit lentement par le chemin pierreux en face, en ignorant les embranchements. Au bout du long chemin rocailleux, niché en pleine garrigue le mas lui apparut, une ancienne bergerie sans doute, avec son toit de tuiles romanes, ses volets verts et ses murs en pierres locales. Le ciel au-dessus de lui était d'un bleu azur. Sans nuages. Un petit vent frais soufflait des cimes. En homme du Sud, fils de la lumière il appréciait cette atmosphère et ces moments. Il entra dans le paysage comme on entre dans un tableau impressionniste.

Plus haut il aperçut un aigle de Bonelli, espèce rare et protégée. Visiblement il était à la recherche d'une proie, ses battements d'ailes étaient souples et légers. Par une journée pareille on pouvait croire que tout était possible,

Empruntant le sentier, Titoan se dirigea vers la bâtisse où il ne semblait y avoir âme qui vive. À gauche, un hangar très long qui paraissait avoir fait l'objet de belles rénovations, abritait la Brocante de Marcel Panjat. Deux à trois cents mètres plus loin, côté sud-est il aperçut une dizaine de ruches, le rucher était positionné abrité des vents dominants par des haies et talus dans un endroit calme, à proximité de fleurs, entouré de quelques chênes qui servaient de repères aux butineuses. Avec précaution il s'avança vers l'apiculteur brocanteur qui s'activait auprès de ses abeilles. Parvenu à une quinzaine de mètres de celui-ci il s'arrêta, prudent.

Coustou constata que sur chaque ruche figurait un nom de héros de polar : Nestor Burma, Pepe Carvalho, Adam Dalgliesh, Dave Robicheaux, Kurt Wallander, Harry Bosch, Kostas Charitos.

L'homme était vêtu d'une combinaison blanche en coton, conçue pour être à la fois sure et pratique, le tissu semblait épais et aéré. Il portait également un chapeau avec de larges bords qui maintenaient le voile de sécurité loin du visage, celui-ci était de couleur noire ce qui favorisait la visibilité.

L'autre l'avait entendu il se retourna, vers Coustou, s'approchant de celui-ci ôtant son chapeau et ses gants de cuir, en souriant il lui serra la main, la poigne était ferme. C'était un homme d'une cinquantaine d'années, grand, solide.

— Si vous permettez, je vais tout d'abord me mettre à l'aise, ce scaphandre n'est pas très pratique pour marcher et nous serons mieux dans le mas.

Lentement, l'apiculteur se défit de son équipement.

Profitant de ce moment Titoan, ouvrit son sac de berger, prit son carnet de notes.

Ce faisant, le brocanteur poursuivit la conversation :

— J'ai toujours aimé la nature, notamment les abeilles, les filles de la lumière comme le disait Hugo. Lorsque j'ai acheté ce terrain et le mas, grâce à un héritage il y a une quinzaine d'années, j'ai découvert ici même, trois ruches vides, j'ai donc décidé de les remettre en fonctionnement et de devenir apiculteur- amateur. J'en ai même ajouté quatre autres. Une fois installées dans leur ruche, les abeilles y restent … Toutefois il faut que la ruche soit maintenue en bon état et régulièrement agrandie pour que les abeilles aient de la place. Et il faut qu'elles aient à butiner aux alentours et à boire. Je dois aussi traiter une fois par an les abeilles contre le varroa, un pou destructeur qui s'attache aux abeilles.

— Est-ce qu'elles ont de quoi butiner alentour ?

— Oh oui, ici, c'est la nature, en garrigue mes abeilles se nourrissent suivant la saison, sur les romarins, buis, fleurs blanches du laurier- tin, le thym, la bruyère multiflore et bien d'autres plantes et fleurs. Ce n'est pas à vous que je vais apprendre que les abeilles assurent à elles seules 85 % de la pollinisation des espèces de plantes de nos contrées. Plus il y a d'abeilles, plus il y a de fruits.

— Je vois que vous êtes un passionné, affirma Coustou. Et en volume de production de miel cela donne quoi ?

— Les belles années et quand je suis là au bon moment pour effectuer les tâches nécessaires, quand mon activité de brocanteur me le permet, je récolte jusqu'à 35 - 40 kg de miel. D'autres années, c'est seulement de 12- 15 kg par ruches. Mais mon objectif n'est pas la productivité. Je fais profiter mes amis de mes récoltes. Le romarin apporte de la finesse, le thym de la couleur et des parfums et la badasse termine la récolte. Ces plantes aromatiques vont exhaler leurs parfums dans mon miel coloré des garrigues, qui révèle en bouche toutes les saveurs méditerranéennes.

— Vous ne vous êtes jamais fait piquer, vous ne les craignez pas ? vous n'avez pas peur ?

— Je parlerais plus de nécessite de précaution que de peur, mais bien sûr ce sentiment existe au départ. Surtout si l'on sait qu'une ruche peut représenter au cœur de la belle saison, l'été, jusqu'à 70 à 80 000 abeilles ouvrières. Elles ne sont pas toutes présentes en même temps : les butineuses sortent de la ruche dès le lever du soleil. Cela n'empêche pas qu'il faut prendre quelques précautions, comme ne pas s'approcher d'une ruche sans protections. C'est pour cela que vous m'avez vu accoutré de cette façon aujourd'hui. Mais avec l'apprentissage des bons gestes, il n'y a pas de raisons d'avoir de crainte particulière.

Marcel changea de sujet et fit part au journaliste d'une cause qui lui paraissait la plus importante. La fin prochaine des abeilles. Il s'animait au fil de son discours soulignant certains points à l'aide de son index brandi, comme bouleversé par une excitation contenue, guettant une approbation sur le visage de son interlocuteur.

— Vous savez il est urgent d'agir au niveau mondial mais aussi au niveau local afin de protéger les abeilles, pour enrayer leur déclin. Il faut supprimer tous les pesticides qui leur sont néfastes. Sans abeilles, il n'est plus de fleurs, ni parfums, ni saveurs. Sans abeilles, il n'est plus de graines. Sans abeilles, c'est la flore et la faune qui disparaissent peu à peu. Et l'humanité avec elles. Les abeilles sont notre avenir.

— J'en conviens tout à fait, Marcel, vous prêchez un convaincu, je ne manquerai pas de le mentionner dans l'article que je vais consacrer à nôtre rencontre.

Cela parut rassurer son interlocuteur.

— Je parle aux abeilles, comme certains parlent aux arbres, aux fleurs, poursuivit-il en marchant vers le Mas, je leur dis "Venez à moi, n'ayez pas de crainte... je prendrai soin de vous..." C'est un « viais de viure », une façon d'être.

Ils entrèrent dans le mas en ouvrant une vieille porte en châtaignier. Ils pénétrèrent dans une vaste pièce qui servait de salle à manger et de salon lui indiqua Marcel, à droite c'était la cuisine et la porte à gauche au fond de cet espace, donnait sur une chambre et le bureau.

Les meubles étaient rustiques, au sol des tomettes, les murs étaient blancs, de nombreux livres remplissaient les étagères d'une immense bibliothèque qui occupait toute une cloison. Passant devant une grande table, le brocanteur lui indiqua qu'il s'agissait d'une table qui provenait d'un monastère. Ils se dirigèrent vers le salon où les attendaient deux fauteuils club en cuir marron qui respiraient le confort et la qualité.

Venant au motif principal de sa venue, Coustou expliqua à l'apiculteur que même s'il trouvait le sujet concernant les abeilles très instructif, c'était son métier de brocanteur qui l'intéressait le plus aujourd'hui, et plus particulièrement les conditions d'acquisitions des années complètes du Petit Méridional par madame Courtines.

— Je connaissais cette pauvre madame Courtines depuis des années, commença-t-il d'une voix assurée. Elle avait un drôle de caractère, mais au fond elle m'était sympathique, aussi, lorsqu'elle m'a dit, il y a quelques semaines que le projet de l'association dont elle faisait partie était d'obtenir des documents locaux concernant la Seconde guerre mondiale, je me suis rappelé qu'il devait y avoir un lot de vieux journaux dans mon hangar, là à côté. Je suis allé voir, et effectivement, je l'avais placé dans un vieux buffet provençal tout au fond du bâtiment. Heureusement le lot était bien protégé de l'humidité. Je le lui ai apporté rue de la Providence, elle en était ravie, de même que la jolie Aliénor que vous avez sans doute remarquée, lui précisa-t-il.

— Euh, oui bien sûr, mais où aviez-vous obtenu ce lot de journaux ? enchaîna rapidement Coustou.

Marcel parlait beaucoup, sa solitude devait lui peser sans doute.

— Si je me souviens bien... C'était il y a quelques mois, non, je dirai il y a un an environ. Attendez un peu, je vais chercher mon livre de recettes, c'est son nom, ce sera plus sûr, il est dans mon bureau, je vous demande de patienter quelques instants.

Pendant ce laps de temps, Coustou se leva et se dirigea vers la bibliothèque de son hôte, cela pouvait paraître comme une indiscrétion ou bien une indélicatesse mais il ne pouvait s'en empêcher. Les livres consacrés à l'apiculture, la botanique, à la brocante, aux meubles anciens, biographies historiques étaient présents en majorité, mais il y avait là aussi Camus, Hugo, Zola, Coelho, de nombreux romans policiers également et quelques albums photos.

Curieux, il ouvrit l'un des albums et en feuilleta quelques pages épaisses raidies par les articles de journaux et les photos en noir et blanc qu'on y avait collées.

Marcel revint quelques minutes plus tard avec un grand cahier où semble-t-il, il devait noter l'ensemble de ses acquisitions et ventes.

— Ne croyez pas, reconnut Marcel, que je reporte absolument tout, mais pour l'essentiel et les gros achats je suis obligé de le faire, de plus cela me sert de repère en quelque sorte et puis ainsi je pourrai vous donner une date exacte.

Il tourna ainsi une vingtaine de pages et s'exclama :

— Voilà, c'est ici ! dit-il, en désignant une page du doigt. Vous savez que généralement suite à un décès les héritiers ne veulent pas trop s'encombrer et font débarrasser la maison et vendent les meubles et objets de brocante. Aussi si l'on est connu dans le secteur c'est à moi que l'on fait appel. Donc, c'était au mois de juin dernier il y a donc presque un an. Je suis intervenu dans la maison d'un certain monsieur Xavier Malglaive à Aniane. J'ai noté que cet homme était décédé à l'âge de 92 ans, il avait été serviteur ou majordome chez une vieille famille montpelliéraine, j'avais noté ça. Quatre-vingt-douze ans, ce n'est pas tout jeune. Comme je suis curieux, friand d'anecdotes, de faits bizarres ou curieux, d'anachronismes, je note souvent des choses qui m'étonnent chez les clients, j'ai une colonne pour ça.

Coustou opinait du chef encourageant le brocanteur.

— Et là vous voyez j'ai noté que nous étions deux brocanteurs, effectivement je l'avais oublié il y avait aussi Emile Norris, un autre brocanteur du coin, à qui la famille avait fait aussi appel, pour quels motifs je ne sais pas. Sauf erreur de ma part la famille était plutôt restreinte il ne lui restait plus qu'un lointain neveu qui habitait en région parisienne, dont le but principal était que l'on vide au plus vite la maison afin qu'il puisse la mettre en vente. Il ne voulait pas s'encombrer avec des vieilleries. Donc on s'est partagé les meubles et les souvenirs du vieil homme, alors... il y avait de la vaisselle en porcelaine, des verres en cristal, un buffet provençal, une table de salle à manger du même style, ça c'est moi qui ai pris. Emile lui, s'est chargé de ce qu'il y avait dans la chambre, lit, commode, armoire, fauteuil tout en style Louis-Philippe. Pour l'électroménager c'est Emmaus qui s'en est occupé. J'avais bien tout indiqué dit-il satisfait.

— À part ça, rien de plus Marcel ? rien de particulier, rien de bizarre ? Pas de papiers divers en dehors de ces journaux, rien de plus personnel ?

— Maintenant que vous me le dites, il n'y avait pas de papier personnel, pas de livret militaire comme on trouve quelquefois dans les tiroirs des vieux meubles, rien. Mais si, je me souviens ! s'exclama le brocanteur se frappant le front de sa main droite. Plusieurs jours plus tard à Pézenas, lors de la brocante mensuelle à laquelle nous participons l'Emile et moi, il m'a précisé que derrière une étagère de l'armoire il avait trouvé un vieil album photo. Cela avait dû échapper à la vigilance du neveu car l'album n'était pas visible, mais en bougeant l'armoire pour la mettre dans son débarras mon collègue l'avait fait tomber. Il comptait le vendre sur l'un des marchés, n'ayant pas conservé les coordonnées du neveu parisien.

— Vous en a-t-il dit plus sur le contenu de cet album ?

— Non, rien, il faut dire que je ne lui ai pas posé de question sur le sujet non plus. Je dois vous avouer que je ne suis pas très fervent des albums photos. Chaque fois que je regarde des photos, j'éprouve un sentiment de grande implication et un vrai intérêt pour les vies contenues dans ce silence perpétuel du papier glacé, mais je suis surtout gagné par une profonde mélancolie. Et j'ai de plus en plus de mal à le supporter. L'âge sans doute.

Il sourit avec tristesse.

— Je comprends, mais avez-vous ses coordonnées ?
— Oui, bien sûr je vais vous écrire cela au dos de ma carte professionnelle comme ça vous aurez les deux, mon contact, en cas de nécessité et le sien.

Ils sortirent du mas, un cri d'oiseau se fit entendre.

— Au printemps, il est courant d'entendre ce cri, c'est le chant de la huppe fasciée. Je vous accompagne jusqu'au bout du chemin, après il faudra que je poursuive mon travail auprès de mes chères abeilles. Tiens, regardez cet autre oiseau ? Il est beau n'est-ce pas ?
— Oui, il est vraiment remarquable. Ses couleurs sont magnifiques.
— C'est un guêpier d'Europe, il n'est que de passage, du moins je l'espère, car dans notre région il préfère les plaines viticoles. Admirez l'élégance de cet oiseau il a un plumage très coloré, il est brun jaunâtre sur le dessus et bleu-vert sur le dessous, la gorge jaune vif soulignée d'un délicat trait noir et le dessous bleu turquoise, des taches de couleur marquent tout le plumage. Cet oiseau est, sans conteste, l'un des plus beaux de notre territoire. Ce qui frappe tout d'abord, ce sont ses couleurs magnifiques, il est semblable à un arc-en-ciel. Mais le guêpier se nourrit exclusivement d'insectes qu'il capture en vol, tels que des libellules, des papillons, des coléoptères et surtout des abeilles et de nombreux bourdons, rarement des guêpes, contrairement à ce que son nom laisse supposer.
— Comment font-ils pour ne pas se faire piquer ? questionna Coustou.
— Ils happent leur proie en plein vol, puis les cognent et les frottent sur leur perchoir afin de faire tomber leur aiguillon et de se débarrasser du venin. Donc, vous comprendrez bien que je me doive de l'effrayer afin de le chasser de mon secteur, j'ai bien peur qu'il ne

fasse une razzia sur mon rucher et qu'il s'attaque à mes butineuses. Ils font des dégâts mais peu comparés aux dégâts que font les produits phytosanitaires. Il s'agit d'une espèce intégralement protégée par la loi en France, et il est strictement interdit de les tuer, de les capturer ou de leur porter préjudice.

— La nature est merveilleuse mais complexe et nous apprend de nombreuses choses. Vous êtes un vrai spécialiste.

— Je le suis devenu, car tout ce qui concerne les abeilles me passionne. Je pourrai vous en parler des heures durant. Je vois que vous prenez des notes, j'espère que je ne parle pas trop vite.

— Ne vous inquiétez pas, j'ai l'habitude, mais poursuivez, je vous écoute avec attention.

— Nos sociétés se sont quelquefois inspirées du modèle sociétal des abeilles. Connue depuis la plus haute Antiquité, l'abeille est un animal social qui vit en interdépendance avec ses congénères.

— Il est vrai que Virgile, le grand poète latin, appelait le miel le don céleste de la rosée. Et chez les Celtes et les Gaulois l'abeille évoque les notions de sagesse et d'immortalité de l'âme.

Heureux de l'intérêt de son interlocuteur l'apiculteur poursuivit :

— C'est vrai, et en Afrique il existe des oiseaux appelés oiseaux de miel ou indicatoridés, leur plumage est généralement assez terne, avec des taches blanches sur les plumes de la queue, donc vous voyez, rien de bien agréable à l'œil ni spectaculaire. Cet "honey-guide", comme le nomment les anglo-saxons, signale aux hommes l'emplacement des ruches sauvages. Une fois la ruche ouverte et le miel pris, l'oiseau se nourrit des larves et de la cire restantes que l'homme lui a laissé volontairement. Tout le monde y trouve son compte. Il s'agit d'une étrange relation de coopération entre un oiseau et les humains. Toutefois, il faut laisser sa part à l'oiseau-guide sinon la fois prochaine il peut amener les chasseurs à un animal dangereux.

Marcel s'approcha de l'oiseau toujours perché sur son arbre, tapant dans ses mains, le guêpier prit son envol majestueusement vers les plaines viticoles, porté par le vent.

Après avoir accompagné Coustou à son véhicule, il rebroussa chemin et retourna à ses abeilles non sans avoir salué chaleureusement son visiteur.

Parvenu à sa voiture il prit son portable. La présence d'une petite icône bleue en haut de son écran lui apprit qu'il lui avait reçu un SMS. Il sourit en découvrant qu'il s'agissait d'un message d'Aliénor qui lui demandait si son enquête avançait. Il répondit en lui indiquant que son enquête progressait beaucoup trop lentement à son goût, mais qu'il avait bon espoir. Ensuite il appela le numéro de téléphone que lui avait communiqué le brocanteur, celui d'Emile afin de prendre rendez-vous avec lui, en souhaitant pouvoir le rencontrer rapidement. N'obtenant pas de réponse, il laissa un message sur son répondeur.

Il mit le contact, jetant un dernier coup d'œil à la végétation Il aperçut un petit bouquet d'aphyllantes de Montpellier, ou œillets de Montpellier, une plante spécifique de la garrigue qui fleurit au début du printemps. Sa fleur d'un bleu prononcé, ne possède, hélas, aucun parfum. Juste à côté virevoltait un joli papillon bleu avec des nervures et une fine bordure foncée, l'azuré du thym, qui allait de fleur en fleurs ou de brindilles en brindilles, ne prenant que quelques secondes pour se poser et pour faire admirer les jolies couleurs de ses ailes. Satisfait de constater qu'il avait encore en mémoire les leçons de botanique et quelques restes d'entomologie de son grand-père, il prit la route qui menait à Montpellier.

Malgré tout, il avait le sentiment de progresser peu à peu dans ses investigations, même s'il n'avançait pas aussi vite que ce qu'il aurait souhaité. Un policier lui avait précisé que les enquêtes se résolvent avec beaucoup de patience et d'innombrables petits pas, et ne jamais omettre le facteur chance qui quelquefois permettait de faire pencher la balance de la justice ou de la vérité du bon côté.

Rendu à bon port, il relança par téléphone Natacha la jeune femme de l'agence immobilière qui l'avait efficacement accompagnée dans l'appartement de madame Courtines. Supposant que son absence était causée par sa participation à un séminaire de formation en investissement immobilier, dont elle lui avait parlé.

Quelques minutes plus tard Coustou regagna le bureau du journal.

Il y trouva le jeune Martin Orbet à son poste.

Martin était chargé de la réponse aux différents mails, courriels diraient nos amis québécois, adressés au journal, de la réponse téléphonique. C'était un guadeloupéen non-voyant. Noir et aveugle comme aurait dit Robert le clochard. Afin qu'il puisse travailler dans de bonnes conditions Max avait fait le nécessaire pour équiper son ordinateur d'un programme audio de lecture des notes, articles et messages écrits, et avait acheté un standard téléphonique spécifique pour les déficients visuels. Outre la maîtrise complète de son handicap, Martin avait de grandes qualités humaines, il était sympathique et s'entendait bien avec tout le monde au bureau. D'autre part, Martin avait une mémoire prodigieuse, il n'oubliait rien, se souvenait de tout. Il avait appris sans effort l'anglais, l'italien, l'espagnol, l'allemand, le mandarin, le portugais. En raison de ces capacités étonnantes, Max lui demandait de participer à tous les comités de rédaction ou réunions.

Fréquemment lors de ces assemblées en petit comité, Martin rappelait tel ou tel événement, en donnant la date et communiquant ses souvenirs de façon très précise, des plus anciens aux plus proches des plus banaux aux plus complexes avec force de détail et de netteté. Ses performances et ses qualités humaines forçaient l'admiration de ses collègues de travail. Son sourire, sa voix chaleureuse avec l'accent chantant du Midi, évoquaient pour tous le chant des cigales et le soleil estival.

Coustou profita de la fin de sa journée pour mettre à jour le dossier informatique qu'il consacrait à l'affaire du meurtre de madame Courtines. Il rajouta les derniers éléments obtenus et le témoignage de Marcel l'apiculteur- brocanteur. Il tenta de produire un document synthétique, d'un style efficace, avec quelques nuances, sans omettre les doutes, ou les nombreuses questions qui subsistaient. Il le transmit aussi à Martin afin que celui-ci s'en imprègne. Il avait une confiance sans failles dans le jugement de ce dernier. Et il ne doutait pas que ce dernier lui ferait part de toute idée ou suggestion qui pourrait l'aider.

Il n'oublia pas non plus de le faire parvenir par mail à Florentin qui était absent du bureau cet après-midi-là. Sans doute devait-il traîner au Centre d'entraînement des footballeurs de Montpellier à Grammont pour glaner toutes les informations qui lui seraient utiles pour produire un nouvel article.

Saisissant son portable Titoan lui fit parvenir un court message, l'informant qu'il lui avait fait parvenir son document. Quelques minutes plus tard, il reçut en retour un texto de Florentin qui se trouvait effectivement au Centre d'entraînement de Grammont où les joueurs avaient eu droit à une demi-heure de footing, des jeux d'assouplissement avec petits ballons ainsi qu'à du gainage et des étirements.

Il fit ensuite un court article sur l'apiculteur brocanteur à l'aide des notes qu'il avait pris dans le Mas à Viols-le-fort, passant sous silence les éléments concernant l'enquête, bien sûr. Il fit passer le message que lui avait développé avec beaucoup de pédagogie Marcel : les abeilles sont menacées de disparition partout sur la planète, avec pour conséquences un danger sur la biodiversité et donc sur l'alimentation humaine, en raison de la toxicité surmultipliée des pesticides et de nouvelles technologies et ce depuis plus d'une dizaine d'années, Mais il est encore possible de l'enrayer si l'on met en place des politiques volontaristes et des actions concrètes,

Il demanda ensuite à Martin de bien vouloir transmettre à Marcel un exemplaire du journal dans lequel paraîtrait l'article, il savait que Martin n'oublierait pas. Il était reconnu pour avoir une mémoire exceptionnelle et l'on faisait toujours appel à lui lors d'évocations événements lointains ou compliqués dont chacun au journal donnait une version différente.

Chapitre 19

L'homme se raidit sur son siège car enfin son objectif sortait de chez lui. Il avait su conserver son sang-froid malgré toutes ces heures d'attente dans son véhicule. Il avait trouvé le temps long, se demandant s'il n'attendait pas inutilement, mais conformément à son habitude sa cible ne dérogeait pas à sa virée quotidienne.

En cette fin d'après-midi, il le vit donc, partir tranquillement vers l'étang, empruntant le chemin petit chemin étroit mais aménagé qui longeait le plan d'eau. Celui-ci menait à une petite cabane, il le savait, il avait déjà suivi l'homme deux jours avant. Il attendrait encore un peu et le rejoindrait au crépuscule, espérant le disque rouge et jaune du soleil déclinant. C'était le moment parfait. Lumineux mais pas trop, avec à peine un souffle d'air, excepté une brise légère qui emportait les senteurs marines jusqu'aux berges de l'étang. Ce n'était pas une heure pour mourir, mais personne ne peut savoir à l'avance quand sonnera l'heure de sa mort.

Enfin vint le moment, il sortit de sa voiture, mit sa casquette, empruntant le sentier, longeant sans bruit la frange de roseaux qui bordait l'étang offrant un refuge aux canards, foulques et poules d'eau, il avait pris soin d'emmener avec lui une lampe torche qu'il n'utiliserait qu'en cas de nécessité, peut être sur le chemin du retour seulement. Marchant d'un pas léger, sans déranger la moindre brindille. Autour de lui résonnaient uniquement les bruissements de cette nature que l'on dit silencieuse. Il fut surpris par l'envol d'une aigrette garzette qu'il avait effrayé sans doute, elle accompagna sa fuite d'un cri râpeux "krah krah krah", le peu de luminosité ne lui permit pas d'apprécier la blancheur immaculée de son plumage. Il s'arrêta net, craignant que cet événement n'ait attiré l'attention de sa proie.

Mais non, il était là, sa canne à pêche en main à quelques mètres de sa cabanette de pêcheur.

Il ne le vit pas venir évidemment, car trop occupé à tenter de juger si son bouchon, une boule blanche, bougeait à la lueur de la lanterne qu'il utilisait régulièrement dans sa pêche aux jols.

Le plus silencieusement qu'il put, il se déplaça et retrouva derrière l'abri la batte qu'il avait cachée lors de son précédent repérage.

Emile crut entendre un craquement de branches derrière lui et se retourna soudain. Mais il eut beau tendre l'oreille, scruter l'inextricable enchevêtrement de roseaux qui l'entourait il n'y avait rien.

Quelques instants plus tard, il reçut un coup violent à la tête et la douleur explosa derrière ses paupières, un éclair transperça son crâne suivi par une nuit profonde. Ce grand coup sur la nuque fit valser sa casquette bleu et orange de supporter de Montpellier et fit tomber la victime inconsciente dans la lagune. Emile s'effondra maladroitement à genoux et bascula en avant. Son bras droit lâcha sa canne à pêche ; son bras gauche décrivant un arc de cercle. Lorsqu'il s'écroula dans l'eau, les dernières lueurs du jour se reflétaient dans l'Etang de l'Or. Simultanément, une centaine d'oiseaux affolés s'envolèrent dans un vol gracieux et rapide. Au même moment un avion commençait sa phase d'atterrissage au nord-ouest de l'étang.

Le criminel, se félicita. Son plan s'était déroulé comme convenu, il prit le temps d'effacer un maximum de traces de sa présence sur les lieux, jeta au loin dans l'eau la batte qu'il avait utilisée, ainsi que le portable d'Emile que celui-ci avait placé dans la poche de son blouson sur la berge. La mort nous attend tous au bout du chemin, songea-t-il, pour Emile le chemin avait été plus court et s'était arrêté là, tant pis pour lui.

Les couleurs crépusculaires s'effaçaient en douceur et on pouvait apercevoir déjà quelques étoiles au sein du bleu de plus en plus nocturne. Autour de lui résonnaient les sons de cette faune que l'on croit silencieuse. Il décida qu'il était temps à présent de rebrousser chemin. La nuit était tombée, à présent tout paraissait calme. Il éclairait ses pas avec sa lampe torche, la lueur vacillante des étoiles se reflétait dans l'eau, fuyant sous le regard de l'homme.

Parvenu à son véhicule, le tueur posa sa casquette découvrant un crâne chauve. Il réfléchit rapidement, analysant les gestes qu'il avait fait ou bien les indices qu'il aurait pu laisser et qui pourraient éveiller les soupçons ou bien orienter l'enquête jusqu'à lui.

La seule erreur qu'il lui semblait avoir commise avait été celle d'arrêter les aiguilles de la pendule chez la vieille femme. Il n'avait pu s'empêcher de figer la course des aiguilles comme le voulait la tradition dans l'ancien temps chez une personne décédée. Mais toute réflexion faite, il conclut qu'il était tout à fait improbable que quelqu'un le remarque. Sa plus grosse frustration était de n'avoir pu mettre la main sur l'album photo, il avait fouillé, le plus délicatement possible l'appartement de la vielle et de fond en comble de surcroît et n'avait pu mettre la main sur l'objet si désiré.

Il était confiant. Détendu et satisfait il glissa dans son lecteur de CD un disque de rap américain, dont il prit soin de mettre le volume au maximum. Tout se déroulait comme convenu. Il avait décidé de prendre tous les risques et cela s'était avéré payant. Ne dit-on pas que la fortune sourit aux audacieux ?

Jusqu'ici, il ne regrettait absolument pas d'avoir choisi la voie qui était la sienne. Il n'avait pas eu le choix, de toute façon. Il ne restait plus que le problème du journaliste. Quand il avait reconnu Coustou à sa sortie de l'association où travaillait la vieille femme, il n'avait pas hésité une seule seconde, Il l'avait discrètement suivi, il n'avait pu laisser passer cette opportunité. Il n'était pas dans sa nature de se poser des questions et de tergiverser avant de prendre une décision.

Chapitre 20

Au petit matin Titoan prenait connaissance des dernières actualités sur sa tablette tout en avalant un café. Le téléphone sonna, la journée était belle et ensoleillée, le ciel d'un bleu lumineux au-dessus des toits et par la fenêtre il pouvait voir les moineaux voleter de bâtiment en bâtiment.

Natacha était revenue de son séminaire et pouvait trouver un moment dans la journée afin de retourner à l'appartement de la vieille dame. Ils convinrent d'un rendez-vous l'après-midi même. Se donnant comme point de rencontre l'entrée de l'immeuble.

Titoan contacta immédiatement Thomas Barberol, son ami ébéniste, lui rappelant le motif de sa demande, celui-ci lui indiqua qu'il parviendrait à se libérer et serait présent à l'heure dite.

Tout semblait se dérouler de façon parfaite, il ne manquait plus qu'à obtenir le témoignage d'Emile. Peut-être aurait-il ainsi une vision plus complète et cohérente. Ils se retrouvèrent à l'heure convenue au bas de l'immeuble qui abritait le logement d'Anne Courtines. Parvenus au deuxième étage et dans le silence habituel aux bâtiments occupés quasi exclusivement aux personnes âgées, ils pénétrèrent dans l'appartement.

Tous les rideaux des fenêtres étaient tirés et l'obscurité régnait à l'intérieur. Coustou prit sur lui d'ouvrir volets, fenêtres, rideaux, afin d'avoir le maximum de clarté dans le logement. Ensuite, il montra à Thomas son ami ébéniste le secrétaire qui faisait l'objet du message et dans lequel se trouvait caché, sans doute, l'objet mentionné dans le message de madame Courtines.

Laissant son ami se débrouiller avec le mobilier en acajou, il fit à nouveau le tour du logement, à la recherche d'un élément important qu'il n'aurait pas remarqué lors de sa visité précédente. Natacha observait attentivement Thomas, ils échangeaient sur la qualité des meubles d'époques et la difficulté actuelle de trouver des artisans compétents en capacité de les rénover correctement. Coustou fit les tours des pièces et se figea devant la petite pendule en marbre rouge ornée d'une nymphe, il n'avait pas remarqué que les aiguilles étaient arrêtées sur vingt-trois heures, cette heure était l'heure officielle de la mort d'Anne. Coïncidence ?

— Voilà, j'ai trouvé, annonça tout simplement l'ébéniste.
— Déjà ? remarqua Coustou, étonné.
— Je vous montre. Il y avait ce tiroir central à retirer. On découvre alors un double fond au caisson. Repoussons-le sur le côté. Et nous avons à la main un casier. Il suffit de savoir qu'il faut le repousser sur le côté droit. Et vous verrez un ruban sur le côté gauche... Un nouveau casier apparaît. Et qu'y a-t-il ? Un album photo. Le tour est joué !
— Bravo, mais comment avez-vous su ? le questionna avec une pointe d'admiration Natacha.
— Vous apprendrez, chère demoiselle, que dans mon atelier, pour restaurer les meubles, il est indispensable de savoir les démonter complètement. Aussi, avec le temps et l'expérience, on apprend. Et ce type de cachette n'est pas nouveau pour moi, d'autant plus que j'ai rénové le même modèle de secrétaire pour un collectionneur suisse il y a quelques mois.

Il confia sa trouvaille à Titoan qui le remercia chaleureusement.

Souhaitant le regarder au calme, afin de trouver enfin le motif qui aurait pu causer le meurtre de cette pauvre femme, Coustou glissa l'album immédiatement dans son sac de berger. Il le consulterait chez lui.

Remballant son outillage l'ébéniste leur indiqua :

— Un album photo...Vous connaissez l'histoire des Amérindiens ou des Amish qui ne voulaient jamais être photographiés, car ils croyaient que la photographie volait leurs âmes ? Certains d'entre eux pensaient-ils et peut-être pensent-ils encore, qu'une condition nécessaire pour voler l'âme était de capturer la lumière réfléchie par la peau d'une personne. Concept facile à rejeter, pour nous, tellement il semble simpliste et clairement faux. Mais Titoan, quand tu regarderas ces photos, essaye de sentir si tu ne perçois pas quelque chose de plus que la représentation d'une image d'un passé lointain.

— Sans nul doute, les photos ne sont pas seulement des images du passé. Elles permettent de ne pas laisser le temps noyer les souvenirs et laisser sombrer dans l'oubli des moments révolus.

— Les photos peuvent être trompeuses, il est impossible de garder une trace de tous les instants de notre vie. On ne conserve que quelques moments de bonheur isolés qui peuvent faire illusion pour ceux qui n'étaient pas présents.

— Bien sûr. Encore merci mon ami tu as assuré, comme d'habitude et comment va la petite famille ?

— Oui globalement ça va, la femme et les gosses. Celle qui me pompe l'air c'est la belle-mère.

— Ah bon, et pourquoi si ce n'est pas trop indiscret ?

— J'en peux plus. Il faut dire qu'à 92 ans, la mère Marguerite n'est appréciée de personne dans le quartier. C'est une femme acariâtre, méchante, manipulatrice, qui s'en prend toujours à quelqu'un. La sœur de ma femme qui a 58 ans, et vit chez ses parents n'a toujours pas le droit à une carte bancaire, ses comptes sont épluchés tous les mois au centime près. Si elle est toujours seule aujourd'hui c'est parce que sa mère fait barrage.

— Je préfère être à ma place qu'à la vôtre, tu tiens le choc ?

— Ne t'en fais pas, j'ai le cuir épais, affirma-t-il en souriant à son tour.

Coustou prit congé de ses amis, les remerciant à nouveau pour l'aide précieuse qu'ils lui avaient apportée, Pressé, ne songeant qu'à rentrer chez lui, sans attendre, afin d'examiner les photographies contenues dans ce précieux album.

Chapitre 21

Parvenu à son domicile, il referma rapidement la porte et glissa la chaîne de sécurité dans son rail. Son cœur battait très fort dans sa poitrine, il avait quasiment couru sur les 200 derniers mètres avant d'arriver.

Mais, ensuite, il avait enfin décidé de prendre son temps afin de ne rien louper, de bien analyser les éléments en sa possession. Après il déciderait de ce qu'il ferait de l'album et s'il communiquerait cette pièce aux services de police, ou pas. Pour accompagner sa recherche il lui fallait une musique reposante, mais riche et qui lui permettrait de l'aider à développer sa réflexion et son imagination dans un voyage musical présent et léger. Il choisit les variations Goldberd de Glenn Gould le caractère introspectif et méditatif de l'œuvre de Bach l'aiderait sans doute.

Il débarrassa sa table, et se mit au travail. Il ouvrit précautionneusement l'album, il avait posé tout à côté son carnet de notes et un peu plus loin son ordinateur portable préalablement sortit de son coffre-fort.

Tout d'abord il feuilleta l'album, à la recherche d'annotations qui pourraient lui apporter des précisions sur la ou les familles concernées, les lieux et dates. Mais il dut constater que rien ne lui sautait aux yeux de prime abord.

Les photos étaient collées. Afin d'avoir une vision complète du document il estima nécessaire de décoller l'ensemble des souvenirs, soit une cinquantaine de clichés. Il avait lu qu'il était possible de décoller des photos anciennes en utilisant un sèche-cheveux. En positionnant celui-ci à une quinzaine de centimètres de la photo, l'air chaud devrait ramollir la colle, puis en faisant passer délicatement un fil dentaire derrière chaque photo, il devrait être possible de décoller les photos du support sans trop de dégâts.

Comme il fallait s'y attendre, l'opération pris plus de temps qu'il ne l'avait envisagé. Il mit près de deux heures afin de parvenir à un résultat correct. Titoan reprit l'album vérifia les emplacements où avaient été collées les photographies. Aucune note. Il en était de même pour les photos, rien au dos : chou blanc.

Ne se résignant pas, il reprit tous les souvenirs et les examina à la loupe, un par un. Il s'agissait pour la plupart de prises de vues familiales, mariages, baptêmes, communions, promenades familiales de la période de l'entre-deux- guerre, il avait reconnu en arrière-plan de nombreux aspects ou monuments de Montpellier : le Peyrou, la place de la Comédie, la Cathédrale, l'Esplanade, et régulièrement le même jardin d'une belle propriété. Ces photos semblaient concerner une famille de notables, le fait que les communions et les baptêmes se soient déroulés à la Cathédrale le confirmait. D'autre part, le nombre et les tenues des participants ainsi que la présence constante d'officiers lors des différentes cérémonies validaient cette conclusion.

Coustou prit soin de scanner chaque cliché. Il les déposa ensuite dans un dossier du disque dur de son ordinateur, et précaution supplémentaire, il ouvrit sa boîte aux lettres électronique, rédigea quelques lignes à l'intention de Max son rédacteur en chef, puis associa le fichier qu'il venait de créer et lui fit parvenir le message.

En fait, il avait rangé toutes les photos sauf une. La scène semblait se situer dans un parc. Il s'agissait d'une photo où étaient présents deux hommes en uniforme d'officier des waffen SS, les deux individus n'étaient pas apparus sur les photos précédentes à la différence des deux autres personnes présentes sur la prise de vues que Coustou tenait dans ses mains.

Un homme âgé d'environ soixante ans, qui tenait dans ses bras un caniche blanc et une jeune fille d'une vingtaine d'années que Titoan avait déjà vus sur des clichés antérieurs. L'image laissait supposer que l'atmosphère était détendue, bon enfant, conviviale. La jeune fille riait aux éclats.

Il s'empara à nouveau de la loupe et constata que le vieil homme et la femme étaient marqués d'un point rouge au milieu du front.

Il tenait enfin le mobile de ce meurtre mystérieux. C'était cette photo, mais à présent il lui fallait trouver pour qu'elles raisons ce cliché représentait un danger et pour qui. Soulagé d'avoir pu progresser, il posa son stylo sur le dessus de son carnet de notes, repoussa le fauteuil pivotant et se leva. Il avait travaillé sans interruption plusieurs heures d'affilée et ressentait des courbatures dans le dos. Il plaça le carnet dans son sac et réalisa que la musique était terminée depuis longtemps. Il approuva intérieurement ceux qui pensaient que les mouvements lents de Bach, Haendel ou bien Corelli donnaient une sensation de stabilité, d'ordre, de sécurité et créaient un environnement stimulant pour les travaux intellectuels.

Mais, il fallait à présent identifier ces deux individus. Sentant le sommeil le gagner, il alla s'allonger sur son lit. Il se souvint des nuits de Kerguelen, si étrangement limpides, si étrangement claires, si étrangement sombres et glaciales, nuit après nuit. Ce souvenir l'entraîna vers la mélodie d'Henry Purcell et son Génie du froid du roi Arthur interprété par le météore et bouleversant Klaus Nomi.

Chapitre 22

À neuf heures le lendemain, il pleuvait. L'orage n'allait pas tarder à éclater, mais il écarta cette idée sinistre et s'empara de son imperméable et de son sac et, bravant la pluie et le vent. Il sortit.

Les ombres des nuages poussées par le vent couraient en éclaireurs et quand il sortit de chez lui, la pluie soufflait en rafales. Dans la rue des Ecoles Laïques les gens dévalaient la chaussée sous la pluie torrentielle pour aller vers l'arrêt de tram. Des étudiants couraient, capuches d'anorak relevées.

Dans une dizaine de minutes il serait rendu chez le disquaire de la rue de l'Université. Il pressa le pas. Les nuages enflaient au sud telle une rumeur.

Il y eut un instant de répit pendant lequel Coustou perçut le bruit de sa propre respiration.

Puis, la pluie redoubla d'intensité. Elle imprégnait les os, les murs des maisons, des immeubles. De gros nuages noirs, précurseurs d'orage, se bousculaient dans le ciel.

La pluie battait à un rythme forcené sur la toiture lorsqu'il parvint à son but. La boutique du vendeur de disques s'appelait "Chez Louis Fine".

La devanture du magasin était toute en bois bleu avec au-dessus de la porte d'entrée une inscription en lettres dorées Vinyle et CD.

Installé dans sa boutique depuis dix-neuf ans Fernand Fine était une figure incontournable du quartier, il était au fil du temps devenu l'un des poumons musicaux du centre-ville. Ici l'accueil était chaleureux et la sélection impressionnante. Que l'on soit amateur de folk, de rock, de pop ou de musique classique, on y trouvait son bonheur.

Louis était le troisième prénom de Fernand, la tricherie était donc mineure.

D'autre part il avait mis un point d'honneur à proposer des disques de vraies et belles bandes originales de film. Il en possédait une sélection spectaculaire. Du Clan des Siciliens d'Ennio Morricone au Lauréat de Simon and Garfunkel en passant par Nino Rota et le Parrain. Cette qualité et la grande quantité faisaient le bonheur des cinéphiles du bar La Soif du Mâle.

Et lorsqu'on ne trouvait pas le disque que l'on recherchait, Fernand se débrouillait toujours pour vous le trouver grâce à un réseau de connaissances qu'il possédait dans le monde entier.

Quelques mois auparavant, Titoan avait publié une chronique à son sujet dans Le Clapasien, ce qui lui avait valu les remerciements et l'amitié indéfectible du disquaire.

— Bonjour Fernand, comment allez-vous ?
— Bonjour Titoan, bien, ça va bien, quel bon vent vous amène, malgré ce mauvais temps.
— Je constate que cette forte pluie a éloigné tous vos habitués, vous n'avez pas un seul client.
— Ah ça ici dès qu'il pleut c'est une catastrophe pour les commerçants, faut dire que chez nous quand il pleut ce ne sont pas de petites averses !
— Je viens vous voir pour Anne, expliqua Coustou.
— Quelle tragédie ! murmura-t-il la voix tremblante. Mais asseyez-vous donc. Les deux hommes s'installèrent sur les deux chaises de bar face au comptoir.

D'une taille moyenne, assez mince, la cinquantaine, lunettes à monture noire. Fernand avait peu changé depuis leur dernière rencontre. Ce jour-là il portait une chemise bleue, et un pantalon marron.

L'orage était là, des pans d'éclairs accompagnaient le bruit de la pluie qui soufflait contre les vitres de la boutique.

— Puis je vous offrir un café ou autre chose ?
— Un café avec plaisir, sans sucre s'il vous plaît.
— Votre article sur ma boutique, il y a bientôt un an, m'a permis d'avoir une nouvelle clientèle. Je vous en suis très reconnaissant.
— J'en suis heureux Fernand. Mais votre activité et votre dévouement à vos clients méritaient bien cela. À mon tour, je vais vous demander un petit service. Anne était une de vos clientes, devenue une amie si j'ai bien compris. Que pourriez-vous me dire à son sujet qui puisse m'aider à trouver la piste de son assassin ?
— J'aimais beaucoup Anne. Elle passait régulièrement et nous bavardions un peu.
— Comment l'avez-vous connu ?
— Elle est passée au magasin, un jour, elle recherchait un enregistrement de Madame Butterfly de Puccini, celui qui avait pour interprètes Mirella Freni, Luciano Pavarotti, l'orchestre était le Philharmonique de Vienne dirigé par Karajan. La meilleure des interprétations de cet opéra à mon avis. Les chanteurs, sont tous formidables, à commencer par Mirella Freni, dans son meilleur rôle, qui met idéalement en valeur la fraîcheur de sa voix. Et Pavarotti, de loin le plus élégant et le plus séduisant des Pinkerton. Quelle classe !

Fernand servit le café, l'une des platines du disquaire passait Fernando une des chansons du groupe Abba. Les gouttes de pluie frappaient violemment la vitrine du magasin et glissaient le long de la vitre.

— Et vous l'aviez ce coffret ?
— Non je ne l'avais pas. Mais je me le suis procuré en un mois, grâce à mon réseau. Ce n'était pas chose simple car elle le voulait en vinyle, cela représentait un coffret de trois disques trente-trois tours.

Le coffret datait de 1975. J'ai pu l'avoir en neuf bien entendu, grâce à un contact à Rome. Elle était ravie.

— Donc depuis elle passait vous voir régulièrement ?

— Oui, deux à trois fois par mois, pour blaguer un peu, dit-il en plissant les yeux.

— Quand l'avez-vous vu pour la dernière fois ?

— Le lundi.

— Le lundi ? Mais, vous étiez ouvert ?

— Non je ne l'étais pas. Mais j'attendais une livraison et Anne est passée, par hasard, devant le magasin à ce moment-là. Nous avons discuté un peu.

— Vous a-t-elle dit quelque chose en particulier ?

— Rien de bien extraordinaire. Elle m'a informé qu'elle poursuivait ses recherches sur la période de l'occupation et son impact dans la région. Mais j'avais l'habitude. L'ombre de cette période hantait son esprit en permanence.

— Vous savez pourquoi ?

— Oui, un jour elle m'a raconté que son jeune cousin de 18 ans avait été dénoncé pour propos antiallemands en juin 1943 par la maîtresse française du responsable de la Gestapo à Montpellier, il avait été déporté au camp de Dora-Mittelbau, à Ellrich, et y était mort en janvier 1945. Elle ne s'en était jamais totalement remise, elle adorait son cousin. Je hais les nazis leurs hymnes épouvantables et leurs psaumes barbares.

— Juin 1943 ? Vous êtes sûr de la date ? demanda Coustou qui se rappela l'article de journal qu'il avait lu rue de la Providence au siège de la Société Historique.

— Oui, elle m'a précisé qu'il s'agissait du mois de juin 1943, j'en suis certain.

— Et rien d'autre ne vous vient à l'esprit ?

— Non, rien de particulier. Anne était assez discrète et s'épanchait peu vous savez, j'ai été étonné qu'elle me parle de cette histoire familiale.

Un client rentra dans la boutique il n'avait ni l'allure d'un étudiant, ni celle d'un professeur. La quarantaine, les cheveux noirs coupés court, il avait le bord des tempes grisonnantes, le visage barré d'une moustache bien taillée et un regard bleu perçant.

Titoan crut déceler une nuance presque agressive dans sa voix lorsque le visiteur demanda à Fernand s'il avait des disques du groupe serbe Vampire Lord.

La réponse négative du disquaire le mit littéralement en furie. L'individu partit furieux, claquant violemment la porte du magasin. L'homme vociférait et hurlait à l'injustice à l'incompétence à l'ignorance, puis il s'éloigna sans un regard.

Fernand haussa les épaules.

— J'ai pour principe de ne pas vendre de disques de groupes néo-nazis. Ni des disques de rap, d'ailleurs.

Coustou se mit derrière la vitrine, il put voir l'irascible personnage s'éloigner. L'orage était passé, la pluie avait cessé. Les nuages, poussés par le vent, accéléraient leur marche et s'éloignaient.

Chapitre 23

Pour rejoindre son bureau il passa par la porte de la Blanquerie qui était un vestige des anciens remparts de la ville, situé au croisement de la rue de l'Université et du boulevard Louis-Blanc.

Les rues étaient encore détrempées, la chaussée humide brillait, renvoyant les reflets entremêlés des maisons alentour. Un petit vent léger avait chassé les nuages, une lumière de début de saison caressait la façade de chaque maison et sublimait chaque espace sous un ciel bleu de cristal. Tout à coup, c'était un délicieux matin de printemps.

A son arrivée au journal, la petite salle de rédaction était presque déserte. Debout dans son bureau, Max était songeur regardait par la fenêtre.

— J'ai ouvert le dossier que tu m'as transmis par mail, dit-il en se retournant. À mon avis tu as affaire à une histoire qui prend ses racines il y a plus de soixante-dix ans. Elle est donc trop ancienne pour que tu puisses trouver beaucoup de témoins directs sur cette période délicate, si je puis dire. De plus elle est aussi compliquée car elle touche sans doute des personnes qui ne veulent pas que la vérité sorte, en tout cas au moins une. Il va falloir être prudent et discret. Je vais t'aider sur ce coup si tu es d'accord.
— Bien sûr, j'allais te le demander, lança Titoan.
— J'ai une idée, je ne sais pas s'il est toujours vivant, mais, je connais l'un des derniers résistants de Montpellier et de la région encore en vie. Je vais tacher de le retrouver. Je vais passer des coups de fils, je te tiendrai au courant. Il se passait de drôles de choses à l'époque.... Des choses dont les gens ont préféré ne pas parler. Des choses dont ils ont eu honte.

— Merci beaucoup Max. De mon côté, je vais rappeler Emile afin de voir s'il peut m'apporter de nouveaux éléments, je voudrais bien savoir à quel moment il a vendu cet album à madame Courtines et s'il avait remarqué quelque chose de spécial ou bien est-ce que qu'il lui a entendu dire quoi que ce soit ?

— D'accord, après n'hésite pas à demander l'avis de Florentin il a bourlingué pas mal sa bosse, il est lui aussi originaire d'ici, il aura sans doute des idées.

Plus tard Titoan essaya d'appeler Emile, sans résultat, il laissa un message.

Florentin et Coustou se retrouvèrent sur le parking du port de Palavas où ils s'étaient donné rendez-vous.

La quatre Chevaux verte de Florentin apparut dans l'allée et s'immobilisa le long du trottoir. Comme toujours, elle aurait eu besoin d'un lavage, son ami en sortit un journal à la main et marcha d'un air fatigué jusqu'à lui.

Se saluant, ils respirèrent le vent marin et marchèrent vers le front de mer. Sur la surface calme de la mer, d'un bleu ineffable à cette heure de la journée, se balançaient docilement quelques bateaux de plaisanciers et quelques pointus de pêcheurs locaux aux couleurs blanches et bleues. Plus haut dans le ciel, au-dessus d'eux, les mouettes rieuses flottaient, portées par la brise, leurs ailes gris perle déployées, argentées sous le soleil.

Au bord du quai un joli petit bar les attendait. À l'initiative de Coustou, ils s'installèrent à une table d'angle, le plus loin possible des autres tables occupées et commandèrent deux expressos.

Un bateau de pêche à la coque bleu marine était amarré le long du quai. Un mât surmonté d'un drapeau décoloré se dressait au milieu du modeste navire, à côté, se trouvaient deux vieux bateaux de plaisance.

Il n'y avait que quelques rares clients en terrasse, des couples qui discutaient, prenant un petit déjeuner tardif, quelques hommes seuls. Sans le vouloir vraiment il se mit à observer un homme et une femme en grande discussion, elle portait des boucles rousses fourrées à la diable sous une casquette de la Ligue Nationale de Rugby, l'homme assis à côté d'elle avait de longs cheveux gris, et l'on devinait à son visage qu'il parlait de quelque chose d'important.

De là où il était placé, il ne pouvait même pas entendre des bribes de leur conversation.

Une fois servi par un jeune serveur en chemise blanche, col ouvert, pantalon de costume rayé et mocassins noirs, tatoué et dynamique.

Les deux amis engagèrent la discussion.

Un souffle de vent vint se poser tout près de leurs tasses de café il agita les serviettes en papier qui, l'espace d'un instant, semblèrent prendre vie.

Florentin avait l'habitude d'entamer ses échanges par quelques confidences ou anecdotes savoureuses. Ce jour-là n'échappa pas à la règle.

— Sais-tu avec qui j'étais sur le bord du terrain d'entraînement hier ?
— Non, mais cela doit être un joueur ou un entraîneur célèbre. Peut-être celui qui a dit : " Les gars ! Premier quart d'heure : vingt minutes à fond !"

— Pas du tout, ça c'est un entraîneur de rugby qui l'a hurlé sur le bord du terrain.

— Celle que je préfère est celle-ci : « Il vaut mieux perdre avec ses idées qu'avec celles d'un autre ».

— Celle-ci est de Johan Cruyff, et elle est magnifique. Bon, tu ne trouveras pas, mon ami. C'était Petr Milanic, l'agent de joueur.

— Cela ne me dit toujours rien. Un inconnu pour moi.

— Il a été le premier agent à transférer des joueurs Roumains pendant la période du régime communiste de Nicolae Ceausescu vers l'Europe de l'Ouest. Il s'est fait une spécialité de la gestion des joueurs de l'Est de l'Europe, de nombreux jeunes dont je ne pourrais pas prononcer le nom, même avec un an d'entraînement.

— Désolé, mais cela ne me dit toujours rien, Flo.

— Aujourd'hui, il était venu prendre contact avec un jeune du MHSC. Il m'a confié dans un français parfait mais avec un accent slave où roulaient les r, qu'avec toutes ses ex-épouses, il pourrait pratiquement monter une équipe de hand-ball. Et que cela l'obligeait aussi à payer beaucoup de pensions alimentaires et pour cela il devait mettre les bouchées double afin d'enrôler un maximum de joueurs dans son écurie, comme il l'avoue.

L'anecdote fit sourire Titoan, ce qui était le but recherché.

Mais, Le Bruéis possédait cette qualité inestimable aux yeux de ses amis : il savait raconter et aussi écouter. Cette capacité à écouter les autres se raréfiait dans un monde où chacun était centré vers lui-même. Certains qui faisaient semblant d'écouter ne pouvaient jamais s'empêcher de penser à autre chose. Le Bruèis, qui de manière générale avait une excellente mémoire avait développé cette capacité au fil des ans, et préférait, par exemple, entendre une histoire plutôt que de la lire. Il écouta donc sans l'interrompre les dernières informations que lui communiqua Titoan. Dès le récit de son ami finit, Florentin appela le serveur afin que celui-ci leur apporte deux nouveaux cafés.

Avant que Florentin n'ait eu le temps de poser une nouvelle question ou de faire un nouveau commentaire, le serveur fut de retour et posa leurs deux cafés devant eux.

— Manque-t-il des photos dans cet album ?
— Je n'en ai pas l'impression, je ne pense pas, pourquoi ?
— Parfois un espace vide dans un album en dit long, mais tu as la photo sur toi ?
— Oui bien sûr.
— Montre-la-moi, s'il te plaît.

Coustou la passa à son ami qui s'en saisit, il la regarda de près, la retourna. Il fit une moue dubitative, puis fronça les sourcils.

— Cela me rappelle quelque chose mais je ne sais pas quoi exactement. Pourras-tu me l'envoyer par mail ?
— Oui bien sûr, je vais la scanner et te l'envoyer, sans problème.
— Regarde cette jeune femme elle a quoi, vingt ans ? vingt-cinq au maximum. Examine son attitude, son visage sur cette photo, son sourire son regard en dit plus long que des mots. C'est un cliché. Car un cliché souvent en dit aussi plus long que des mots.

Il répéta :

— Ces visages me disent quelque chose, il me semble les avoir vus quelque part, mais je ne me rappelle plus ni où, ni quand. Peut-être dans des archives ? Tu dois te méfier, je suis persuadé que celui qui a tué cette pauvre femme ignore que tu que tu es en possession de cet album. Il a tué une fois il peut recommencer. Il faut que tu sois prudent, il te faut prendre des précautions, garder ta confiance à un petit nombre de personnes, nous faire part régulièrement des évolutions de ton enquête et surtout nous indiquer au moins à Max et moi tes lieux de déplacement.

Ces recommandations firent sourire Coustou qui se contenta d'un hochement de tête. Cet accord non verbal n'eut pas l'air de satisfaire son ami qui plus sérieusement encore, le front plissé, poursuivit :

— Nous vivons tous comme si notre vie était éternelle, comme si la mort était quelque chose qui n'arrivait qu'aux autres, un peu comme un accident de la route ou bien une maladie. Et là, tu penses que cette menace est si lointaine, si abstraite que tu crois qu'elle ne te concerne pas. Tu as tort. Notre métier est de pousser des portes pour savoir ce qu'il y a derrière, mais il vaut mieux les fermer derrière soi.

Il lui raconta que l'un de ses amis venait de se faire assassiner au Mexique, il était pigiste et photographe pour l'Agence France-Presse dans l'Etat de Sinaloa et correspondant du quotidien d'Ayucan et d'un hebdomadaire, cet état était le fief du cartel de Juan Thapa Rauff, actuellement incarcéré aux Etats-Unis.

— Il aurait été sorti de chez lui par des hommes se présentant comme des policiers. Son corps avait été retrouvé le lendemain, attaché et avec des signes de torture, à proximité de l'aéroport de San Luis Potosi, la capitale de l'État. D'après le parquet mexicain, aucun des agents sous ses ordres n'a détenu le photographe. Mon ami était à la fois étrange et drôle. Il se passionnait pour des sujets macabres. Il était connu pour sa couverture de faits divers policiers et pour ses relations tendues avec certains responsables politiques de la région, comme l'ancien maire de sa ville natale, qui l'avait menacé de mort, selon le directeur du quotidien d'Acayucan, Cecilio Marquez. La folie, ou la haine est toujours proche de nous, elle est là, elle est déjà en nous, elle n'attend que le bon moment pour surgir. Cette photo que tu as dans tes mains a déjà causé la mort d'une personne, c'est qu'elle représente sans aucun doute un danger pour l'auteur de ce crime abject. Cette ordure n'hésitera donc pas à t'éliminer si cela sert ses plans.

J'ai quelquefois l'impression que si je me penche à la fenêtre je verrai l'avant-garde des Barbares.

Coustou rassura son ami, il serait prudent.

Il s'ensuivit une longue pause, comme si le temps, la beauté du paysage ou la grâce de l'instant présent pouvait, par un coup de baguette magique, effacer tout ce cauchemar.

— Ton histoire de pendule arrêtée m'intéresse aussi, lui avoua-t-il. Dans les temps anciens, dans notre région, la coutume voulait que l'on arrête la pendule chez une personne qui venait de décéder. Si c'est vraiment le cas, c'est-à-dire si la pendule a été arrêtée volontairement, on a affaire quelqu'un de la région, ou qui a la connaissance des traditions, sûr de lui, un peu trop sûr de lui sans doute, cela peut le perdre. Cela n'empêche qu'il est dangereux.

Deux pêcheurs installés à une table leur jetèrent un bref regard, le visage figé, il vit Florentin qui frottait une allumette sur le bois de la table pour en allumer un cigare, puis, d'une pichenette, il balança l'allumette sur le trottoir.

Le Bruèis aperçut un homme une trompette sous le bras qui marchait le long du quai. Il lui fit un signe de salut avec la main, ce dernier lui réagit en soulevant son chapeau. Florentin expliqua à Titoan que le musicien passait par ce quai chaque jour, tous les matins ainsi qu'au coucher du soleil. Il jouait face à la mer au bout de la rive gauche, car il disait que la mer porte le son. Son idée était que dans les petits espaces le son est étouffé alors qu'au bord de la mer il s'amplifie. Florentin pensait que son ami cubain était un peu affabulateur il lui avait raconté une histoire en Sicile où les hommes Toto Riina, l'un des parrains de la mafia, vêtus de noir, lui avaient glissé dans la poche une liasse de mille euros parce qu'il les avait émus en leur jouant, dans la rue, la chanson de Lucio Dalla "Caruso".

Coustou raccompagna son ami à sa voiture, ce dernier lui renouvela ses conseils de prudence.

— Tu ne dois pas jouer avec le feu Titoan, lâcha-t-il, regardant les flots. Une seule règle doit l'emporter sur toutes les autres : la modération. Avec l'âge, j'ai acquis un peu de sagesse seules les réponses aux interrogations essentielles me paraissent inabordables, pour les autres, le temps et la réflexion doivent permettre d'y répondre.

— Ça ne va pas Flo ? questionna Titoan.

— J'aime la mer, est-ce parce que je suis né un mercredi et il paraît que mercredi est un jour bleu. Plus je connais les hommes et plus j'aime la mer. J'ai la nostalgie des aurores Australes où en Nouvelle-Zélande on voyait dans le ciel des lumières dansantes où dominaient les couleurs bleues et vertes. On ne se rend compte de la valeur de ceux qu'on aime qu'une fois qu'on les a perdus, dit-il en soupirant. Il faut m'excuser si je n'ai pu t'être d'une grande aide aujourd'hui mais j'ai peu dormi j'ai rêvé de Marie, cela fait maintenant cinq ans que le crabe l'a emporté. Elle était vive, mignonne et elle adorait regarder les films de Pagnol avec moi. Je ne peux pas me souvenir d'elle sans éprouver un drôle de pincement de cœur. Hier soir dès que j'ai fermé les yeux je l'ai vu sur l'eau bleue, sur une barque bleue, elle était assise et riait. Alors dans mon rêve je me suis approché du bord et je suis entré dans l'eau pour la rejoindre sur la barque et plus je m'approchais plus l'image perdait en couleurs, et plus la barque s'éloignait. Au bout d'un moment, elle a disparu tout à fait et je me suis réveillé, je n'ai pu fermer l'œil de la nuit.

— Ton aide m'est toujours précieuse, sache que je suivrai tes conseils. Je sais que ton épouse vit encore à travers toi et à travers tes souvenirs. Il est important que tu gardes en toi et dans ta mémoire les beaux moments que vous avez vécus ensemble. C'était quelqu'un de bien, une femme intelligente, passionnée, intéressante, sensible.

Une lueur douloureuse brillait dans les yeux de son ami, de celles qu'on entrevoit juste avant les larmes. Ces paroles de réconfort émurent Florentin qui, d'un pas lourd, tête baissée s'en retourna vers sa voiture. Il tapotait machinalement sa poche en marchant. Titoan savait qu'elle contenait un livre de poche, il savait qu'il le lirait pendant qu'il fumait le cigare, car il emportait toujours dans la poche de sa veste les ouvrages qu'il aimait le plus. Florentin laissait flotter ses pensées tandis qu'il cheminait songeur pour rejoindre sa voiture, sans se rendre compte qu'il venait de la dépasser.

Chapitre 24

De retour au journal, Martin lui annonça que la police avait enfin retrouvé le neveu du préfet. Il lui résuma l'histoire.

— Samedi dernier, le frère du préfet avait reçu un message pour le moins inquiétant : son fils disait lui écrire depuis le coffre d'une voiture où il était séquestré après avoir été enlevé par un groupe d'individus, sans aucune autre précision. Inquiet, son père a aussitôt prévenu son frère, le préfet, qui avait déployé un impressionnant dispositif pour retrouver sa trace, pas moins d'une cinquantaine de militaires au sol, des forces de police aux carrefours, barrages routiers, hélicoptère etc. Sans résultat. On a appris aujourd'hui qu'en fait il s'était enfui en Espagne, tout cela afin d'échapper au règlement d'une dette qu'il devait suite à des achats de stupéfiants.

— Et tu sais cela comment ?
— J'ai mes sources lui dit-il, souriant d'un air complice.

Effectivement, la petite amie de Martin travaillait à l'Hôtel de Police qui, tout en ne lui communiquant pas de données sensibles, l'informait sur les petites anecdotes ou travers qui quelquefois lui permettaient de réjouir la galerie.

— Au fait, je ne sais pas si tu l'as vu mais la police a fait passer un appel à témoins dans le journal local de référence concernant le meurtre de madame Courtines.

Martin mettait un point d'honneur à ne jamais citer le nom de leur concurrent direct.

— Cela donne quoi ? s'enquit Coustou.
— Les appels des jobastres habituels.

L'expression fit sourire Titoan. Bien que Martin ne soit pas originaire de la région il avait acquis en quelques années la connaissance de nombreuses expressions locales, Il est vrai qu'il était à bonne école, car autour de lui le petit groupe de membres du journal était des gens du coin qui laissaient échapper très régulièrement des formules du Montpelliérain.

— Ecoutez, voici un petit florilège que j'ai noté. Un appel disant qu'elle a été tuée car elle a résisté à Othon le Vénusien, qui voulait l'emmener faire un tour à bord de son véhicule spatial. Un autre a appelé pour dire qu'en fait c'était le fantôme de Narcissa qui était sorti de son tombeau pour " régler son compte à la vieille". Une femme a suggéré qu'il s'agissait d'un meurtre causé par la jalousie, en effet Anne aurait séduit le mari de sa voisine qui serait âgé de 92 ans. C'est la voisine jalouse qui se serait vengée. Et puis, celui-ci est pas mal. En fait Anne faisait pousser du cannabis au Jardin des Plantes, c'est normal c'est le lieu idéal. Elle serait venue y récupérer sa récolte, après, c'est le deal avec le neveu du préfet qui se serait mal passé.

C'est à ce moment qu'ils furent rejoints par Florentin, qui avait entendu les propos du jeune Martin. Dans sa poche dépassait un recueil usé des poèmes de Louis Brauquier, lus et relus.

— Il y a plus de tarés dehors que dedans. Ça fout les jetons, affirma-t-il, en s'adressant à l'assistance.

— Ce n'est pas tout à fait faux précisa Martin. Selon un article publié par une revue scientifique européenne, les autorités françaises ont très largement sous- estimé le nombre de français souffrant d'une pathologie mentale qui toucherait en fait 12 millions de personnes sur 70 millions, il est vrai qu'il s'agit d'une étude globale, les personnes sont touchées à des degrés divers et la grande majorité ne représente pas des troubles importants, mais cela laisse à réfléchir.

— On peut se poser la question sur l'évolution de nos sociétés et si ce n'est pas ces transformations qui ont cet impact négatif sur notre santé mentale dit Florentin.

— Ce n'est pas que chez nous renchérit Martin, une enquête a révélé notamment que plus de huit millions d'Américains du Nord souffraient de troubles psychologiques importants : un record. Ce sont ainsi plus de trois pour cent de la population qui sont victimes de dépressions, de stress ou d'angoisses, et qui nécessitent un suivi médical. Tu conjugues cela et la législation très permissive sur le contrôle des armes à feu et tu as une société au bord de l'explosion en permanence.

Interrompant leur discussion Max les invita tous les trois à le rejoindre dans son bureau.

— Titoan, j'ai bien aimé ton compte-rendu de l'exposition du peintre canadien. Ton article paraît aujourd'hui.

Le rédacteur en chef s'installa tranquillement à sa place, chaussa ses lunettes.

— Écoutez ça : "Il est parfois des moments miraculeux, quand, après avoir arpenté une ville, dont on croit connaître tous les endroits secrets, on trouve un lieu d'exposition extraordinaire et fabuleux qui surprend et émerveille : l'Hôtel Cabrières- Sabatier d'Espeyran"... jusque-là tout va bien, approuva-t-il en souriant. Il poursuivit : "Dans ce lieu magique était proposé une exposition du peintre Serge Bécyk poulain de l'homme d'affaires et mécène Vidkun Kne, dont il ne tarit pas d'éloges. Monsieur Kne estime que ce peintre de talent démontre que "la peinture et la sculpture ont de beaux jours devant elles", commente-t-il, en épinglant certains "officiels de l'art" en France qui ont eu tendance ces deux dernières décennies à les présenter comme dépassées par rapport aux nouveaux médiums (photographie, vidéo, etc.).

— Ouvrons un aparté, on sent une certaine démangeaison ou alors une pointe d'irritation dans le commentaire. Mais... continuons.

"Serge Bécyk, dont le processus créatif échappe ainsi à tout contrôle, et dont le résultat final demeure un mystère, ne se cantonne pas à un style, mais sort de sa zone de confort en créant autre chose. « Ces dernières années, j'ai voulu tout explorer. Pour un artiste, c'est le début de la fin de se dire qu'on est prisonnier dans un style. J'avais envie de faire des séries », confie le peintre.

Une visite de l'exposition permettra donc au public de découvrir trois séries différentes :

Le style « Lisboa », tout droit sorti de son séjour à Lisbonne, La série « Personagem» : on part d'un fond plutôt abstrait qui met en valeur un personnage » et la série « Janssens », patronyme de sa grand-mère qu'il voulait honorer en représentant des moments de sa vie. Aujourd'hui, Serge Bécyk vit entre Bruxelles et Berlin. L'aventure continue pour le jeune peintre qui espère obtenir un jour la Médaille Eckersberg, récompense annuelle de l'Académie royale des beaux-arts du Danemark. etc." Max rajouta :

— Je te reconnais bien dans la phrase "dont le processus créatif échappe ainsi à tout contrôle, et dont le résultat final demeure un mystère".

— Champion mon gars ! s'exclama Florentin dans un grand rire en remontant ses lunettes à l'aide de l'annulaire.

— J'ai l'intuition que je vais encore recevoir quelques coups de fil, répondit Max avec un grand sourire. Mais bon, trêve de plaisanteries. Flo et Titoan, j'ai pu obtenir pour vous deux une entrevue avec un ancien résistant. Vous irez chez lui, pour lui monter la photo que Titoan a découverte. Il pourra sans doute vous aider ou bien vous donner des pistes.

— Nous y allons tous les deux ? s'enquit étonné, Titoan

— Oui, je préfère vu la tournure des événements. Ce sera plus prudent, tu es sur les traces d'un meurtrier que rien n'arrête, qui n'a pas d'état d'âme, si vous êtes deux je serai rassuré.

— Bon d'accord, mais qui est ton contact, il est connu ? questionna Florentin.

— Justement, non, il est sorti volontairement, ou pas, des radars de la Résistance avec un grand R.

Max ajusta la position de ses lunettes, pour essayer de déchiffrer les notes griffonnées sur son cahier. Puis il prit la parole, son récit fut coulant et sans hésitation.

Voilà le topo :

— Cet homme est âgé à présent de 93 ans. Je vais vous raconter son histoire, car lui, ne vous en dira pas un mot. Avant la guerre, son père était secrétaire de mairie dans un petit village à côté de Montpellier, Montpellier était une petite ville à l'époque il y avait environ quatre-vingt-dix mille habitants. Pendant la guerre, une jeune fille s'est présentée à son bureau à la mairie du village. C'était une juive, elle était venue courageusement lui exposer que des juifs se cachaient dans le secteur mais mouraient littéralement de faim n'ayant pas droit aux cartes d'alimentation.

Après réflexion son père monta un stratagème avec la jeune fille. Elle l'attacherait, prendrait les cartes de ravitaillement. Lui, dirait que c'étaient les résistants qui avaient fait le coup, cela se passait en 1942. Officiellement, l'astuce marcha mais à partir de ce moment-là il était dans le collimateur des sbires de Vichy. Sa mère était, contrôleur au central télégraphique de Montpellier elle prenait copie des télégrammes confidentiels, chiffrés ou non, dont l'essentiel était retransmis aux responsables locaux des M.U.R une des organisations de résistants de la région. Elle avait organisé également un système d'écoutes et fournissait un grand nombre d'informations sur les

183

transmissions et communications des Allemands. Mais ils furent dénoncés, car en plus, son père organisait des planques pour cacher des enfants juifs dans des familles d'accueil dans l'arrière-pays, il mettait en sûreté également des résistants, des réfractaires au STO. À cette époque n'importe qui pouvait être inquiété du jour au lendemain, Il suffisait d'une inimitié entre voisins, d'une vieille rancune, d'un préjudice porté à un concurrent dans les affaires, ou d'une dénonciation bidon, mais il faut dire que ce n'était pas le fait d'une grande partie de la population...Mais c'est arrivé et ses parents furent dénoncés, torturés, fusillés. Je vous épargne les détails sordides, Il a donc rejoint la résistance.

— Il était très jeune, fit Martin étonné.

— Oui, il n'avait pas vingt ans. Il reprit le flambeau tombé des mains de son père, il contactait et persuadait des agriculteurs, des exploitants forestiers et des petites entreprises de fournir un refuge, un travail ou une "couverture" aux réfractaires, aux juifs, sans cartes d'alimentation et aussi, pour ceux qui n'étaient pas de la région, le plus souvent sans argent. D'autres avaient trouvé refuge dans sa zone : des résistants qui, grillés dans leurs villes, recherchés par les polices françaises ou allemandes, évadés des mains des mouvements proallemands, tels que la Milice ou le PPF, ou traqués par la Gestapo, avaient été "orientés" vers son secteur du Nord de Montpellier par les services d'organisation de la Résistance. Ses déplacements étaient facilités par le fait qu'il était auxiliaire en remplacement de la majorité des facteurs qui avaient été envoyés en Allemagne au titre du STO. Lui était encore trop jeune. Il participa avec quelques étudiants qui faisant partie des "Groupes Francs" du mouvement "Combat" à Montpellier à des attentats où ils firent sauter à l'explosif des installations ou des locaux occupés par des organismes allemands ou au service des Allemands. Comme il n'était membre d'aucune organisation de résistance, un peu en électrons libre, il n'a pas été reconnu comme tel à la fin de la guerre. Et je crois savoir que cela l'arrangeait bien puisqu'il n'a jamais fait de démarche en ce sens. Il n'y a que les historiens locaux, et ils se comptent sur les doigts d'une main, qui le connaissent et ils n'ont pas son autorisation pour mentionner son nom dans leurs ouvrages. Il le leur a défendu sous peine de poursuite. Vous irez donc de ma part : il s'appelle Jean Trachinod et il habite à Saint-Jean-de-Fos. C'est un homme intelligent, cultivé, très réservé, mais qui n'accorde pas sa confiance facilement.

Max leur communiqua l'adresse exacte du vieil homme. Auparavant Titoan prit un peu de temps et alla chercher sur Internet des informations concernant ce monsieur Trachinod. Il eut beau chercher... rien, utilisant tous les moteurs de recherche qu'il connaissait il n'avait obtenu aucun renseignement concluant, à croire que cet homme n'existait pas. Le mystère total.

Chapitre 25

Coustou conduisait sans mot dire tandis que Florentin, ayant fermé les yeux, semblait d'humeur contemplative, peut-être s'est-il assoupi songea Titoan. Il faisait bon, le soleil brillait en oblique dans la voiture. Ils passèrent par Viols-le-fort non loin de chez Marcel le brocanteur- apiculteur. La route était dégagée, le trafic fluide. Le silence régnait dans l'habitacle.

Puis, Florentin murmura des paroles inaudibles.

— Tout va bien ? demanda Titoan inquiet
— J'ai dit quelque chose ?
— J'ai cru t'entendre parler à quelqu'un à l'instant.
— Je rêvais sans doute, mes songes flottaient comme un bouchon sur une mer inconnue... Tu sais que nous ne sommes pas loin du village préhistorique de Cambous, construit il y a plus de 5000 ans et qui est considéré comme le plus vieux village en pierre de France. Qui pourrait le croire, ici, au cœur du causse et de ses chênes centenaires ? Certains disent, poursuivit Florentin, que vers l'an 1000 avant notre ère des peuples guerriers, dits des champs d'urnes, sont venus aussi s'installer dans cet endroit, ils avaient coutume de brûler leurs morts et de déposer des cendres dans des urnes enterrées. J'ai le pressentiment que nous allons trouver des réponses aux questions que tu te poses, tu sais pourquoi ? Je crois que ce n'est pas un hasard si celui qui sait, habite non loin d'ici. Puisque c'est ici que tout a commencé.

— Tu crois vraiment qu'il va pouvoir nous dire qui est sur la photo ? questionna Coustou tout en étant très attentif à la route.
— Entre la résistance et la collaboration, il y eut aussi dans la France occupée la désobéissance civile, sourde et silencieuse résistance au nazisme. Je me suis rappelé ce qu'un jour m'avait affirmé ma grand-mère, une vieille femme toujours habillée en noir. Il y avait

dans la région à la fin des années quarante et dans les années cinquante un homme qui réglait son compte aux anciens collaborateurs patentés. Le temps s'est écoulé, les ans ont pour conséquence que l'on oublie et les drames disparaissent des mémoires collectives. Mais je me souviens, elle m'avait dit que cet homme avait perdu ses parents et sa fiancée pendant la guerre, ils étaient tous quatre résistants. Pendant plus de 10 ans, il a réglé son compte à tous ceux qui avaient collaboré et dénoncé dans la région de Montpellier. Il les a traqués partout.

— Tu crois que c'est notre homme ?

— Max n'a pas parlé de sa fiancée. Donc j'ai un doute sur la personne mais s'il s'agit bien de lui, sache que nous allons rencontrer une sorte de légende ou bien un fantôme, un type de bonhomme qui n'existe que dans les romans ou bien dans les films.

— Tu en es convaincu, vraiment ?

— À dire vrai, je n'en sais rien. De nos jours chacun parle de lui-même, et de façon parfois très personnelle que ce soit au téléphone en public, sur Internet dans les réseaux sociaux, valorise toute action ou toute pensée qui lui paraît positive ou bien le mettant en valeur. Et là on parle d'un type qui pourrait être celui qui a liquidé si je me souviens bien cent cinquante collaborateurs, des nazis en l'espace d'une douzaine d'années, sans laisser de trace, sans faire parler de lui, sans demander de médaille ou de faveur. Je ne te parle pas de ceux qui ont été exécutés à chaud à la Libération ou bien quelques jours plus tard, au Polygone, alors terrain militaire, face au mur de la Citadelle, là où se trouvent actuellement quelques palmiers transférés de la Place de la Préfecture.

— Et il a fait ça tout seul ? Sans aide aucune ?

— Ma grand- mère m'a précisé qu'il avait aidé et sauvé de si nombreuses personnes pendant la guerre, que l'homme en question avait bénéficié d'une sorte de protection discrète mais efficace dès 1945.

— Donc, ta grand-mère devait le connaître sans doute. Est-ce bien l'homme qui nous intéresse ? On va peut-être le savoir. Mais où habitaient tes grands-parents ? À Montpellier ?

— Non, à Saint-Jean-de-Fos, répondit Florentin en remontant du pouce ses lunettes sur son nez. Mes ancêtres sont de ce village, mais ils ne sont plus là. Ils ont passé la main et ont disparu, Tout ce qu'il reste d'eux, c'est un nom, des photos jaunies, des dates et quelques brèves nouvelles qui n'en sont plus sur des cartes postales.

Après quelques instants de silence causés par cette surprenante nouvelle aux yeux de Titoan ce dernier demanda.

— Si je comprends bien, ce gars-là a été un jeune héros pendant la guerre. Il a sauvé des dizaines de vies a poursuivi le combat après et n'est pas reconnu. Je ne me l'explique pas.

— Comprends bien, expliqua Florentin. Le résistant dont on parle, qui n'est peut-être pas l'homme que l'on va rencontrer aujourd'hui, a poursuivi son combat personnel après la guerre sans aucun mandat de quelque organisation que ce soit. Après 1945 la société recherchait l'apaisement. Et d'ailleurs cela devait en arranger certains.

— Oui, mais tout le monde a passé sous silence son rôle, pendant la guerre.

— Il y a une autre histoire le concernant. Lors de la libération de Montpellier le 26 août 1944 au soir, le maquis Bir-Hakeim de Mourèze, commandé par le capitaine Rouan, dit Montaigne, a fait son entrée dans la ville par la route de Lodève, sous les vivats de la population il était parmi ceux- là. Montpellier libérée, il prit son vélo pour s'en retourner vers son Saint -Jean.

Mais, en traversant un village, il assista au spectacle du défilé de femmes tondues. Elles pleuraient, suppliaient, les valeureux résistants de la dernière heure répondaient à chacune de leurs supplications par des hurlements, des insultes et des rires frénétiques, qui n'étaient sans doute pas sans lui rappeler ceux de la Gestapo ou de la Milice. Ils les accusaient à tort ou à raison d'avoir couché avec des allemands. Parmi ces néo-résistants il reconnut plusieurs anciens collaborateurs qui venaient de retourner leur veste, jeter leurs signes de traîtrise pour afficher des brassards flambant neufs. La croix de Lorraine remplaçait la croix gammée. Révolté par ce spectacle pitoyable, il les arrosa les pseudos résistants de sa mitraillette Sten. Quatre anciens collabos à terre, cela avait calmé toute la foule. Fin du divertissement

Il était gonflé de colère et assoiffé de vengeance mais celle-ci était destinée à des cibles particulières. Sa haine était d'autant plus forte qu'elle était muette. Après ce jour il a disparu. Il n'a eu droit à aucune reconnaissance officielle. Faut dire que parmi les quatre collabos qu'il avait éliminés se trouvait le fils d'un maire, alors...Les voix des résistants de la première comme de la dernière heure s'était élevée pour lui interdire un rôle autre que celui d'un honnête citoyen sans histoire ni passée ni à venir.

— Impressionnant, fit Coustou, au moment où ils passaient à proximité du pont du Diable.
— D'autant plus impressionnant que, si c'est notre homme, tu vas remarquer que physiquement ce n'est pas un athlète, mais il avait une vivacité d'esprit et une volonté sans failles d'après les rumeurs. Nous verrons s'il a conservé toutes ses facultés intellectuelles et surtout s'il veut bien nous faire part des renseignements qu'il a en sa possession.

Chapitre 26

Ils parvinrent à Saint-Jean-de-Fos. Le village dominait fièrement le fleuve Hérault. Ils virent le toit vert de l'église Saint-Jean-Baptiste, il était en poterie vernissée et brillait au soleil comme un miroir. Comme le lui avait spécifié Florentin, le village comptait de nombreux ateliers de potiers jusqu'au XIXe siècle. Caractérisée par la fabrication de pièces de terre cuite vernissée, la production livrait surtout des éléments culinaires, utilitaires et architecturaux, grâce à un savoir-faire transmis de père en fils. Nombre de ces potiers étaient ses ancêtres, avait-il précisé. Mais cela faisait bien des années qu'il n'était pas revenu.

Le centre de la commune avait conservé toutes ses caractéristiques médiévales faites de ruelles étroites et sinueuses, et de maisons accolées les unes contre les autres. Sur la place principale, trois vieux étaient assis sur un banc, appuyés sur leur canne, deux d'entre eux fumaient, lâchaient un mot, puis se taisaient en hochant la tête, comme s'ils possédaient l'éternité pour dire ce qu'ils avaient à dire.

La maison du mystérieux personnage se trouvait sur la route juste à la sortie du village.

Leur hôte les attendait au portail de sa petite maison. Il s'aidait pour marcher d'un bâton noueux qui lui servait de canne, il les salua puis les conduisit légèrement voûté, en silence jusqu' à la maison. Pour cela ils traversèrent une petite allée de rosiers, le jardin semblait bien entretenu.

Il se retourna pour les laisser le précéder à l'entrée de son logis.

Coustou pu mieux l'observer, c'était un vieil homme aux cheveux blancs, d'une taille moyenne, sec et nerveux, dont le visage fin et ridé semblait témoigner des épreuves traversées. Mails il rayonnait d'énergie et de volonté.

Chez lui, le manteau et le chapeau étaient suspendus au portemanteau, beau feutre, belle étoffe : l'homme savait s'habiller.

Ils pénétrèrent dans son salon.

Le regard du vieil homme s'attarda sur ses visiteurs. Les étudiants sans retenue l'un après l'autre. Puis il s'assit dans un imposant fauteuil au centre de la pièce, désignant deux sièges en cuir à Florentin et Titoan.

Une chaîne stéréo dissimulée aux regards diffusait en sourdine le son pur d'un morceau de musique classique, Coustou reconnut la joie printanière tendre et caressante du premier mouvement du concerto pour piano numéro 23 de Mozart.

— Max m'a appelé en me demandant de vous recevoir, vous auriez besoin de mes services, de ma mémoire pour être plus précis. Je vous écoute. Attention, si je peux je veux bien vous aider, mais à deux conditions : pas de cachotteries, vous me dites tout ce que vous savez, et puis et surtout pas un mot sur moi si je vous apprends quelque chose, ni maintenant, ni jamais, seul vous deux et Max c'est tout. Pas un mot, pas une seule ligne. Sommes-nous d'accord ?

Tous deux d'un signe de tête acceptèrent le marché. Coustou sortit son carnet de notes à l'intérieur de son sac de berger, le montrant ostensiblement à Jean. Celui-ci acquiesça simplement d'un hochement de tête.

L'homme était direct, pas de préambule, cela ne déplaisait pas à Coustou. Qui remarqua l'œil vif, perçant et alerte de son interlocuteur. Ce regard n'échappa pas au vieil homme.

— Notre visite ne vous dérange pas ? Nous essaierons de ne pas trop vous fatiguer, entama Titoan.

— Ne vous préoccupez pas de cela. Sauf quand je dois faire mes lacets, je n'ai pas l'impression d'avoir mon âge leur énonça-t-il. Vous êtes le petit-fils de Joseph ? dit-il en s'adressant à Florentin.

— Oui c'était mon grand-père il a vécu ici dans ce village et j'y venais lorsque j'étais enfant.

— C'était un homme bien, il parlait peu.

A ses yeux cela semblait, être une qualité songea Florentin.

Titoan expliqua toute l'histoire. Il avait apporté l'ensemble des photos. Il les montra au vieillard en terminant par celle où était présente la jeune fille ainsi que les deux officiers SS.

Celui-ci était très attentif, les yeux mi-clos, la tête penchée vers ses interlocuteurs.

Le vieil homme, prit la dernière photo, il la fixa intensément, sa main tremblait à présent, il se leva, s'appuya au mur et ferma les yeux. Il posa la main sur son front et sentit ses jambes vaciller. Une ombre passa sur son visage.

Les deux amis se précipitèrent afin de lui porter de l'aide.

— Non, non ça va, je vais me ressaisir, aidez-moi à me rasseoir s'il vous plaît. Je vous demande juste un petit instant.

Pendant un long moment il porta son regard vers la fenêtre, mais il était évident que ses pensées étaient ailleurs, dans un passé lointain. Il régnait un tel silence que Florentin pouvait entendre le tic-tac de sa montre-bracelet.

Coustou perçut une hésitation étrange chez son ami quand le vieil homme leva la tête pour le regarder en face.

— Il y a des secrets qu'il vaut mieux emporter avec soi, dans la tombe, mais dans la vie on fait des choix, et il faut savoir accepter les conséquences de ses choix.

Quelques instants après, recouvrant ses esprits, le vieil homme leur souffla :

— Derrière les sourires et les mines réjouies, il y a souvent de lourds secrets. Les gens ne vous montrent jamais que ce qu'ils ont envie de vous montrer. Les photos en sont un excellent exemple. Vous êtes venus faire remonter de ma mémoire des souvenirs enfouis. Cette photo a été prise par Otto Prokf, soldat allemand chargé de la propagande, il a photographié des dizaines de familles, bien choisies, en promenade sur la place de la Comédie ou bien dans leur propriété pour montrer que la ville se portait fort bien sous l'occupation !

Un rayon de lumière permit à Coustou de remarquer que l'homme avait un œil marron, l'autre était vert. Son regard était plus vif à présent. Titoan se rappela que dans les pays d'Europe de l'Est la culture populaire veut que ce soit à ses yeux vairons que l'on reconnaisse le diable.

La musique s'arrêta quelques secondes. Le silence se fit si profond qu'il en devenait presque palpable, comme si un vent froid venait de leur souffler dessus.

— Lorsqu'on est jeune la vie est fabuleuse, je me rappelle avant la guerre, mon existence coulait sans laisser plus de traces que le souffle du vent sur l'eau.

Puis débuta, toujours discrètement le deuxième mouvement, l'adagio et ces instants de rêve, de douceur sur une évocation de souffrance profonde, sur une musique qui atteint des sommets d'émotion et de beauté...

Florentin observa une mésange qui sautillait sur la pelouse.

— Je connais ces personnes, commença Jean, d'une voix basse. Les deux officiers S.S sont le lieutenant-colonel Rudolf Tanzmann et le capitaine Otto Toedt, un ancien maître d'hôtel. Les deux civils sont les Bleyl, une famille de notables qui avait pignon sur rue, dont l'ascension sociale reposait au début sur le travail, l'absence d'excès et de gaspillage, et le respect d'une certaine morale, ils possédaient un bel hôtel particulier, pas très ancien, mais élégant et cossu avec un beau jardin ou un petit parc, c'est là que fut prise cette photo. Vers 1936, le père Gaston, présent sur la photo, adhéra à des thèses d'extrême droite pour lutter comme il disait contre l'avilissement moral de ses concitoyens, ensuite il témoigna de fortes sympathies pour certains aspects de la Révolution nationale et pour un régime autoritaire et totalitaire. Il devint pétainiste. Le 13 février 1941, il fit même partie du comité d'accueil lors du sommet Franco-Pétain à Montpellier où ils apparaissent côte à côte sur le balcon de la préfecture. Les deux hommes furent accueillis avec enthousiasme par une foule compacte, estimée à 100 000 personnes par certains journalistes. Les « hommes de Vichy » dans l'Hérault venaient dans leur majorité du vivier « traditionniste ».

Quelques mois plus tard, cela lui permit d'obtenir une certaine reconnaissance des forces d'occupation à Montpellier. Il clamait haut et fort, que le souhait qu'il formait pour l'avenir du monde, était le succès sans équivoque des Allemands et des Japonais. Sa fille, que l'on voit très heureuse entourée de ces SS, sur la photo, s'appelait Clotilde, une jeune femme âgée de 22 ans en 1943. Elle s'illustra en devenant la maîtresse du lieutenant-colonel SS Rudolf Tanzmann, qui est à ses côtés, ici, leur dit-il en montrant le SS du doigt.

En Allemagne, avant 1933, ceux qui connaissaient Rudolf Tanzmann le trouvaient beau, le considéraient comme un étudiant brillant, intelligent, éloquent et persuasif ; il était sportif, avait des goûts raffinés, aimait la littérature, la musique classique : Wagner, comme Hitler et les films étrangers ; il savait faire preuve de romantisme auprès des jeunes femmes. Le gendre parfait.

Avec Clotilde, ils se complétèrent pour terroriser d'abord les Montpelliérains pendant plusieurs mois et en envoyer de nombreux dans les camps de la mort. Ainsi, elle dénonça et fit déporter plusieurs personnes coupables de Résistance.

Par simple méchanceté, elle est à l'origine de la déportation de l'épicier Albert Pierre, coupable d'avoir écouté la radio anglaise, et de Denis Pascol, qui avait laissé traîner imprudemment des papiers, dans un lieu public, ne laissant aucun doute sur son activité de résistant. Cela ne pardonnait pas à l'époque.

La jeune femme était redoutée dans le quartier où elle habitait et aimait à déambuler, élégante, et suivie de son inséparable chien noir Gluck, gros bouvier des Flandres très agressif.

Son arrogance et ses excentricités n'avaient aucune borne et gare à celui qui osait manifester sa désapprobation ou bien effectuer des remarques désobligeantes.

Elle se servait des Allemands pour sa promotion sociale et financière, elle agissait comme si elle avait une revanche à prendre sur la vie et régler des comptes personnels.

Elle dénonçait tout : résistants, juifs, francs-maçons, communistes.

Pour elle, toute fonction occupée par un juif dans l'État, le commerce ou les professions libérales, surtout quand elle était élevée, était le fruit d'une manœuvre occulte, elle ne faisait pas de quartier.

Dénonciations aux allemands à la Gestapo, à la Milice, c'était permanent. Après le Débarquement allié du 6 juin 1944 en Normandie, les nazis se sentaient de plus en plus en position de faiblesse. Face aux attaques répétées que les maquis faisaient subir aux troupes d'Occupation, ces dernières pratiquaient plus férocement que jamais, avec l'aide la Milice, les exécutions sommaires de résistants, massacres de populations civiles, incendies d'habitations, pillages… Tanzmann avait 35 ou 36 ans je crois, il avait d'abord sévi en Ukraine à Lemberg qui s'appelle Lviv à présent, faisant exécuter des centaines de juifs. Une ordure. Les locaux de la SS se trouvaient villa des Rosiers au 4 chemin de Castelnau ; ils avaient également une annexe, la villa Saint-Antonin, cela représentait 56 hommes en janvier 1944. Ils étaient aidés en cela par la milice et son horrible chef Marty.

— Je vous en prie, prenez votre temps…Prenez votre temps, Jean, lui dit Florentin.

Le vieil homme ému au plus profond de lui-même et sans doute fatigué, dut se racler la gorge avant de murmurer :

— C'est dans ces endroits que la Gestapo exerçait sa sinistre besogne, où les tortionnaires sévissaient sur les pauvres gens qu'avaient dénoncés la jeune femme hilare que vous voyez sur la photo. Leur idéologie signifiait la haine et la souffrance qui tombaient sur des gens impuissants souvent sans cause, sans motif, sans raison.

Toujours avec un son très bas, la musique enchaîna sur l'énergique Allegro Assai qui venait clôturer cette œuvre magnifique de Mozart.

La gorge serrée, Titoan dut surmonter un profond émoi pour demander au nonagénaire :

— Monsieur Jean que lui est-il arrivé après la guerre ?

Jean Trachinod se leva, alla chercher dans le buffet trois verres qu'il déposa sur la petite table, puis il sortit une bouteille de Cartagene, boisson traditionnelle longtemps produite en petites quantités par les viticulteurs du pays pour leur consommation personnelle et qui 'était un peu le symbole de l'hospitalité languedocienne.

Il remplit les verres d'une main qui avait retrouvé toute son assurance, le murmure du liquide dans les verres était le seul bruit dans la pièce éclairée par le reflet du soleil printanier. L'homme qui s'était servi reboucha la bouteille et prit son verre avant de s'installer dans son fauteuil.

Il sembla à Coustou que le vieil homme avait utilisé ce court moment pour reprendre ses esprits, pour retrouver son calme et sa lucidité.

— Cette Cartagene m'est livrée tous les ans par l'un de mes amis vignerons, il essaie de me convaincre, sans succès, je vous rassure, qu'il s'agit d'une très ancienne tradition vigneronne qui remonte au passage de Hannibal, lors de la deuxième guerre punique, en 200 avant notre ère, j'espère que vous l'apprécierez.

— Excellente, confirma Florentin, qui buvait lentement en connaisseur.

Tout comme Titoan, il n'avait nulle hâte d'interrompre les souvenirs de Jean. Le vieil homme semblait plus calme à présent, il parut satisfait et regardant Florentin :

— Beaucoup d'entre nous ont une face sombre que personne ne connaît et ne voit jamais.

Puis sans changer de position, il commença à parler, d'une voix si basse, qu'il leur fallait tendre l'oreille pour la percevoir, une voix plus faible encore qu'auparavant.

Ensuite, la voix devient un peu plus forte, mais sans excès. Titoan notait.

— C'était une période difficile, délicate. C'était un temps déraisonnable. On avait mis les morts à table, comme l'a écrit Aragon. J'en veux pour preuve l'histoire déchirante qui est arrivée à l'un de mes meilleurs amis résistants, à cette époque, Roger Esquius. Il était fiancé à une jeune fille juive, la belle Rachel, aussi jolie qu'intelligente, le père de Roger ne voulant pas de son mariage avait dénoncé toute la famille aux autorités allemandes. Il perdit les deux : elle mourut en déportation et lui, qui s'était engagé dans la nouvelle armée française reconstituée et qui avait poursuivi le combat aux côtés des Alliés en Allemagne a été mitraillé par une colonne allemande alors qu'il cherchait sa belle en direction des camps dans les dernières semaines de guerre.

— Comment vit-on avec la perte d'un être cher ?

— On fait avec. Jour après jour, c'est quelque chose qu'on ne surmonte pas. On apprend à vivre avec. Mais la guerre vous apprend que l'homme peut faire à son prochain des choses qui le transperce jusqu'à l'âme.

Une lueur de tristesse apparut sur le visage pâle et ridé du vieil homme. Il ne faisait pas partie des gens dont il était impossible de deviner les sentiments. Des gens qui montraient un visage de joie même aux pires moments de tristesse ou de colère.

— Pour en revenir à la famille Bleyl. Le père fut passé par les armes quelques jours après la libération de Montpellier. La mère étant morte avant 1939, elle ne vécut donc pas la déchéance et la honte familiale. Deux mois avant la libération de la ville leur fille suivit Tanzmann, son amant en Allemagne. À la Gestapo, certains gradés avaient préparé leur départ en cachette. Mais lui qui avait des appuis, suite à ses massacres en Ukraine et ailleurs, avait réussi à se faire nommer en Allemagne à Bad Harzburg en Basse-Saxe. Elle n'était donc plus sur Montpellier à l'heure de rendre des comptes. Les nazis n'étaient pas seulement des assassins psychopathes mais aussi des truands sans morale.

Ils furent tout de même capturés en Allemagne. Son amant, Tanzmann, en août 1948, alors qu'il était jugé à Hambourg par un tribunal militaire anglais, s'évada pendant une suspension de séance. Il demanda à aller aux toilettes et s'enfuit après avoir réussi à démonter une cloison. Etonnant, non ? Elle, fut arrêtée en Allemagne expédiée en France en 1945, elle ne fut condamnée qu'à dix ans de travaux forcés. Emprisonnée à La Petite Roquette, la prison pour femmes d'alors, elle profita lors de son transfert, pour raison de santé, à l'infirmerie de Fresnes pour s'évader.

Elle s'en tira mieux que sa meilleure amie, qui venait de purger huit mois de prison infligés par la Cour de justice de Riom, peine qui fut jugée dérisoire. Traînée sur la place publique, elle fut rouée de coups. La nuit suivante, une centaine de personnes allèrent la prendre chez elle et après l'avoir maltraitée, la pendirent au garde-fou du pont de chemin de fer. Quoiqu'il en soit leur trace fut perdue.

— Et c'est tout ? demanda, Florentin l'air étonné, en remontant de l'index ses lunettes sur son nez et invitant Jean à poursuivre son récit, tandis que Coustou poursuivait sa prise de notes.

Le vieil homme tourna son visage vers la fenêtre, des ombres passèrent sur son visage. Affligé sans doute par ces éclats de passé qui, soudain, resurgissaient de l'oubli.

Puis son regard se posa sur Titoan. Il s'éclaircit la voix et continua.

— Elle avait causé tant de mal, apporté tant de malheur et de souffrances dans les familles que plusieurs personnes se mirent à la rechercher, mais sans succès. Certains prétendirent l'avoir croisée à

Vienne en Autriche où elle aurait vécu deux ans en compagnie d'un homme qui semblait être son mari qui ressemblait à Tanzmann et qui voyageait tout le temps. D'autres affirmèrent l'avoir eue comme voisine de chambre à l'année à Amsterdam, dans un petit hôtel désuet fréquenté par les actrices. Certains étaient persuadés qu'ils s'étaient installés au Chili dans la région du lac Ranco, près de la frontière argentine. D'autres estimaient qu'ils avaient pris la « Route des Rats » et se trouvaient à Buenos Aires, le havre des nazis en cavale, protégés par le général Juan Peron, au pouvoir pour la première fois de 1945 à 1955. Mais tout cela était faux bien évidemment. Ce couple sans scrupule s'était marié et établit en Suisse allemande, ils avaient fondé une petite famille et coulaient des jours heureux, sans remords aucun, élevant leurs deux bambins à Frauenfeld.

Titoan et Florentin se consultèrent du regard et posèrent la même question ensemble :

— Mais, comment avez-vous appris cela ?
— Tout simplement en lisant le journal en 1958. Les deux monstres sont morts dans un banal accident de voiture. Un accident de la route dans l'Oberland bernois. La voiture avait plongé dans un ravin à Hasliberg Hohfluh la police cantonale bernoise avait indiqué que dans un tournant à droite, le véhicule était sorti de la route et avait dévalé la pente abrupte d'un ravin. Le conducteur et sa passagère étaient décédés sur place. Il ne faut jamais sous-estimer l'influence du hasard sur le destin de chacun. Se trouver dans un lieu particulier, à un certain moment peut transformer la vie d'une personne.

Le récit du vieil homme semblait terminé à présent, il avait été ponctué à intervalles réguliers par le tintement des cloches de l'église Saint Jean Baptiste que l'on entendait jusqu' à la maison du vieil homme.

— Jean, savez-vous ce que sont devenus leurs enfants ?
— Ils avaient eu ensemble un garçon et une fille. Il faut se rappeler que pour ce couple tous les coups étaient permis ils avaient spolié de nombreuses familles juives s'étaient accaparés leurs biens, les avaient vendus. Ils avaient donc acquis une fortune colossale transférée en Allemagne. A la fin de la guerre, on ne sait comment, tout l'argent était en Suisse où ils purent en bénéficier après leur évasion. Donc les enfants furent admis dans un pensionnat jusqu'à leur majorité, le fils Gunther est mort d'un cancer il y a quinze ou vingt ans environ il n'avait pas soixante ans, la fille Eva est décédée de maladie également il y a dix ans environ à l'âge de 67 ans.

Leur interlocuteur semblait à présent fatigué, comme si la longueur du récit qu'il leur avait fait ou bien comme si l'effort de remémoration des souvenirs si longtemps enfouis dans sa mémoire l'avaient épuisé.

Se levant de leur siège, ils furent surpris par un rayon de lumière dorée qui éclaboussait une statue qu'ils n'avaient pas remarqué auparavant. D'une hauteur de 40 centimètres environ elle reposait sur un modeste buffet, et représentait un visage d'un homme et une main dont l'index venait se poser sur les lèvres comme pour inviter au silence.

Devant leur étonnement, le vieil homme qui s'était levé pour les accompagner, leur expliqua :

— C'est une sculpture en bronze de mon ami Miguel. Il est très brillant et a beaucoup d'imagination, ses créations provoquent des émotions à tous ceux qui les contemplent. Celle-ci m'a plu, m'a particulièrement ému, son expressivité est si grande qu'il est impossible de rester indifférent devant elle.

Puis leur attention fut attirée par une photo en noir et blanc, accrochée au mur au-dessus du buffet. Dans un cadre avec des baguettes en bois laqué une jeune femme aux cheveux et aux yeux clairs fixait l'objectif en souriant. Le photographe avait parfaitement saisi l'instant magique de bonheur qui émanait d'elle.

Le silence s'installa, comme si un vent froid venait de leur souffler dessus. Il se fit si profond qu'il en devenait presque palpable.

Puis, Jean fit quelques pas afin de les accompagner jusqu'à leur voiture.

Avant que ces invités montent dans le véhicule, il s'adressa à Florentin et lui murmura discrètement presque sur le ton de la confidence.

— Je lis régulièrement votre journal et j'apprécie énormément vos chroniques, notamment celle concernant Sindelar. Il était important de faire connaître aux jeunes générations, l'histoire de ce grand joueur de football autrichien qui avait refusé de faire partie de l'équipe de football d'Allemagne car il ne partageait pas les idées nauséabondes du régime en place.

— Je suis heureux que mon article vous ait intéressé. Cet homme est mort trop jeune.

— Vous avez écrit si je me souviens bien : "Sindelar est mort comme Zola : asphyxié au monoxyde de carbone. À l'époque, en 1939, c'était très fréquent de mourir comme ça. Alors, est-ce un attentat de la Gestapo ? Tout est possible, mais c'est très difficile à affirmer." Vous avez écrit cela alors qu'il vivait caché avec sa compagne juive italienne Camilla Castagnola, et qu'ils étaient traqués par les nazis. Ils sont morts ensemble.

— Effectivement, mais il n'y a jamais eu de preuve du meurtre, comme du suicide ou de l'accident.

— Le rapport d'enquête ayant été perdu pendant la guerre et connaissant les méthodes de la Gestapo. J'aurai tendance à croire, répondit Jean, qu'il ne s'agissait ni d'un suicide ni d'un accident.

Florentin précisa son point de vue :

— L'aura de mystère entourant les circonstances exactes de sa mort contribue à donner à la légende qu'était Sindelar de son vivant une dimension tragique, et donc mythique. C'est pour cela qu'encore de nos jours à l'anniversaire de sa mort, le 23 janvier, de nombreux joueurs de football anciens et actuels se rassemblent sur sa tombe au cimetière central de Vienne.

Le vieil homme sourit.

— Même si vos conclusions diffèrent des miennes, sachez que vos articles sont toujours dignes d'intérêt. Tout comme les vôtres Titoan, c'est avec beaucoup de curiosité que je me suis plongé dans votre article sur Le Caravage. Je craignais la superficialité lorsqu'on parle de cet artiste et le risque que vous ne fassiez que peu de cas de la véracité historique. Peur rapidement évacuée car la grande qualité de votre rubrique était son contexte historique parfaitement reconstitué. Votre rubrique consacrée au trop méconnu Frédéric Bazille trop tôt décédé à la guerre de 1870 m'a beaucoup plu également.

— L'œuvre que je préfère de sa part est Vue de village, peinte pendant l'été 1868, dans la résidence de campagne de la famille Bazille, le Mas Méric.

— Et je partage votre avis, poursuivit Jean, au fil du temps, c'est un réel épuisement, à voir s'exhiber l'esprit pauvrement fécond, si prévisible et répétitif, de beaucoup d'artistes contemporains au travers de la dimension démesurée de leurs créations, qui n'expriment finalement qu'une chose : la grandeur de leur ego.

D'un commun accord Coustou et Florentin décidèrent de prendre congé de leur hôte. Ils le remercièrent chaleureusement. Il les gratifia chacun d'un hochement de tête, sa façon de prendre congé, peut-être.

Titoan songea qu'il avait besoin de considérer soigneusement tout ce que le vieil homme avait expliqué, et d'essayer d'ajuster les différentes pièces du puzzle en fonction des autres éléments qu'il avait en sa possession.

Dans le ciel bleu sans nuages, un vol d'oiseaux tournoyait dans les airs, le soleil était d'une clarté extrême.

Le silence accompagna les premières minutes de leur retour en voiture. Après avoir passé le Pont du Diable, Florentin exprima leur sentiment commun.

— C'est un homme exceptionnel, quelle mémoire à plus de quatre-vingt-dix ans, et quelle vivacité d'esprit, quelle intelligence. Si je pouvais avoir encore toutes ses facultés à son âge !

— Sa mémoire est sa cohérence, sa raison, son sentiment et a déterminé même son action. Sans aucun doute il est le résistant qui a éliminé tous les collabos à la fin de la guerre. Si nous en avions encore douté la statue sur le meuble nous aurait persuadés. Tu as vu la photo, juste au-dessus de la statue, cela m'a fait froid dans le dos, j'en frissonne encore.

— Il a dû souffrir toute sa vie, la plus horrible des souffrances, c'est celle qu'on ne peut pas partager, dit Florentin tristement. Je suis convaincu qu'il a même éliminé le duo infernal en Suisse, j'en suis sûr.

— Je suis d'accord avec toi. Quelle volonté ! Et tout cela en toute discrétion, c'est vraiment quelqu'un d'extraordinaire, mais il porte un lourd fardeau.

— A la maison, au-dessus de mon bureau, précisa Florentin, il y a une grande photo en noir et blanc que mon épouse m'avait offert dans une boutique de Montmartre. De prime abord, on ne croit y apercevoir que la salle vide d'un petit bar parisien tout à fait quelconque, comme on se l'imagine dans les années folles juste après-guerre, mais ici pas question de fume-cigarette et holster, d'acajou des fumoirs de grands hôtels et des bars américains. Non, le petit bistrot. Puis, en déplaçant le regard, des personnages apparaissent peu à peu. Fantomatiques. On y voit une poignée de marins positionnés comme sur le pont d'un bateau. Un peu en retrait de tous les autres, un jeune officier, est assis sur un tonneau, il fixe l'objectif, d'un regard magnétique. Notre fascinant résistant monsieur Jean ressemble à cet homme sur la photo. Oscillant entre réel et magique. Cette photo est rare et belle.

Cinq kilomètres à peine après leur départ, la route était rectiligne. Cent mètres plus loin, elle gravissait une côte avant de décrire un virage abrupt, dans le virage il se retrouvèrent face à un sanglier qui était arrêté au centre de la route et semblait ne pas vouloir bouger, fixant leur véhicule. Coustou qui roulait à vive allure parvint toutefois à l'éviter d'un brusque coup de volant. Le sanglier s'enfonça dans les taillis et massifs d'épines.

Ils partagèrent tous deux ce bref instant d'irréalité.

Chapitre 27

Le court moment de soulagement qui suivit fut interrompu par un appel sur le mobile de Florentin.

C'était Max.

— Flo c'est Max. Vous en êtes où ? s'enquit-il d'une voix tendue.
— Nous sommes sur le retour, nous avons rencontré monsieur Jean, quel personnage !
— Titoan conduit ? Ils surent au ton de sa voix que quelque chose n'allait pas.
— Oui, pourquoi ?
— Mets-toi en Bluetooth ou mets l'ampli de ton téléphone !
— C'est fait. Qu'est-ce qu'il y a ? Il n'est pas bien tard, il y a une urgence ?
— Ce brocanteur dont tu m'as parlé Titoan, questionna Max. Emile, aux cabanes de Pérols.
— Oui ? Eh bien ?
— Vous ne pourrez pas l'interroger. En fait, vous ne pourrez plus.
— Ah, bon pourquoi, que lui est-il arrivé ? s'enquit Titoan.
— Il est mort, son corps a été découvert ce matin au bord de l'étang de l'Or. L'information jeta un froid dans l'habitacle.

Incrédule, Coustou secoua la tête.

— Qu'est-ce que tu racontes ?
— C'est un accident ou bien un meurtre ? demanda Florentin
— Nous n'avons aucune information officielle, le responsable de l'enquête m'a informé avoir eu un cas identique il y a deux ans environ. L'homme était mort après un malaise au bord de l'eau et son corps était tombé ensuite dans l'étang. De l'alcool avait été retrouvé dans le sang de la victime. Mais il a insisté pour me dire que toutes

les hypothèses étaient envisagées. Pour ma part je ne crois pas aux coïncidences. Notez le numéro du promeneur qui a découvert le corps. Il a l'air assez coopératif. Peut-être vous donnera-t-il des éléments intéressants ? Il s'appelle Nestor Ganissal.

Florentin prit note du numéro d'appel du témoin principal et l'appelèrent immédiatement.

Nestor Ganissal répondit au bout de trois sonneries.

Ils se présentèrent et convinrent d'un rendez-vous aux Cabanes de Pérols, non loin du lieu de la découverte du corps du pauvre Emile.

Une heure après leur entrevue avec Jean Trachinod ils arrivèrent sur les lieux de la rencontre. Ils se garèrent sur le petit parking où plusieurs voitures attendaient patiemment leur propriétaire.

Là, ils aperçurent un homme corpulent au double menton, de taille moyenne, d'une soixantaine d'années, les cheveux gris, courts, vêtu d'un pantalon et d'un col roulé noirs, il semblait habillé comme un prêtre dans ces vêtements démodés.

— Mais c'est un homme d'église ! s'exclama Florentin.

Max ne le leur avait pas précisé.

Conscient de leur étonnement Nestor Ganissal vint à leur rencontre. Il avait une voix douce, il semblait assez gêné par son embonpoint mais jouissait cependant d'une certaine décontraction dans son comportement.

Ils se présentèrent.

— Bonjour messieurs, je suis le découvreur, non pas d'un trésor mais d'un mort et je suis prêtre par-dessus le marché.

Coustou prit l'initiative, ouvrit son sac de berger, saisit son carnet et commença à noter les informations que leur témoin allait communiquer.

— Cela ne vous gêne pas ? demanda-t-il à l'ecclésiastique.
— D'aucune façon. Toutefois, si cela vous convient, je préférerai que nous cheminions vers les lieux du drame, car j'ai ensuite une réunion avec mes ouailles et je ne souhaite pas les faire attendre. L'une de mes missions est d'essayer de leur démontrer avec ferveur que la vie n'est pas tous les jours aussi moche qu'elle en a l'air. Je dois reconnaître que ce sera assez délicat pour moi d'accomplir ma tâche ce soir.

La proposition du prêtre leur convenait bien, ils voulaient voir l'endroit de leurs propres yeux.

— Aucun problème, au contraire.
— Pouvez-vous nous dire ce que vous avez vu exactement et dans quelles circonstances ? À quelle heure avez-vous découvert le corps ? s'enquit Coustou.
— Ce matin, vers sept heures trente. Je dois vous avouer que mon médecin m'a invité, invité le mot est faible, m'a quasiment sommé d'effectuer de l'exercice quotidiennement en raison de mon poids. Je suis gourmand j'aime manger et faire bonne chère et je ne fais pas assez d'exercice, aussi voyez je me porte trop bien. Mais la marche est le meilleur de tous les exercices et celui qui m'est le mieux adapté.

Donc, comme malgré tout j'ai toujours aimé marcher, je me suis dit qu'une petite promenade matinale idyllique et sereine à l'Etang de l'Or me permettrait en outre de brûler les calories superflues des trois croissants beurre-confiture et les deux pains au chocolat que j'avais ingurgité au petit déjeuner. J'aime beaucoup marcher au petit matin et puis je souhaitais voir ces cabanes qui sont des abris des pêcheurs qui ramènent des anguilles, des joëls, des loups etc. et, je voulais aussi voir les flamants roses bien sûr. Je faisais mon parcours sur le sentier, guettant au- dessus des herbes et des roseaux afin d'apercevoir des flamants roses au milieu des îlots verdoyants de joncs et d'algues.

Les roseaux balayés par les rafales de vent leur fouettaient le visage. Le prêtre, à bout de souffle, s'arrêta. Il n'avait fait qu'une trentaine de pas...

Tout en écoutant attentivement Nestor les trois hommes avançaient sur le petit chemin longeant les berges de l'Etang de l'Or couché entre la terre et la mer.

Le prêtre soufflait, son poids le handicapant pour marcher.

Une demi-heure plus tard, ils parvinrent près de l'endroit où le drame avait eu lieu. Ils ne purent s'approcher car la Gendarmerie avait délimité un périmètre dans lequel il était interdit de pénétrer.

L'ecclésiastique montra du doigt :

— Voilà, c'est par ici, le corps était là étendu à deux, trois mètres de la berge, dans l'étang, sous un enchevêtrement de roseaux, la silhouette que j'entrevoyais était inerte, tête sous l'eau. Alors qu'ai-je fait ? Je me suis précipité et j'ai sorti le malheureux.

Je n'aurai pas dû le faire, aussi bien pour l'aspect policier de la chose que pour ce que j'ai vu et dont je ne vous donnerai pas les détails. C'était trop macabre.

— Vous avez remarqué une chose anormale sur le corps ?
— Je ne suis pas expert, je suppose qu'il avait pris un gros coup sur la tête. Mais les gendarmes pensent qu'il s'est peut-être fait cela en tombant et seule l'autopsie pourra déterminer les causes exactes du décès.

— Un corps pourrait rester ici des semaines ou des mois avant que quelqu'un le découvre, qu'est-ce qui a attiré votre attention ?

— La casquette. Une casquette flottait non loin de lui c'est cela qui attiré mon regard, après je l'ai vu. J'ai su plus tard qu'il s'agissait d'une casquette de Montpellier Hérault.

— Bleue et orange, précisa Florentin ce sont ces couleurs inhabituelles dans ce lieu qui vous ont étonné.

— C'est cela en effet. Quand les gendarmes ont récupéré les affaires du mort, un loup de deux livres s'agitait au bout de sa ligne. Ils ont récupéré le poisson et l'ont remis à sa veuve. Plus tard, un gendarme m'a dit, l'eau à la bouche, qu'en mémoire de son mari, sa veuve madame Norris avait promis de le cuisiner, en filet, en croûte de tapenade verte sur une salade de fenouil et pamplemousse arrosée d'une vinaigrette au vinaigre balsamique blanc et de noisettes. Un bel hommage pour un homme qui aimait ferrer m'a précisé l'adjudant. La nature humaine m'étonnera toujours conclut-il dans un soupir.

Même si j"ai tendance à croire que l'homme est, par nature bon, aimable et honnête si les circonstances le permettent et que les gens s'efforcent généralement de faire de leur mieux.

Pour ma part, je compatis à la douleur terrible des parents, des amis de la victime car je sais qu'à partir de ce jour cette douleur ne les quittera plus jamais.

— Et vous n'avez pas entendu de coups de feu, ou de bruit spécial ?

— Non, pas du tout.

— Autre chose qui vous viendrait en tête ?

— Non, rien de particulier. Les gendarmes m'ont posé des dizaines de questions auxquelles je n'ai su répondre. Ils étaient très nombreux. Et là maintenant, plus aucune trace de l'agitation du matin. Un des gendarmes photographiait la scène sous tous les angles,

les autres tendaient un cordon d'un endroit à l'autre pour délimiter l'aire à fouiller. Un autre a plongé à la recherche d'indices. Il a même remonté 2 ou 3 bouteilles de whisky. Ils avaient même posté un gendarme sur le bord de la route. Ils ont examiné les feuillages, roseaux, fouillé la cabane, emporté pas mal d'objets, cannes à pêche, sacs etc. mais je ne crois pas qu'ils aient trouvé grand-chose d'intéressant car ils faisaient grise mine en partant. Après j'ai dû aller faire une déposition. C'est pour moi une journée éprouvante aussi bien physiquement que moralement avoua-t-il.

Ils scrutèrent ensemble la surface de l'étang, comme pour voir un élément qui aurait échappé à la perspicacité des gendarmes. Au loin, dans l'étang,

Florentin crut entendre une perche bondir hors de l'eau avant de s'y replonger à nouveau pour se glisser dans ses faibles profondeurs.

Non loin de là traînait une vieille pancarte qui disait : "De Paris au Japon, du Japon jusqu'à Lattes, Le meilleur chocolat, c'est le chocolat Matte".

— Qui se souvient encore, de cette manufacture de chocolat créée en 1820 ? lâcha Florentin avec un brin de nostalgie, un peu de mélancolie et une pointe de frustration.

Coustou écarta du pied des cendres et des morceaux de bois carbonisés, espérant trouver des indices que les gendarmes n'auraient pas vu. Mais en dehors de clous rouillés, et de canettes carbonisées, il ne restait plus rien.

Il pensa que la pluie qui était tombée sans discontinuer la nuit précédant la découverte du corps avait effacé toutes les empreintes et les traces éventuelles d'ADN.

— Je présume que le meurtrier a pris soin de ne pas laisser de traces. Nous avons affaire à un tueur de sang-froid, conclut-il en jetant un dernier regard à la scène de crime.

— Ah oui. J'allais oublier, je ne sais pas si c'est important. C'est drôle de se souvenir d'un détail aussi anodin, mais le mort avait un tatouage à l'avant-bras. C'est un fait à vrai dire insignifiant, mais qui m'avait frappé.

— Il représentait quoi ? questionna Titoan.

— Un fer à cheval.

— Ce fer était-il orienté vers le haut ou bien vers le bas ? s'enquit Florentin.

— Heu, vers le bas si je me souviens bien.

— Il aurait dû savoir que selon la légende, si l'extrémité du fer à cheval pointe vers le bas c'est la malchance qui vous guette, précisa Florentin.

Florentin, ancien marin, expliqua qu'il s'était spécialisé sur l'histoire du tatouage, et que le tatouage était une protection puissante que portaient à l'origine les marins. Ceux-ci se bardaient de tatouages, surtout sur les parties faibles telles que le cœur, et sur le bras, signe de puissance.

Il confia au prêtre que les marins occidentaux avaient pour coutume de se faire tatouer un crucifix dans le dos afin de décourager l'homme chargé d'appliquer les punitions de les frapper trop forts lors de châtiments corporels.

— Vous étiez dans la Marine Nationale ?

— Oui, j'y suis resté une vingtaine d'années.

— L'un de mes amis était aumônier sur un bateau, le Clémenceau, je crois, le porte-avions. Nous avions des conversations très intéressantes. C'était un corse, un spécialiste de la baddata, c'est, littéralement, un chant funèbre, entonné ou improvisé, notamment lors des morts violentes. Dans de telles circonstances le son de ce chant serait très approprié.

— Lorsque j'étais dans la marine, lorsque nous faisions escale dans les ports, genre, Punta-Arénas, Acapulco, Le Pirée, Djibouti, Singapour, Hong Kong. Vous voyez le topo : bars, hôtels, restaurants, un peu de tourisme. Eh bien, je peux vous dire qu'il n'y avait qu'un seul sujet de conversation : le sexe, les souvenirs, le sport.

— Cela en fait trois, cher ami, lui précisa l'homme d'église qui semblait les avoir pris en sympathie.

— Vous avez raison mon père.

Le prêtre haussa un sourcil, puis inclina la tête avant d'afficher un sourire de contrition.

Plus tard, sur le retour, un ciel magenta les éclaira au-dessus du sentier et ils furent accompagnés par un vol de flamants qui s'envolaient de l'étang.

Parvenus sur le parking où étaient encore garé quelques véhicules. Nestor qui était resté silencieux un long moment, s'exclama :

— Je n'arrive pas à y croire, un meurtre, ici ! Dans un site aussi beau et paisible fait pour savourer le calme et l'immensité du plan d'eau, dans la paix de Dieu. Comme si de rien n'était, une mort subite. Comme si notre Seigneur avait claqué des doigts. Il a été dit « l'esprit humain est faible la mort se met en vue de tous côtés, et en mille formes diverses ». Son regard grave appuyait ses propos.

Florentin le reprit :

— « C'est une étrange faiblesse de l'esprit humain que jamais la mort ne lui soit présente, quoiqu'elle se mette en vue de tous côtés, et en mille formes diverses. »

L'ecclésiastique le regarda sans cacher sa surprise.

— Comment se fait-il que vous connaissiez le sermon sur la mort de Bossuet ?
— Les ânes qui m'ont élevé débordaient d'intelligence.
— Où avez-vous fait vos études ?
— A l'Ecole Primaire du Boulevard Louis Blanc, puis au collège public, ensuite au Lycée Public à Montpellier, ensuite la Faculté de Droit, mais c'était une autre époque.

Coustou sortit de sa poche une carte de visite qu'il tendit au prêtre.

— Si vous vous souvenez ou bien s'il vous revient un élément quelconque, même insignifiant, n'hésitez pas à m'appeler.
— On aimerait que tout cela ne soit qu'un cauchemar, ou bien une mauvaise plaisanterie. Si, la plupart des meurtres sont dus à la malchance, à des concours de circonstances, au hasard. Les causes de n'importe quel acte de violence, en particulier d'un meurtre, sont plus complexes que nous ne le pensons. Mais, aujourd'hui, dans le cas qui nous préoccupe, je ne le crois pas.

Ils remercièrent l'ecclésiastique puis repartirent vers le journal. Un ciel rouge éclairait l'Etang de l'Or dans la clarté crépusculaire.

Aussitôt dans leur véhicule, ils contactèrent Max qui les invita à faire le point tous ensemble le lendemain à la première heure.

Chapitre 28

Titoan rentra chez lui et déposa son sac contenant son carnet de note dans son coffre-fort.

Puis il sortit. Pas de pluie, à la différence de la veille. Il avait besoin de marcher. Marcher lui permettait de spéculer, analyser, réfléchir, mais aussi de combattre le stress. Un vent léger se faufilait dans les ruelles faiblement éclairées de la ville. Perdu dans ses pensées, sans qu'il y prenne garde, ses pas le menaient vers la place de la Comédie, passant par l'Esplanade en remontant lentement l'allée bordée de platanes. Généralement en pleine période touristique la foule y était dense.

Il se retourna à nouveau. Le sentiment d'être suivi ou observé était à nouveau présent. Il observa l'ensemble des passants mais ne vit personne qui puisse correspondre à quelqu'un qui le suivrait.

La place était devenue au fil du temps le cœur de la cité, et offrait les plus belles terrasses de bars ensoleillées de la ville. Eté comme hiver, Montpelliérains et touristes s'y installaient pour regarder les passants et profiter du spectacle vivant. Il s'y passait toujours quelque chose.

Il y avait foule, comme tous les jours aux alentours de ce restaurant rapide appartenant à une chaîne américaine et situé au centre de la ville.

S'y trouvait aussi presque en son centre la fontaine des Trois Grâces : Euphrosyne, Thalie et Aglaé filles de Zeus et donc des déesses qui traduisaient la séduction, la beauté, la nature, la créativité humaine et la fécondité.

Euphrosyne qui représentait une joie extrême, l'allégresse, Thalie qui symbolisait l'abondance, Aglaé, messagère d'Aphrodite, était la beauté dans ce qu'elle avait de plus éblouissant, la splendeur.

S'approchant de la place Titoan remarqua que les badauds ralentissaient et leur nombre se densifiait. Il entendit de la musique, et reconnu le bandonéon et la voix. Ce ne pouvait être que Don Pacho, pensa-t-il.

Un cercle qui grandissait de minute en minute, s'était formé, au milieu de celui-ci, le vieux musicien, debout dans son costume, avec son chapeau, sa barbe blanche finement taillée, totalement absorbé par sa musique jouait de son bandonéon. Sa musique d'insomniaque et sa voix de tenguero des exclus semblait surgir du monde du tango des origines. Lorsqu'il interprétait Sin Luna comme ce soir-là, il se situait quelque part entre Tom Waits, Paolo Conte et Corto Maltese. Son timbre éraillé subjuguait son auditoire.

Il voyait et ressentait cette chanson de Melingo comme une belle fable nostalgique sur l'amour, les occasions perdues et la solitude.

A la fin de ce dernier morceau, les cris de joie fusèrent, les applaudissements retentirent, dans une explosion de bonheur, le public fit une véritable ovation au musicien et chanteur argentin.

L'hommage n'en finissait pas, il y avait une ferveur extraordinaire du public présent, des ovations sans fin, qui semblait finalement mettre mal à l'aise Hilario qui s'inclina à plusieurs reprises pour remercier l'assistance.

Ce dernier l'ayant aperçu s'approcha de Titoan sous le regard toujours admiratif de la partie des spectateurs qui ne s'était pas encore éloignés vers d'autres lieux de distraction.

— On peut être un chanteur ou un musicien vieillissant ; mais on ne peut pas être un type vieillissant qui rêve d'être un chanteur ou musicien dit Hilario avec un air bonhomme et jovial à son ami.

Il avait l'air manifestement ravi de sa belle performance, mais aussi de la générosité des passants.

Ils s'assirent à la terrasse du Grand Café et commandèrent chacun une bière. Le serveur était plus petit, plus mince, plus jeune que Titoan et doté d'épais cheveux châtains légèrement frisés, une lueur bienveillante brillait dans ses yeux. Il portait un gilet noir et tablier blanc à la taille. Cette brasserie comptait parmi les plus anciennes de la ville et était idéalement situé. Avec l'arrivée du printemps, la terrasse du Grand Café ne désemplissait pas, envahie par les montpelliérains comme par les touristes. Titoan s'était installé de façon pouvoir surveiller les allées et venues sur la place.

Son manège n'échappa pas à Hilario qui ne fit aucune remarque.

C'est à ce moment qu'il l'aperçut dans le petit groupe de passants qui déambulait s'orientant vers l'établissement où ils étaient attablés. Le visage du promeneur ne lui était pas inconnu, il connaissait cet homme- là ! L'homme, vêtu d'un élégant costume gris, avait une allure assez décontractée regardant distraitement les façades des immeubles qui entouraient la place en levant de temps en temps la tête vers les fenêtres majestueuses. Il semblait observer plus particulièrement l'immeuble à gauche du cinéma, celui surnommé « le scaphandrier » en raison de la forme de sa toiture.

Toutefois, Titoan savait qu'en raison du manque de clarté il ne pourrait remarquer les détails qui s'y cachaient : la fenêtre ronde autour de l'oculus, les angelots qui s'affairaient autour d'un pressoir, la locomotive et sa vapeur, le coq français, l'amour et la grappe, la faluche qui représentait l'enseignement de la Médecine, le marteau pour le droit, le livre du savoir et la palette du peintre.

Il s'installa à une table voisine de la leur. Commanda auprès du serveur empressé. Du coin de l'œil, Coustou observait attentivement l'homme et était de plus en plus sûr de ne pas aimer ce qu'il voyait. N'y tenant plus il se leva, afin de se diriger vers la table de l'homme en costume, sous le regard étonné de Don Pacho.

Mais à l'instant même l'homme se leva et fit signe à une femme au visage avenant, elle avait des cheveux blonds coupés à la garçonne et des lunettes en demi- lune perchées au bout du nez, elle posa sa veste en jean sur le dossier. Ils entamèrent une conversation dans une langue ne ressemblant ni au français ni à l'espagnol, mais qui semblait slave.

Confus, Titoan fit demi-tour instantanément et s'installa à nouveau sur sa chaise sous l'œil interrogateur de son ami.

Celui-ci le dévisagea d'un air incrédule.

— Quelque chose ne va pas ? questionna-t-il d'une voix inquiète.

Il secoua la tête. Bon sang, voilà qu'il devenait parano, parano et stupide. Il croyait qu'on le suivait dans la rue, que quelqu'un le surveillait en permanence.

— Non, tout va bien, pourquoi ? De temps en temps, je suis à cran, un peu stressé. Vous savez ce que c'est...
— Vous dites « ça va », mais en réalité quelque chose ne va pas. Vous avez-vu Robert ?
— Oui, ses renseignements m'ont été précieux.
— Tant mieux, il a l'air un peu fou comme ça mais il n'y a aucun mal à être fou. Ça vous donne une vision différente du monde.

Titoan se tut un moment puis, puis lui raconta tout, le cerveau en effervescence, essayant d'assembler les pièces du puzzle, il finit sa bière et en accepta une autre. Dans son récit il cacha le rôle et le nom de Jean comme convenu.

— Si je comprends bien, la police ne dispose d'aucun indice, elle piétine.

— Manque d'indices, absence de témoins, une enquête concernant une personne âgée... la plupart du temps, s'il n'y a pas de piste sérieuse dans les deux premiers jours, l'enquête s'enlise et la police passe à autre chose. Ils ont d'autres chats à fouetter. Mais, ils n'ont pas en main les cartes que nous avons.

— Vous devez être extrêmement prudent. D'après ce que vous m'avez raconté, selon toute vraisemblance, vous êtes surveillé. Je comprends mieux votre attitude de tout à l'heure même si la personne concernée ne ressemblait pas tout à fait à un assassin, fit-il avec un grand sourire, en observant l'homme en costume qui jouait au séducteur à la table voisine.

Son léger et chantant accent argentin parvenait à dédramatiser la situation.

Hilario enchaîna :

— Soyez prudent. Vous savez que je viens d'Argentine et que ces gens-là ont sévit durement pendant sept ans, de 1976 à 1983. On oublie facilement quand on est loin et on dit souvent que le temps fait son office, mais il est des cicatrices que le temps ne peut effacer. Entre 1945 et 1950 l'Argentine, fut au cœur d'un système d'exil des nazis. Certains estiment qu'environ 60 000 migrants, en majorité des Allemands, mais aussi des Autrichiens et des Croates, furent accueillis à bras ouvert par le pouvoir péroniste. Parmi eux, au moins 300 criminels de guerre.

Vous pouvez imaginer, l'influence et l'impact politique et économique que ces gens-là ont eu sur mon pays. Pendant la période où la junte fût au pouvoir les gens disparaissaient dans les rues, on ne retrouvait jamais leur corps. Ce fut une période abominable.

Et il finit son propos en s'enflammant :

— Il ne faut plus que les hommes et les femmes qui peuplent notre terre soient guidés, manipulés par les extrêmes qu'ils soient politiques, idéologiques, racistes ou religieux. Finit le temps des Mussolini, Franco, Hitler, Lénine, Staline, Mao, Pol Pot, Ceausescu, Videla, Pinochet et des intégristes de tout bord !

Il avait prononcé cette dernière phrase d'une voix forte avec passion et une exaltation toute argentine.

Les deux hommes n'avaient pas remarqué que les conversations alentours s'étaient arrêtées et que l'ensemble de la terrasse du café avaient entendu la dernière phrase du musicien. Des applaudissements nourris saluèrent sa conclusion.

Hilario était la preuve que l'on pouvait évoquer des sujets sérieux avec un accent chantant, sans agressivité.

Malgré tout Titoan gardait les yeux rivés sur la foule qui continuait à déambuler nonchalamment sur la place.

Pendant un court instant ils entendirent des notes qui s'échappaient de l'Opéra Comédie à quelques dizaines de mètres. Ce soir-là on jouait Tosca de Puccini. Soudain, bercé par la musique, l'esprit de Coustou s'évada. Il imagina une Tosca amoureuse, piquante, légère et tendre, amoureuse et douce, puis jalouse et presque enfantine, flanquée d'un orchestre qui lui dessine un écrin séduisant Il éprouva une intense émotion et se laissa envahir par un sentiment de plénitude.

— Magnifique n'est-ce pas, chuchota Hilario, comme pour ne pas couvrir les dernières notes de musique qui leur parvenaient. Je dois vous avouer que le sombre et machiavélique Baron Scarpia me glace le sang.

— Je partage votre avis Don Pacho, c'est un magnifique opéra. Je ne sais si vous le savez mais l'opéra de Puccini s'inspire de la pièce dramatique La Tosca de Victorien Sardou, créée en 1887. Puccini, bouleversé par la pièce de théâtre française, mit en musique les tourments de la Tosca, dont la jalousie torture son amant Cavaradossi.

— Je savais cela, approuva celui-ci. Les argentins aiment la musique et le football. Le chef de la police Scarpia est un vrai psychopathe. Heureusement qu'il y a une Tosca amoureuse, piquante que l'on ne peut qu'admirer dans le fameux air de la cantatrice à genoux "Vissi d'arte, vissi d'amore", déchirante prière d'une femme toujours pieuse qui ne comprend pas que Dieu puisse lui infliger une telle souffrance...

Ils poursuivirent leur conversation, faisant durer leur seconde consommation. Au cours d'une soirée, tous les deux savaient qu'il y a toujours un moment, quelque part entre le second et le troisième verre où l'on commence à se sentir bien, où l'on voit, autour de soi, tous les angles s'adoucir, où chaque tête que l'on observe est une bonne tête, où les bruits deviennent des brouhahas. Et que cela, ce moment-là est le début d'une phase dangereuse.

— Je vais repartir chez moi en Amérique du Sud, annonça subitement Hilario.

— Comment ça ? fit, tout étonné, Titoan.

— Il s'agit d'une décision mûrement réfléchie. Ces dernières années ont été extraordinaires, mais il est temps de rentrer chez moi. Il est temps pour moi de rentrer, parce que je me sens las et émoussé. Quand je dis chez moi, je parle d'Amérique du Sud, l'Argentine bien sûr mais aussi le Chili. Je n'entreprendrais pas un si long voyage si je n'avais su qu'au fond de mon cœur cette envie n'avait pas laissé la place à une certitude. J'ai envie, j'ai besoin, de revoir une dernière fois le désert d'Atacama. Vous connaissez cet endroit Titoan ?

— Désolé, Don Pacho, mais non cela ne me dit rien.

— J'y suis allé il y a bien longtemps lorsque j'étais encore jeune. Cet espace est l'un des plus aride du monde il s'étend sur environ 1000 km de la côte Pacifique, du nord du Chili jusqu'à la frontière avec le Pérou et la Bolivie.

— Et qu'a-t-il de particulier ce désert ? questionna Coustou.

— L'Atacama est considéré comme l'un des endroits les plus secs au monde, en raison de la rareté des précipitations. La région se retrouve enclavée entre la cordillère de la Côte et celle des Andes, formant une barrière naturelle qui empêche les nuages du Pacifique et du bassin amazonien de couvrir la région et les températures peuvent atteindre 45°C et descendre sous 0°C la nuit. Il est tellement inhospitalier que la NASA s'en sert pour tester ses sondes martiennes. C'était un endroit et un temps où les gens qui habitaient ces lieux n'avaient pas le téléphone, se passaient de voiture et pour les cas où on devait les joindre il fallait laisser un message chez les commerçants du coin.

— C'est uniquement pour cela que vous désirez retourner dans cet endroit si sauvage ?

— Non pas uniquement, car c'est un aussi un endroit magique. Tous les cinq ans en moyenne, le désert connaît le phénomène du "desierto florido", le "désert fleuri". Grâce au phénomène climatique EL Niño, l'équivalent de plusieurs années de précipitations tombent en quelques heures. Et en l'espace de plusieurs semaines, plus de 200 espèces de fleurs émergent alors du sol, créant ainsi un paysage spectaculaire et unique. Des millions de fleurs multicolores sortent littéralement de terre et métamorphosent le paysage. Le résultat est impressionnant : d'immenses tapis de fleurs blanches, jaunes, bleues, rouges, mauves et oranges s'étalent à perte de vue. La route menant au Parc Llanos de Challe, aux portes du désert d'Atacama à 600 km de Santiago, déroule ses coloris sans fin. Partout, des fleurs émergent du sable, envahissent les cactus, s'accrochent à la roche. C'est magnifique !

— Je comprends, mais n'est-ce pas périlleux, seul ?

— A mon âge, que puis-je craindre ou risquer ? Il est bon d'avoir la possibilité de revenir sur des lieux que l'on a aimé et apprécié auparavant. Mon temps est écoulé, et ma place, ailleurs, est déjà retenue. Aussi, avoir la possibilité de voir se réaliser ce petit miracle peut me laisser souhaiter que le paradis existe, peut-être et qu'il y reste une place pour moi. La première fois que j'ai vu ce spectacle je n'en croyais pas mes yeux, face aux flancs des montagnes embrumées, j'imaginais voir des plaques de neige. En réalité, il s'agissait d'un immense tapis de fleurs blanches qui s'étalait sur une surface immense. Puis, la couleur des fleurs changeait, du blanc on passait au jaune, du jaune on passait au bleu qui enfin se transformait en mauve aux nuances rosées ou rouges, une gigantesque étendue de fleurs colorées tapissait le sol composé de quatorze fleurs différentes avec chacune leur propre teinte.

— Cela doit être très beau en effet. Cela aurait ravi de nombreux peintres impressionnistes.

— En plus, l'augmentation de la biodiversité de la flore se traduit également par une explosion de vie chez les insectes et les oiseaux. En fait, quelque chose en moi me chuchote qu'il s'agit d'un signe adressé par une divinité. Presque plus personne ne croit en cela, sauf les machis, ce sont ces femmes chamanes Mapuches, qui vivent dans des fermes isolées d'Araucanie. Mais j'ai toujours gardé pour cet endroit une place au fond de mon cœur, la nostalgie de cet événement magique a toujours persisté en moi. Je dois y retourner. Et puis, assister à un coucher de soleil à cet endroit, c'est le genre de crépuscule dont on se souvient avec un sourire sur son lit de mort. C'est aussi un message, ce prodige de la nature, cette anomalie démontre que même les déserts peuvent donner les plus belles des merveilles et avoir confiance en la vie.

— Je serai désolé de votre départ Don Pacho, mais ravit d'apprendre que vous allez réaliser votre rêve.

— Merci mon ami, nous aurons sans doute l'occasion de nous croiser à nouveau car je ne crois partir que d'ici un mois environ. La vie est pavée d'occasions perdues et je ne veux pas louper celle-là. J'aurai eu grand plaisir de venir et vivre dans votre beau pays. Votre région le Languedoc me plaît énormément. En dehors de votre climat et du ciel bleu qui enchantent mes journées, j'ai beaucoup apprécié, notamment chez vous, cette capacité à être ouvert aux cultures des autres sans renier les vôtres. Certains chez vous comme chez nous, sont hermétiques aux cultures différentes, d'autres ne jurent que par celles qui sont étrangères à leurs pays. Vous par exemple, vous vous enrichissez de la connaissance des autres pays sans oublier d'où vous venez et que ce qui vous a construit c'est aussi votre passé et vos racines. La langue d'oc est une langue merveilleuse, c'est l'Occitanie qui inventa l'amour courtois. Et qui, pour le chanter, se fit terre de poètes et de troubadours. Et ce ciel, ce ciel, magnifique de jour comme de nuit. Le soir à la fin du crépuscule, loin des lumières artificielles, on peut admirer quelquefois des étoiles filantes dans le ciel. Nous sommes comme ces étoiles filantes. Puis, nous disparaissons à notre tour.

Hilario jeta un regard autour de lui comme s'il cherchait un souvenir, puis se tut. Plus tard, Titoan salua en silence Don Pacho, qui toujours assis sur sa chaise, observait les passants qui déambulaient lentement sur la place en grignotant des beignets, ou croquant des pommes d'amour dont le sucre collait aux dents. D'autres couples d'amoureux rêvaient en s'entrelaçant sous la lumière blafarde des lampadaires, sous les yeux protecteurs des Trois Grâces.

.

Chapitre 29

Plus tard, Coustou passa devant un appartement où, au seuil du monde extérieur mais indifférent à lui, une jeune fille accoudée à la fenêtre ouverte pianotait sur son smartphone. A présent, une tranquillité paisible et routinière régnait sur la ville et on pouvait presque imaginer que cette accalmie était générale et commune à tous. En même temps, il savait que c'était une tranquillité trompeuse et éphémère.

Une brume inhabituelle était tombée et rampait dans les ruelles étroites de la ville, à cette heure-ci, les passants se faisaient rares dans ce quartier de la ville. L'air du soir vibrait autour de lui à l'infini. A présent, il marchait rapidement dans un dédale de rues, en s'efforçant de conserver un pas sûr et décidé. Dans certaines ruelles, le sol était jonché de sacs d'ordures éventrées, de poubelles ouvertes ou renversées et il s'élevait des rues une odeur âcre, mélange d'urine, d'humidité et de moisi.

Il se retourna une nouvelle fois, il lui avait encore semblé entendre des pas, ceux-ci semblaient aller à une allure similaire à la sienne.

Il s'arrêta brusquement... les pas cessèrent. Il pivota vivement. Son cœur battait la chamade. Il aperçut deux ombres qui se détachèrent du halo de lumière d'un lampadaire.

Ces deux silhouettes qui se dressaient dans le pâle carré de lumière n'étaient qu'un couple d'amoureux.

Décidément, son anxiété devenait du délire. Mais pas question de laisser la paranoïa lui gâcher la vie. Il poursuivrait son enquête jusqu'au bout, mais il pressa encore le pas.

Il n'était plus qu'à quelques minutes de son appartement lorsque tout à coup, une femme surgit brusquement de l'obscurité d'une ruelle.

Il n'eut pas le temps de s'écarter et elle le heurta de plein fouet, si bien qu'ils furent presque projetés tous deux à terre. Coustou aida l'inconnue à se relever. La femme de noir vêtu, ne dit rien mais le repoussa de toutes ses forces. Elle paraissait avoir une cinquantaine d'années, son allure était soignée, petite et frêle, avec des cheveux blancs comme neige impeccablement bouclés, elle avait des yeux d'un bleu limpide.

Puis elle s'approcha de lui, lui posa la main sur l'épaule et se figea en grimaçant le fixant de ses yeux sans âme et murmura :

— Un mystère vous tourmente, lui souffla la femme en noir.

Son regard était concentré sur son visage.

— Vous êtes en danger, je l'ai vu dans vos yeux. Peut-être même en danger mortel. Croyez-moi, je n'exagère pas.

Puis elle partit dans la direction opposée, trébuchant sur le chemin avant de se tourner vers lui une dernière fois, chancelante. Elle passa sous un réverbère, sous cette lumière blafarde il put mieux la détailler et lisant sur le visage de cette femme une expression effrayante. Il s'aperçut alors qu'elle était pieds nus, elle s'écria en s'éloignant :

— Attention au serpent à tête de dragon, il veut votre mort !

Coustou balaya les environs du regard, rapidement, afin de s'assurer que ce n'était pas une blague de carabins ou bien une tentative de vol ou d'agression.

Au cours de son existence il avait affronté des situations dangereuses. Mais là, non, plus rien, plus un chat dans la rue. La femme avait disparue, très rapidement, comme si son intervention n'était qu'une illusion et n'avait pas d'existence réelle.

Avançant avec précaution, il reprit sa marche vers son domicile avec une prudence accrue et jetant des regards furtifs alentours. L'avertissement de la voyante résonnait encore dans ses oreilles. Mais tout semblait calme et normal.

Il sortit de l'Ecusson et d'engagea, toujours sur ses gardes, sur le Quai du Verdanson. Alentour, personne.

Ce fut à ce moment, qu'il se rappela avoir vu cette voiture rouge à la silhouette massive et la plaque minéralogique décalée, aux Cabanes de Pérols, sur le parking, alors qu'il s'entretenait avec le prêtre. Il n'avait guère fait attention à cette belle voiture à grosse cylindrée garée au milieu des autres véhicules. Sa présence dans cette rue était étonnante. C'était sans doute un hasard, toutefois, la coïncidence était troublante.

A peine eut-il fait quelques mètres que des phares l'éblouirent sur sa gauche. La voiture fonça sur lui à tombeau ouvert dans un hurlement de pneus. Il eut juste le temps de se glisser entre deux véhicules en stationnement. Le bolide passa devant lui, il entendit du rap dont le volume était à fond. C'était une voiture sportive rouge, aux phares à halogènes blancs avec des reflets bleutés. Elle le serra de si près que le véhicule arracha le rétroviseur des deux voitures entre lesquelles Titoan s'était faufilé. Le chauffard fit une embardée, s'enfuit à vive allure, puis le bruit de la voiture disparut au loin.

Puis, pendant quelques secondes, ce fut comme si tout s'arrêtait. Plus un mouvement, plus un seul bruit.

Il n'avait pas eu la possibilité de voir le numéro d'immatriculation mais il avait pu distinguer le logo Alpha Romeo sur l'arrière du véhicule. Il le savait, le logo Alpha Roméo représentait la croix de Milan, rouge sur fond blanc associé à la fameuse Vouivre Biscione verte, qui était le serpent à tête de dragon symbole des Visconti.

L'avertissement de cette femme était donc justifié, lui avait-elle sauvé la vie ou bien la tentative de meurtre n'était qu'une mise en scène ? Ill était évident qu'elle l'avait mis sur ses gardes, en ce sens l'avertissement avait été salutaire. Sans elle il aurait été sans aucun doute moins attentif. Mais qui était cette femme et d'où sortait-elle ?

Se retournant vers les deux véhicules aux rétroviseurs arrachés, Titoan compris alors que l'Ange de la Mort avait agité les ailes sur sa tête ; et il ressentit un brusque frisson de peur rétrospectif qui fit pencher son avis vers la première hypothèse. Sans demander son reste Coustou décida de rentrer chez lui le plus rapidement possible.

Il se hâta jusqu'à son appartement, rue Nestor Burma, tout en réfléchissant à ce qui venait de se passer. Parvenu chez lui, il se précipita dans sa salle de bains et prit une longue douche chaude, cherchant le bien être apporté par la chaleur de l'eau brûlante qui coulait sur son visage, ne quittant le jet que lorsqu'il sentit ses jambes faiblir. Impossible, inimaginable... Ce qui lui arrivait était inimaginable. Son esprit était à la fois vif et bouillonnant.

Il était déjà tard et il ne parvenait toujours pas à s'endormir. Pourtant, il devait absolument se reposer, s'il voulait que son cerveau continue à fonctionner et que la raison puisse prendre le dessus sur la panique ou la frayeur.

Il sut que ce n'était que le début d'une de ces longues nuits où il aurait du mal à trouver le sommeil.

Alors, il sortit son carnet de note du coffre-fort, repris point par point tous les éléments de son enquête.

Parfois, pensa Coustou, parfois il arrive qu'on se trouve trop près pour voir ce qui se passe vraiment, pour prendre conscience de ce qu'on a juste sous les yeux, un peu comme l'instituteur qui note à la craie au tableau et qui ne s'aperçoit qu'il n'a pas écrit droit qu'en prenant du recul.

Il eut beau retourner tous les éléments en sa possession il en revenait toujours au même. Le point de départ était la photo, mais tous les protagonistes étaient morts ainsi que tous les descendants. Pendant un moment il demeura devant la fenêtre à contempler les ombres et à écouter les bruits de la nuit.

Lorsqu'il se coucha, il était plus de trois heures du matin. Dehors le vent s'était levé et la température avait chuté. Il frissonna en se glissant sous les couvertures. Il lui semblait qu'il n'avait guère avancé.

Dehors dans l'immense nudité de la nuit, le silence n'était troublé que par quelques rafales de vent.

Chapitre 30

Le matin, après une nuit peuplée d'idées de plus en plus confuses, après des heures d'insomnie à remuer les hypothèses les plus variées, il se leva rapidement. Il avait dormi d'un sommeil inquiet, dont il avait émergé bien avant la sonnerie du réveil.

Titoan se pencha sur le meuble où il avait rangé ses disques compacts, près de la stéréo. Il regarda la couverture d'un boîtier ouvert et vide, le rangea et jeta son dévolu sur un disque de Simon And Garfunkel : The Sound of Silence, il baissa le volume de la stéréo. En attendant que le breuvage soit prêt, il se replongea dans la lecture de ses notes, la chanson égrenait doucement les paroles.

Hello darkness, my old friend, I've come to talk with you again

Avec la faculté de récupération propre à son tempérament, Titoan s'était déjà remis du choc que lui avait causé la tentative de meurtre qui l'avait visé la veille. Son café avalé. Il descendit quatre à quatre les escaliers de son immeuble se retrouvant à une heure très matinale dans la rue. Il n'était pas trop loin du journal. Il fut très attentif pendant le court trajet qui l'amenait vers son but.

Il n'y avait rien de suspect, tout semblait normal.

Parvenu dans les locaux il avança dans le couloir puis pénétra immédiatement dans le bureau de Max à qui il raconta les derniers événements.

Peu après, le téléphone sonna.

— C'est pour toi, lui annonça Martin en lui transférant l'appel.
— Oui, allô ?
— Allô, Coustou ? l'interrogea son interlocuteur.

La voix étrange, sans aucun doute déguisée, surprit le journaliste.

— Oui, on se connaît ?
— Moi, je te connais, fouille-merde.
— Très distingué.
— J'en ai rien à foutre !
— Vous avez une drôle de voix. Et comment connaissez-vous mon nom ?
— Je sais beaucoup de choses sur toi Coustou !

Manifestement, il ne faisait aucun effort pour maîtriser cette colère noire qui montait du fond de son être.

— Ah bon ! Puisqu'on se connaît, vous ne verrez aucune objection à vous présenter, vous vous appelez comment ?
— Pour toi Coustou, je n'ai pas de nom. Quand tu traverses la rue pour rentrer chez toi, il faut faire bien attention, lui glissa son interlocuteur au bout du fil.
— Hein ? Qu'est-ce que vous dites ?
— Tu m'as bien compris. Alors écoutes mec. Je suis ton ombre, l'ombre que tu sens dans ton dos mais que tu ne vois pas. Alors, laisse tomber cette enquête et ne viens pas te mêler de nos affaires. Ou tu fais ce que je dis, ou alors… Suis-je assez clair ? Son interlocuteur raccrocha brutalement.

L'agressivité de son correspondant l'avait littéralement tétanisé, l'empêchant même de mémoriser avec précision ce qu'il venait d'entendre. Une chose était sûre : il s'agissait de menaces de mort. Mais il n'avait pas reconnu la voix. Il avait déjà été victime d'appels belliqueux de la part d'artistes, ou d'agents d'artistes, cette fois-ci ce n'était pas le cas. Cet appel concernait son enquête. Mais il était trop tard. Quand bien même il l'aurait souhaité, il ne pouvait plus et ne voulait plus faire machine arrière.

Max, le rédacteur en chef rassembla ses collaborateurs dans la plus grande des salles de réunion du journal, elle était meublée de façon très simple des chaises, une table, un tableau blanc.

Une reproduction d'un tableau de Jack Vettriano " Elegy for a dead admiral" était placée sur le mur à droite de la porte. Il s'agissait de la seule création artistique du journal, elle avait été offerte par la veuve d'un amiral écossais lors de sa visite du modeste journal dirigé par Max. Coustou s'était toujours demandé si cette femme seule en rouge était la veuve de l'amiral et si en souvenir de lui en une sorte d'évocation du mort et de l'expression de sa souffrance dû à cette absence elle avait demandé aux deux violonistes de jouer leur air préféré et au majordome de lui servir le vin qu'il appréciait tant.

Le Rédacteur en Chef demanda à tous d'éteindre leur portable et invita Titoan à effectuer un récapitulatif méthodique et exhaustif sur l'affaire, sur sa tentative de meurtre et pour finir sur les menaces par téléphone dont il venait de faire l'objet.

Martin précisa que l'appel était masqué et qu'il lui semblait inutile de faire des recherches complémentaires.

La réunion ne fut que brièvement interrompue, par des biscuits achetés par Pierrette et un café insipide préparé par Florentin. Le breuvage était bouillant et Coustou se brûla la langue en en avalant une gorgée.

— Comme vous le savez tous, l'enquête de police n'avance pas, nos confrères de la presse du jour, les radios et télés titrent sur d'autres sujets : les conflits internationaux, la politique, les grèves etc. Bref, le meurtre est passé aux oubliettes. Aucun élément nouveau n'est venu étayer le dossier, dans la police, chacun est convaincu qu'on ne trouvera jamais le ou les auteurs de ce meurtre barbare. Il est de notre devoir de tout mettre en œuvre afin de désigner à l'opinion l'auteur de cet acte abominable et ainsi de supprimer tout danger envers Titoan, il faut trouver le coupable, conclut Max, d'une voix altérée et inquiète.

— L'engouement médiatique est nettement retombé et il n'y a pas de fuites au niveau de la police, ce qui ne nous aide pas à savoir ce qui se passe, rajouta Martin qui avait été très attentif à l'ensemble des éléments communiqués par Titoan.

Le tour de table commença et chacun émit ses suggestions. Ils furent tous d'accord pour dire que le criminel qui avait tué la vieille dame était le même que celui qui avait tenté d'écraser Coustou et sans doute le meurtrier du brocanteur de l'Etang de l'Or.

Max demanda si l'un d'entre eux avait une piste à communiquer au groupe. Son regard alla de l'un à l'autre ; ils secouèrent la tête à tour de rôle. Florentin se moucha sans bruit. Il était à sa place habituelle, tout seul, en bout de table. Il prit la parole.

— Je pense, et on en est tous d'accord, que cette affaire débute avec la découverte de la photographie du vieil album, il s'agit là du point commun aux deux victimes.

— Sans aucun doute, appuya Martin, il nous faut donc trouver quel est la personne intéressée ou embarrassée par cette photo.

— Les protagonistes principaux de cette époque sont tous morts et leurs enfants aussi indiqua Pierrette.

— Oui mais il leur reste peut-être de la famille éloignée ou par alliance, dit Coustou. Il songea que ce qui avait commencé comme une enquête ordinaire sur le meurtre d'une vieille femme s'était transformé en affaire beaucoup plus complexe et meurtrière.

Max regarda par la fenêtre, jusqu'à la rue en contrebas. Un contractuel vérifiait les tickets d'horodateur des véhicules, il aperçut une fourgonnette de livraison d'un fleuriste qui se garait devant son le journal. Cette vision sembla faire ressurgir chez lui comme un lointain souvenir.

— Venez voir, je vais vous monter quelque chose. C'est une vieille histoire, bien oubliée sous les pavés de la vieille ville, mais vous voyez ici à l'angle de la rue de Villefranche et du Boulevard Louis Blanc. Lorsque j'étais jeune dans les années 70, j'allais à la fac de Droit, rue de l'Université à côté. Ici, précisa-t-il, montrant l'endroit avec son doigt, ici dans cet angle que vous voyez, tous les lundis après-midi se tenait une femme très distinguée entre cinquante et soixante ans, je ne sais trop dire. Quand on a vingt ans tous ceux qui ont plus de trente ans sont des vieux. Elle était toujours vêtue d'un tailleur assez chic mais démodé et portait un chapeau. Elle attendait à cet endroit tous les lundis avec un bouquet de fleurs à la main et y restait posté l'après-midi entier. En vain personne n'est jamais venu au rendez-vous. Je l'ai toujours vu, là, tous les lundis, pendant la durée de toutes mes études, sa présence m'étonnait mais je n'ai jamais osé lui demander qui elle attendait.

— Mais..., demanda Martin, plus tard vous avez pu savoir qui elle attendait cette pauvre femme ?

— Oui. Il y a vingt ans environ, j'appris par hasard que cette femme attendait son fiancé, qui avait été arrêté en 1944 et envoyé dans un camp de concentration, il n'en était jamais revenu. Devenue folle, elle vivait chez sa sœur, non loin d'ici, rue Lunaret et elle venait l'attendre à l'endroit où ils avaient l'habitude de se retrouver tous les lundis après-midi. Les souvenirs, le passé peuvent rendre fou. Peut-être avons-nous affaire à un fou, qui veut se venger. Je ne crois pas qu'il s'agisse d'un fou qui frappe au hasard et dont il est vain de chercher les motifs, mais peut-être que cette folie a un sens pour lui.

— Non, il faut rechercher dans les alliances de la famille Bleyl, coupa Titoan. La solution est là ! Je vais voir avec Germain s'il est possible de trouver quelque chose. Les parents et les enfants sont morts en Suisse, avaient-ils ou bien ont-ils encore des descendants ou de la famille encore en vie dans notre région ?

— De mon côté, proposa Martin je vais voir si je peux obtenir des informations sur l'Alfa Roméo rouge. Je vais vous espanter !

— Je vais faire un petit tour vers l'Etang de l'Or, renchérit Florentin, l'eau est mon domaine et peut être pourrai obtenir des informations de la part de pêcheurs qui auraient vu quelque chose et ne voulaient pas en parler à la police par souci de tranquillité.

— De mon côté, dit Pierrette, je vais contacter les différents Cercle de Généalogie et je vais fouiller internet, voir si je trouve des informations sur ces Bleyl.

Max et ses collaborateurs étaient maintenant prêts et redynamisés, après une séance de travail qui leur avait semblé très fructueuse.

Titoan fit défiler sa liste de contacts et trouva le numéro qui correspondait à Germain. Il le composa et la réponse fut immédiate.

— Germain vous écoute.
— Salut Germain, c'est Coustou.
— Titoan ? Qu'y a-t-il ?...
— Je pense avoir besoin de toi, assez rapidement, affirma Titoan nerveusement. Il faut que l'on se voie.
— D'accord. Quand et où ?
— Vers midi aujourd'hui. C'est possible ?

Germain accepta. Ils se donnèrent rendez-vous dans un restaurant d'Antigone.

Chapitre 31

Une fois sur la chaussée, devant le journal, Coustou se rappela qu'il avait laissé ses lunettes de soleil sur son bureau. Il décida de s'en passer. Attentif à n'être pas suivi, Titoan prit le tram, la ligne une, qui devait le laisser à la piscine Olympique, après il n'aurait plus qu'à marcher quelques minutes pour parvenir au restaurant.

Lorsqu'il pénétra dans la rame du tramway, il fut heureux de constater qu'en cette heure de petite affluence il n'aurait pas de mal à trouver de la place et surtout qu'il pourrait repérer d'éventuels suiveurs.

"Cela devient dangereux et compliqué" marmonna-t-il pour lui-même. La jeune femme non loin de lui sursauta se tourna et le regarda, puis retourna à ses mots croisés. Il se mit à observer la place de la Comédie crée en 1753 sous l'appellation place d'Armes, jetant un œil d'habitué sur la fontaine des Trois Grâces. Peut-être inquiétée par l'attitude de Coustou la femme changea de rame à l'arrêt suivant.

Florentin lui avait dit qu'il aimait lire dans le tramway lorsqu'il devait le prendre. Le balancement régulier du tram lui convenait. Du reste, il fallait bien poser son regard quelque part. Plutôt que d'éviter constamment de croiser le regard et le visage des autres, mieux valait fermer les yeux. Mais ses rêves et ses souvenirs surgissaient alors dans son esprit. C'est pourquoi il préférait lire.

En fait Florentin lisait partout, il avait la faculté de lire comme si rien ni personne n'existait au monde, en dehors de son livre.

Le petit nombre de passagers qui se trouvaient dans le compartiment étaient installés à bonne distance.

Deux femmes avec des bambins discutaient à l'autre bout de la rame. De l'autre côté, une femme semblait dormir, un sac noir sur ses genoux.

Sur sa gauche, une petite vieille et son mari, personnages taciturnes se disputaient à voix haute. Un jeune se trouvait sur sa droite les écouteurs de son iPod enfoncés dans les oreilles, sa tête se balançait comme s'il se laissait emporter par une sorte de mélodie synthétique.

Face à lui, une jeune femme rousse lisait, absorbée par sa lecture.

A la station suivante, les deux personnes âgées descendirent mais personne ne monta.

Puis, la femme rousse ferma son livre d'un claquement sec. Son regard, aux yeux gris métalliques, transperça Coustou, puis la vitre située derrière lui, qui donnait sur la rue. Ses yeux s'emplirent soudain d'une lumière étrange et agressive. Titoan tourna la tête pour voir s'il se passait quelque chose dans la rue, mais ne vit rien. Il n'y avait aucune raison pour que cette femme lui jette un tel regard.

Il porta à nouveau son regard vers elle. Mais à présent, elle portait son attention sur un magazine people dont elle tournait les pages avec nervosité. A l'arrêt suivant, les portes s'ouvrirent, les deux femmes et les deux enfants descendirent. Un groupe de jeunes gens, des lycéens, d'après leurs sacs à dos, monta.

Un homme de haute taille, vêtu d'une vareuse kaki, d'une ceinture de cuir, de hautes bottes lacées, entra à son tour et parcourut lentement l'allée centrale en détaillant soigneusement les passagers.

Il s'arrêta près de la jeune femme rousse qui se leva, lui sourit et l'embrassa avec fougue à l'étonnement de Titoan.

Ensuite, Titoan, descendit à la station de la Piscine Olympique se dirigeant, toujours vigilant, vers son lieu de rendez-vous.

Place de Thessalie, devant un bar, un musicien jouait talentueusement au piano, la chanson de Satie, d'Arthur H, sous le regard attentif et intéressé des touristes. Casquette vissée sur la tête, jean, baskets, blouson en cuir, il faisait un petit signe de la tête quand l'argent tombait dans le pot de verre qui faisait office de chapeau.

Le quartier s'était développé le long des rives du cours d'eau qui en été et au meilleur des mois de printemps pouvait vous emporter dans une atmosphère paisible et sereine, où tous les éléments s'inscrivaient dans un ensemble cohérent et harmonieux.

Comme souvent, il arriva sur au rendez-vous en avance.

Le restaurant se trouvait face à l'Hôtel de Région. Ce bâtiment était en quelque sorte le symbole de la reconquête par la ville des berges du fleuve Lez.

Le cadre était soigné et se composait de trois salles, la première teintée de rouge, les deux autres ouvertes sur l'extérieur, grâce à de grandes verrières. La cuisine était inventive et raffinée, et la carte explorait une grande palette de mets et de saveurs. Il avait choisi ce restaurant car il s'agissait d'une valeur sûre.

Le seul bémol était la couleur rouge de la salle, Coustou avait lu quelque part que le rouge cible les personnes énergiques pour qui la célèbre phrase « le temps c'est de l'argent » n'a jamais été aussi vraie.

Mais il s'agissait de la seule salle où il était possible d'avoir une forme d'intimité. Ce qu'il avait à demander ne devait pas s'ébruiter.

Comme il était relativement tôt, il y avait peu de monde, il put choisir sa table. C'était une table d'angle, un peu à l'écart au fond du restaurant, d'où il pouvait observer tous les clients, avec vue sur l'extérieur via une jolie baie vitrée, un emplacement idéal si l'on voulait converser discrètement, tout en ayant une très bonne visibilité.

Nerveux, il songea que le matin il avait deviné que la journée serait longue et difficile. Et il ne s'était pas trompé... Parfois, il détestait avoir raison.

Des tableaux étaient exposés, tous du même artiste, ils représentaient des portraits de femme, africaine, russe, paysanne asiatique ou gitane. Ils alliaient les couleurs vives à la lumière, utilisant les contrastes de la pénombre à la surexposition.

Son regard se porta ensuite vers le Lez et sur la fontaine qui jaillissait en son milieu lançant vers le ciel son puissant jet d'eau. Le long des berges passaient des promeneurs et des joggeurs. Un promeneur siffla son chien et revint sur ses pas. Il aboya quelques secondes puis revint vers son maître avec une lueur de reproche dans les yeux. Un pagayeur sur son canoë-kayak filait silencieusement sur l'eau, insensible à l'agitation urbaine avec peut-être la volonté ou l'envie d'aller jusqu' à la mer.

Une jeune femme blonde était assise seule à une table d'angle, son regard croisa par hasard celui d'un homme d'âge moyen qui la fixait depuis son siège, et elle détourna les yeux. Le message était clair, elle n'était pas venue pour faire des rencontres.

Germain fit son apparition quelques minutes plus tard, des clients arrivaient peu à peu et s'installaient à des tables assez éloignées de la leur. Titoan avait pris la précaution de mettre son portable sur vibreur afin de ne pas perturber son entrevue.

— C'est un choix judicieux ce resto, commenta le nouvel arrivant. Il n'y a rien à redire. Les plats y sont variés ils fleurent bon le terroir de la Méditerranée, c'est goûteux et les prix sont raisonnables. Mais, tu avais l'air bien mystérieux tout à l'heure au téléphone, que voulais-tu me dire ?

Ils furent interrompus par un serveur qui vint prendre leur commande.

A voix basse, Coustou fit part à son ami des éléments de son enquête qui nécessitaient un coup de pouce de sa part.

— La Suisse a toujours attiré les détenteurs de capitaux licites ou frauduleux, fortunes de vieilles dynasties européennes, industrielles, des spoliations de la seconde guerre, de vedettes du showbiz, du cinéma ou du sport. Là-bas il y a les coffres-forts des spéculateurs, tous à la recherche, sous la paix des alpages, d'une fiscalité bienveillante, de services bancaires très discrets sous l'œil indulgent des démocraties européennes.

— Oui mais là il ne s'agit pas de secret bancaire mais d'Etat-Civil. Il me faudrait savoir si les Bleyl ont eu une descendance ou bien s'ils ont de la famille ici chez nous.

— Les recherches généalogiques en Suisse sont plus difficiles qu'en France car les archives en ligne sont très rares. Sauf erreur de ma part, l'état-civil laïc suisse est consultable dans les offices d'état-civil de district. L'état civil suisse existe depuis 1876. Depuis 1929, il comprend notamment des registres des familles qui contiennent les informations d'état-civil concernant chaque famille originaire de la commune à cette date.

— Aurais-tu des contacts en Suisse, quelqu'un qui pourrait nous obtenir des renseignements ?

Germain réfléchit quelques instants.

— Je crois que oui. Il y a une dizaine d'années nous avons effectué un échange bilatéral professionnel entre employés préfectoraux français et cantonaux Suisses, je suis donc allé quinze jours en Suisse, à Genève, pour me familiariser avec les méthodes helvètes, très intéressant d'ailleurs. Et là, j'ai fait la connaissance d'un fonctionnaire cantonal qui avait la particularité de sortir des proverbes suisses à tout bout de champ. Style : "Il ne faut pas aller aux cerises sans crochets, ni aux filles sans argent". C'est un proverbe vaudois. Je dois avoir conservé ses coordonnées. Note-moi ce que tu souhaites comme renseignements.

Pendant que Titoan, inscrivait sur une feuille de papier blanc toutes les informations qui lui étaient nécessaires, Germain fit la constatation que le bruit s'était amplifié dans la salle. En effet, les conversations étaient plus bruyantes parfois ponctuées d'éclats de rire.

A la remarque de son ami Coustou leva la tête, ils virent alors les deux serveurs saluer un homme qui arrivait. Il était facile à repérer avec son crâne rasé, sa barbe soignée et ses lunettes à monture d'acier, ils lui désignèrent la table où était installé un autre homme chauve. Titoan mit quelques instants à se rappeler qu'il s'agissait de l'un des hommes qui avait assisté à l'exposition du peintre canadien. Cela éveilla sa curiosité.

Leur table était proche, mais une séparation faite de plantes artificielles dans une pergola isolait les emplacements.

Titoan se félicita du choix qu'il avait effectué et qui lui permettait d'avoir une vue d'ensemble de la salle de restaurant tout en étant peu en vue de celle des autres.

Intrigué, il observa à la dérobé les hommes qui se saluèrent. Le nouvel arrivant se plaça face à l'autre client.

Quelques minutes plus tard, un individu habillé tout en gris entra dans le restaurant. La petite soixantaine, il tenait un attaché-case à la main, son costume coûteux ne parvenait pas à dissimuler son embonpoint.

Après avoir envisagé la salle il se dirigea d'un pas assuré vers l'endroit occupé par les deux personnes que Titoan observait et qui n'avaient pas encore prononcé une seule parole en l'attendant.

A son arrivée les deux hommes se levèrent. Le nouvel arrivant leur fit signe de s'asseoir et en fit autant. Dans un brouhaha de conversations étouffées, les convives s'installèrent confortablement.

Curieux de savoir ce qui se disait, Coustou fit un signe à Germain afin de lui faire comprendre qu'il désirait écouter la conversation de la tablée qui se trouvait non loin d'eux.

D'un signe de tête Germain lui fit signe qu'il avait compris. Titoan sortit le plus rapidement qu'il le put son carnet de note.

Mais le restaurant bruissait de tintements de verres, de cliquetis de fourchettes de mille conversations, d'échange de murmures, de confidences qu'un rire léger perçait parfois.

Il ne pouvait percevoir que quelques bribes des échanges entre les trois convives, qu'il notait d'une écriture nerveuse et qu'il savait quasiment illisible pour une autre personne que lui- même.

Avec difficulté il entendit à plusieurs reprises prononcer le nom de Kne.

Ils parlaient à voix basse, de toute évidence de choses sérieuses. L'entretien s'interrompit brutalement, lorsque l'un des serveurs leur amena les plats et les vins qu'ils avaient commandés. Les échanges reprirent, l'un des hommes avait un accent étranger, dans un français à l'accent scandinave, mais parfaitement compréhensible.

Sans doute rendus plus confiants par l'animation autour d'eux les échanges entre les trois hommes se firent plus bruyants et Titoan pu enfin mieux entendre ce qui se disait.

L'homme au costume gris était un avocat. Leur échange consistait aux prémices de la conclusion d'une affaire de spéculation immobilière dans la région.

— Monsieur Vidkun Kne est un homme d'affaires avisé, à la tête d'une fortune considérable. Il a la majorité des parts dans une société monégasque, elle-même détenue par deux SCI de Monaco et par une société qui se trouve au Liechtenstein, elle-même faisant partie d'une banque panaméenne détenue à 51 % par Monsieur Kne.

Sous l'effet et l'alibi de l'alcool, les langues se déliaient, cela devenait intéressant, pensa Titoan. Germain n'en perdait pas un mot également.

Ils comprirent que c'était l'avocat qui parlait les deux autres étaient là pour écouter et donner leur éventuel accord.

— Une de ses sociétés, US Forever Young, est spécialisée dans les propriétés pour les ultrariches. Il a fait l'essentiel de ses affaires à Beverly Hills, Bel Air, Malibu et surtout Venice Beach. Il a investi en Espagne en 2005, à cette époque, les architectes signaient 800 000 demandes de permis de construire. Soit plus qu'en France, en Allemagne et en Grande- Bretagne réunies. Et il s'est retiré avant l'effondrement du marché réalisant une plus-value de 300%. D'autre part il a investi dans le fonds souverain de Norvège. C'est un homme d'affaire avisé, une référence, l'homme à suivre.

L'un des hommes sembla émettre une objection vite retoquée par l'avocat :

— Mais, la « loi Littoral », votée en 1986, a pour but de mettre fin aux constructions, au « tout béton » qui envahit le littoral. Le but est de respecter ce qui reste des paysages naturels et de mettre un frein à la surpopulation.

— Vous avez raison cher ami, mais comme vous le savez cette loi est vague et elle laisse la porte ouverte à de nombreuses possibilités d'investissement immobilier. Il suffit de connaître les bonnes personnes. D'autre part, dans votre région un grand nombre de permis de construire ne respectent pas la loi sur la protection du littoral, ou les zones agricoles et naturelles à protéger. Nous allons construire des dizaines d'immeubles, là où les gens sont sans travail. Grâce à nous ils vont pouvoir avoir un emploi, pourront mener une existence décente, et relever la tête. Dans un département où le taux de chômage est l'un des plus élevés en France. Nous serons leur sauveur. Qui oserai être contre cela ? Quel homme politique va oser ? Alors que grâce à nous des milliers de chômeurs vont enfin trouver du travail dans les travaux publics, le tourisme…

Il parlait très lentement, pesant chacun de ses mots, mais, surtout, s'exprimait à voix basse en regardant autour de lui dans le restaurant pour s'assurer que personne n'épiait leur conversation. C'est en tout cas le sentiment qu'avait Coustou.

Titoan remarqua que la conversation s'interrompait régulièrement, sans doute lorsque le serveur leur amenait de nouveaux plats.

— A ce titre, renchérit l'homme de loi, nous recherchons des promoteurs immobiliers très en vue sur le marché régional, ou bien des investisseurs cherchant à étendre leurs activités et à faire un beau placement.

Il saisit son attaché-case et en sortit une chemise cartonnée.

— Voici les documents. Je vous prie d'en prendre connaissance, je ne vous les laisse pas, c'est évident. Le deal est le suivant. Vous avez 48 heures pour vous décider. Mise de fonds initiale un million d'euros, à prendre ou à laisser. Monsieur Kne prévoit un retour sur investissement de 75% sur 5 ans.

— La plage entre Carnon et la Grande Motte : un atout majeur du tourisme régional, c'est l'une de plus belles de l'Hérault, précisa, enthousiaste le chauve.

— Imaginez... un complexe immense : résidences de luxe pour retraités fortunés, restaurants, hôtels, terrain de golf. Tout cela au bord de la plage, tout cela à quelques kilomètres de l'aéroport. Une affaire pilotée par monsieur Kne et adossée à des fonds provenant du Moyen-Orient. C'est de l'or en barre, renchérit l'avocat. Et rappelez-vous bien que la seule valeur universellement reconnue aujourd'hui est la richesse.

A la satisfaction de l'avocat, littéralement subjugués et enthousiastes, les deux hommes validèrent immédiatement le marché en signant l'exemplaire du contrat préparé par l'homme de loi.

— Ah ! au fait messieurs, quelques précisions que m'a demandé de vous indiquer absolument monsieur Kne. D'abord et vous en conviendrez, silence sur cette opération, confidentialité totale. D'autre part, il vous demande de faire preuve de profil bas.

— C'est-à-dire ? s'enquit l'un des convives.

— Dans le sens, aucune information négative à paraître sur vous et vos familles dans la presse et les médias en général. Monsieur Kne s'entoure de personnes irréprochables au sens médiatique, il est un homme d'affaires très influent dans la région. Vous conviendrez avec moi que de nos jours le monde entier est une grande maison de fous et tout cela est amplifié par internet, n'oubliez pas, par exemple, que le péché de luxure n'a jamais été aussi dévastateur pour l'image d'un homme d'affaire. Pas d'histoire de détournement de fonds qui s'étalerait au grand jour non plus. Rien, insista-t-il. Il insista :

— A l'heure actuelle, la vie de tout le monde s'étale sur internet, donc rien sur les réseaux sociaux. C'est une exigence absolue de monsieur Kne. Il souhaite présenter une équipe propre, blanche comme neige. Aux yeux du public, il souhaite absolument conserver son image d'un homme d'affaires aux motivations philanthropiques. Sachez messieurs, pour information, et pour conclure, que, dernièrement, par malheur, il a été retrouvé non loin de Rome tout près d'une voie ferrée le corps déchiqueté de l'un de nos anciens collaborateurs qui n'avait pas respecté l'une des deux obligations de monsieur Kne. Un fâcheux accident, sans aucun doute. En tout cas ce sont les conclusions des carabiniers. Donc n'oubliez pas ce que disait Ludwig Wittgenstein. « Ce dont on ne peut parler il faut le taire », leur asséna-t-il, sur un ton remplit de sous- entendus menaçants.

— Ceci met fin à notre discussion. Je vous laisse le soin de régler l'addition, leur affirma-t-il, en se levant et leur adressant un sourire de requin.

A cet instant, Titoan pu mieux observer cet homme qui possédait le regard assuré de l'homme d'affaires qui a réussi, celui d'un homme en capacité de juger froidement une situation pour en tirer des avantages personnels.

Coustou et Germain ne purent savoir si les deux types furent surpris par le ton glacial et les menaces à peine déguisées de la dernière partie de leur conversation, car sans un mot ils quittèrent la table quelques minutes plus tard. Il leur fallut un moment afin de reprendre leurs esprits. Tout étonnés du contenu de la discussion qu'ils avaient surpris. L'entretien et le repas des trois protagonistes avait duré 45 minutes. Les deux compères restèrent silencieux un bon moment, à digérer le déjeuner et surtout la conversation qu'ils venaient de surprendre.

Titoan avait noté l'ensemble des renseignements qu'il avait entendu entre les trois types. Il ne savait pas encore ce qu'il pourrait tirer de ces informations, mais il en déciderait plus tard après avoir fait part de tout cela à Max.

Chapitre 32

Quelques instants plus tard son téléphone portable, qu'il avait mis en mode silencieux pendant son entrevue avec Germain, se mit à vibrer dans sa poche. C'était Florentin. Il regarda alentour pour s'assurer qu'il n'y avait pas d'oreilles indiscrètes.

— Je suis aux Cabanes de Pérols, j'ai rencontré le voisinage du pêcheur-brocanteur ou du brocanteur-pêcheur ainsi que la veuve.

— D'accord et qu'as-tu appris Flo ?

— Voilà. En dehors d'une femme, une voisine, qui prétend que l'épouse de la victime, la mère Norris, c'est ainsi qu'elle l'appelle, est impliquée dans le complot meurtrier, le reste se tient et semble concordant. Notre homme était un brave brocanteur, qui avait pour son malheur épousé une femme de fort mauvais caractère et fort jalouse, épouse de brocanteur, fille de brocanteur elle- même. Ses affaires n'étaient pas florissantes, il s'agissait de l'un des motifs de dispute. C'étaient des scènes, des querelles et des engueulades continuelles. Il mangeait dehors en cachette et très régulièrement parce qu'il détestait la cuisine de sa femme.

— Le moins qu'on puisse dire est qu'ils ne menaient pas une vie de couple heureuse et harmonieuse.

— Pour échapper à la pression familiale et conjugale, Emile passait ses moments libres à la pêche non loin de chez lui. En dehors de cela, il n'avait guère de distractions. En fait, il semblerait qu'il allait pécher plus pour profiter de ses moments de liberté et de calme car les produits de sa pêche étaient très limités voire inexistants. C'était un rêveur, un contemplatif, et cela ne plaisait pas du tout à sa femme.

— Le monde moderne punit toujours la faiblesse des rêveurs.

Florentin poursuivit :

— Lorsque j'ai interrogé son épouse et je lui ai demandé : Vous vous êtes disputés, votre mari et vous le jour de sa mort ? Elle m'a rétorqué : Ce qui serait étrange, c'est qu'on ne se dispute pas. Il était agaçant l'Emile avec ses petites manies !

Coustou sourit

— C'est un sacré numéro !

— Oui et j'ai bien compris qu'elle n'avait cependant aucune envie de se lancer dans des explications qui l'obligeraient à étaler sa vie personnelle. D'après les autres renseignements que j'ai pu obtenir son portable a disparu, la gendarmerie l'a cherché partout et ne l'a pas trouvé. Il semblait avoir été tué par surprise puisqu'il n'y avait aucune trace de lutte. On lui avait pris son portable. Aucun indice. Aucun problème familial, important, connu hormis sa mégère de femme. Il n'était mêlé à aucune affaire louche. Il aura certainement fait une mauvaise rencontre et il a été tué sans réel mobile m'ont informé les gendarmes à qui j'ai posé toutes les questions possibles et imaginables.

— Des idées pour le portable d'Emile ?

— Son téléphone portable a disparu mais la gendarmerie a demandé à l'opérateur le listing des appels et des messages émis et reçus. Je n'ai hélas pas d'autres renseignements. Peut-être en saurons-nous plus dans quelques jours. Et de ton côté ?

Il y eut un silence au bout du fil. Puis, Coustou répondit :

— Rien que je puisse te dire au téléphone, retrouvons-nous au journal dès que possible.

— Bon alors, on se retrouve dans une heure, approuva Florentin. Titoan raccrocha puis ôta la fonction vibreur de l'appareil.

Titoan regarda sa montre, puis levant les yeux, un arc en ciel, croisement entre un rayon du soleil et le jet d'eau attira son regard. Subite et éphémère apparition. Puis il s'obligea à reprendre son calme. Il se mit à longer les bords du Lez, lentement, en réfléchissant à tout ce qui s'était produit, tout ce qu'il avait entendu. Il avançait avec précaution, de peur d'oublier quelque chose ou de s'écarter de son objectif. Il échafauda et démolit plusieurs hypothèses.

Dans l'Allée de Delos, il s'arrêta brièvement devant la statue qui était une reproduction de Dyonisos. Il s'agissait d'une copie de celle qui était installée dans la cour de Marly au musée du Louvre. Il avait un faible pour cette œuvre d'art dont l'original avait été créé par Coysevox, l'un de ses ancêtres. Ce jour-là, un petit autel aménagé aux pieds de la statue contenait une bouteille de vin vide et un vestige de grappe de raisin, offrandes déposées sans doute par l'un des derniers admirateurs du culte du dieu grec du vin, de la fête, du théâtre, et de la tragédie.

Puis, Coustou prit le chemin de retour vers le journal.

Il passa devant un bar nommé Alcofribas Nasier. Un bar que lui avait fait découvrir son ami Claudi. Sur la pancarte de l'établissement qui était placée devant l'entrée on pouvait lire sur le recto. "Rabelais et son ami Nostradamus avaient leurs habitudes ici." Sur le verso était inscrit." Nous avons des bières aussi froides que le cœur de votre ex-copine." Ce tout petit café était l'endroit où il fallait venir pour échapper à l'agitation de la ville. Les bières y étaient moins chères que dans le reste du quartier. La pression bien fraîche servie dans d'énormes chopes et la musique folk et pop de la sono ne gâtaient rien non plus. La clientèle qui y passait semblait éclectique. Beaucoup d'habitués, mais surtout des fêtards qui arpentaient la rue pour trouver la bonne ambiance et vérifier le fait que les nuits à Montpellier étaient bien une soirée de fête. Le son polyphonique provenant de sa poche de sa veste annonça à Titoan un appel sur son portable. Il plongea la main dans sa poche et en sortit le petit appareil, l'écran affichait : « Claudi ».

— Allo ? La voix familière de son ami retentit à l'autre bout de la ligne.
— Salut Titoan, comment ça va ?
— Grosse journée, mais tout va bien. C'est une drôle de coïncidence ton appel, je viens juste de passer devant le bar que tu m'as fait découvrir : l'Alcofribas Nasier.
— Ah oui, il est super !
— Tu m'appelais pourquoi ?
— Figure-toi qu'un type est passé au magasin et qu'il m'a parlé de toi.
— Un gars que je connais ?
— Non, je ne crois pas. Enfin pas comme on se connaît nous. Tu ne peux pas passer ?
— Là, je n'ai pas le temps. Plus tard peut-être. Mais détailles-moi tout, cela peut être important. Vas-y explique-toi. Tu sais son nom ? Commence par le décrire.
— Ok, un homme chauve entre quarante et cinquante ans, difficile à définir. Un scandinave sans doute il parlait un excellent français mais il avait un accent nordique, je dirai suédois ou norvégien. Enfin, j'imagine, car il ne me l'a pas dit.
— D'accord, je vois qui c'est, il s'agit de Vidkun Kne et il est venu chez toi pourquoi ?
— Il est venu avec une jolie blonde, elle était très fine, plus fine encore que jolie. Son visage s'encadrait de cheveux blonds, peut-être légèrement décolorés, aux menues ondulations. A mon avis elle avait quinze à vingt ans de moins que lui. Ils voulaient choisir un sac de ma fabrication. Mais elle m'a donné la sensation que les tracas de la vie ne la touchaient que par ricochet. Lui était habillé tout en noir

avec un cigare aux lèvres. Le type un peu prétentieux, celui qui sais tout, qui as tout vu. Le genre que j'aime bien.

— Va à l'essentiel Claudi, s'il te plait. Comment en sont-ils venus de te parler de moi ?

— Inutile de monter sur tes grands chevaux Coustou, dit-il en plaisantant. Je poursuis, on a dû les informer que l'on était potes, car au bout d'un moment il m'a glissé que mon travail d'artisan pouvait se comparer à celui d'un artiste. Et d'un coup il m'a lâché qu'il espérait que monsieur Titoan Coustou, savait sans doute mieux apprécier mes productions que les œuvres d'art contemporaines pourtant sublimes qu'il sponsorisait généreusement et bénévolement que tu éreintais régulièrement dans tes chroniques, que tu étais un adepte de la contradiction systématique etc.

— Ah bon, et c'est tout ? s'exclama Coustou en souriant. Et tu lui as répliqué quoi ? Car tel que je te connais tu n'as pas laissé cette attaque sans réponse !

— Je l'ai rembarré en lui disant que tes rubriques et ton jugement étaient honnêtes et impartiaux, ma réponse ne lui a pas plus, car en retour il m'a dit qu'aux yeux du public, des vrais amateurs d'art, il était un mécène généreux aux motivations philanthropiques. Qu'en sa qualité d'homme d'affaires reconnu et puissant exerçant à un niveau international, il avait un énorme pouvoir et qu'il pouvait se permettre de s'offrir un journal si on ne pouvait pas soudoyer un journaliste. En conclusion, j'ai bien l'impression que monsieur Vidkun Kne, comme tu l'appelles, n'est pas un méga-fan de Titoan Coustou, continua la voix de Claudi.

— Ce n'est pas bien grave, est-ce qu'il t'a acheté un de tes sacs au moins ?

— Tu rigoles ! Je les ai foutus dehors, tous les deux, pas question que sa donzelle parade avec l'un de mes sacs au bras, ils n'auront pas l'honneur d'en posséder un. Si tu veux mon avis, il fait partie de ceux qui sont capables de vendre la corde avec laquelle ils se feront pendre.

Coustou éclata de rire. Son ami enchaîna :

— Attends et écoute… *L'homme pâle, le long des pelouses fleuries, Chemine, en habit noir, et le cigare aux dents : L'Homme pâle repense aux fleurs des Tuileries Et parfois son œil terne a des regards ardents…*

C'est un quatrain de Rimbaud extrait d'un poème qui s'appelle Rages des Césars.

— Je le trouve très approprié, en convint Titoan.
— J'ai les magouilleurs en horreur et je n'aime pas les hypocrites. Tu n'as qu'à imaginer ce que je pense de ceux qui combinent les deux.

Chapitre 33

Plus tard, parvenu au Clapasien, Martin lui rapporta que l'Alfa Roméo Gran Turismo rouge qui avait tenté de le heurter la veille au soir avait été volée, près du zoo deux jours auparavant en fin de matinée, le jour du vol les clés se trouvaient sur le contact. Elle avait été retrouvée totalement dévorée par un incendie, dans la garrigue au nord de la ville.

— Lorsque les pompiers étaient intervenus il ne restait qu'un filet de fumée s'élevant vers le ciel. Ce n'était à présent plus qu'une carcasse de fer noir. Il n'y avait plus aucun indice, désolé, conclut Martin.

Titoan remercia également Pierrette qui malgré toutes ses recherches avait fait choux-blanc, car comme Germain l'avait indiqué les ressources généalogiques suisses accessibles sur internet n'étaient guère complètes. D'autre part les cercles généalogiques qu'elle avait contactés n'avaient pu lui donner aucune information. Cette famille Bleyl n'existait plus sur leurs tablettes.

Coustou, prit ses notes, puis leur demanda de le suivre dans la salle de réunion où Max les attendait, afin de partager ensemble les propos qu'il avait entendu au restaurant.

Quelques instants après qu'ils furent assis, Florentin ouvrit la porte, toutes les places étaient déjà prises dans la petite salle de réunion sauf celle proche de la fenêtre, celle que Flo préférait. Pour l'atteindre, il fallait que tout le monde se déplace d'un cran, la manœuvre fut effectuée comme toujours dans une atmosphère bon enfant, malgré une tension palpable.

Lorsque Titoan eut fini, Max prit la parole.

— Vous savez tous et certains depuis très longtemps que mes critères sont l'objectivité, l'honnêteté, l'impartialité et l'intégrité de l'information. Nous Les journalistes somment appelés à respecter la vie privée des individus et la présomption d'innocence, à n'obtenir des informations que « par des moyens légaux et moraux ». Nous ne sommes pas comme certains qui privilégient la rumeur à la justice. Donc, l'information apporté par Titoan me paraît être une information majeure mais que nous n'allons pas traiter, du moins pas encore, il nous faut d'abord terminer l'enquête en cours concernant le meurtre de madame Courtines. Il est évident que les constructions de telles résidences en bord de mer ne peuvent qu'attirer les hommes d'affaires étrangers et français, les cadres supérieurs de grandes entreprises internationales, les retraités fortunés. Un petit paradis pour eux, le ciel, c'est le monde des riches.

Florentin essaya d'imaginer à quoi ressemblerait la vie dans un quartier uniquement peuplé de riches bourgeois égoïstes à la retraite. Il eut un long frisson.

— Mon point de vue est que tous les hommes politiques et hommes d'affaires véreux ont des secrets qu'ils ne souhaitent pas voir déterrer de leur vivant, il faudra travailler sur cette affaire le plus rapidement possible précisa Florentin.

Le groupe accepta unanimement la décision de Max. Ils aimaient bien travailler en équipe, le rédacteur en chef avait su créer une osmose autour de lui, fédérant les différentes personnalités afin de créer une dynamique de groupe sympathique et efficace.

— Il ne nous reste plus qu'à attendre les renseignements que pourraient nous apporter Germain.

Il regarda son portable. Toujours pas d'appel.

C'est au moment où il rangeait celui-ci dans sa poche de sa veste qu'il se mit à sonner. Il plongea la main dans sa poche et en sortit le petit appareil ; l'écran affichait : « Germain ».

— Hello my friend ! s'exclama jovialement ce dernier.
— J'imagine que tu as de bonnes nouvelles, réagit Coustou.
— De forts bonnes, et pas qu'un peu. Tu es prêt ? Cela risque d'être un peu long.
— Attends, je mets l'amplificateur, nous sommes en salle de réunion, tout le monde t'écoute.
— Bien, puisque tout le monde boit mes paroles, j'invite Max à me payer un coup à boire, ceci afin de rétribuer généreusement mes tractations et la patiente dont j'ai dû faire preuve auprès de la bureaucratie helvétique.
— Ce sera avec plaisir, approuva le rédacteur du journal.
— Parlons peu mais parlons bien. J'ai pu contacter mon interlocuteur suisse Clément, toujours aussi bon vivant, toujours aussi féru de proverbes helvètes, le fonctionnaire cantonal. Il tient absolument à ce que je vous fasse part de celui-ci : *Les loups ne se mangent pas entre eux.*

Voilà qui est fait, j'ai tenu parole. Bon, passons à notre affaire... Comme vous le savez notre duo de nazis est mort en 1956. Leurs deux enfants Gunther et Eva sont décédés également, mais de maladie plus tard. J'ai demandé à mon ami Clément de vérifier si ces deux personnages avaient fait souche en Suisse, s'était mariés, avaient eu des enfants etc. Après recherches, voici ce que cela donne.

Gunther et Eva ne se sont jamais mariés, pas d'union célébrée en mairie, rien en Suisse, ni ailleurs.

Mais notre ami a pu m'obtenir l'information suivante, un enfant d'Eva, la fille de Clotilde Bleyl et de Tanzmann, a été déclaré né de père inconnu dans la petite commune de Lustdorf, devenu

Thundorf, moins de 1500 habitants actuellement, non loin de Frauenfeld où elle demeurait, sûrement pour ne pas attirer l'attention.

— La piste s'arrête-là ? demanda Florentin en remontant de l'index ses lunettes sur son nez.

— Non, cher ami, coup de chance, un lointain cousin de Clément habite Frauenfeld. A ma demande il l'a contacté immédiatement. J'ai appris qu'Eva n'avait pas la fibre maternelle. De plus, elle souffrait de troubles bipolaires qu'elle ne soignait pas. Et pour couronner le tout, elle buvait. Très coquette, elle avait beaucoup souffert de voir sa silhouette déformée par la grossesse et ne souhaitait pas vivre une seconde fois cette épreuve. Ceci explique qu'elle soit restée célibataire et sans autre enfant. Elle a abandonné, son nouveau-né peu de mois après sa naissance, car elle se sentait incapable d'assumer la responsabilité d'élever un enfant selon ses dires. Il avait failli être confié à un orphelinat spécialisé mais un vieux couple de lointains et fortunés cousins de la région de Montpellier avait pris pitié de son sort et l'avait recueilli, et adopté.

— Donc, il s'agit du petit-fils du duo nazis, s'exclamèrent en même temps Florentin et Coustou.

— Oui c'est bien cela, vous suivez bien !

— Il s'appelle comment et il est où ?

— Eh bien, pourtant, vous le connaissez, enfin surtout toi Titoan, affirma Germain.

— Comment ça, moi particulièrement ?

— Il s'agit d'Armand Nascenta ! s'exclama Germain. Le couple de lointains cousins qui a adopté l'enfant était les Nascenta, les promoteurs immobiliers. Ils ne pouvaient pas avoir d'enfants, ils ont donc adopté celui de leur cousine éloignée, Armand.

L'étonnement fut général, une angoisse muette s'était emparée de toute l'assistance. Ce fut un silence complet pendant quelques secondes, le temps pour tous de bien assimiler les renseignements que venait de leur fournir Germain.

Il régnait un tel calme dans la pièce qu'ils purent entendre le tic-tac de la montre-bracelet de Florentin.

— Il faut lui mettre la main dessus, insista ce dernier.
— Mais, il peut être n'importe où, répliqua Martin.
— Je vais appeler Loïsa, elle saura peut-être où il se trouve, ou bien elle pourra sans doute me communiquer son numéro d'appel, je ne l'ai pas, ajouta Titoan.
— Surtout ne lui dis rien, murmura Pierrette, il ne faut pas l'alarmer. Elle n'est sûrement au courant de rien.
— Ne t'inquiète pas. Je serai discret.

Il composa le numéro de la librairie, au bout de quelques sonneries la voix joyeuse de Loïsa répondit :

— Allo ?
— Bonjour Loïsa, c'est Titoan.
— Bonjour, tu sais que tu n'as pas besoin de t'annoncer je reconnais ta voix entre mille dit-elle. Tu m'appelles pourquoi ? Ton enquête avance ?
— Elle avance pas à pas. Mais je t'appelle car j'ai besoin d'un renseignement.
— Oui bien sûr. En quoi je peux t'être utile ? Tu as besoin d'informations, d'un livre en particulier ?
— Non rien de cela, en tout cas pas aujourd'hui, je n'ai pas besoin de ce type d'aide aujourd'hui, mais je souhaiterai que tu m'indiques où trouver Armand ou bien que tu me donnes son numéro d'appel.
— Et pour quelles raisons ? si je ne suis pas trop curieuse ?

Titoan hésita un moment puis expliqua :

— Rien de bien important, nous avons un collègue au journal qui vient d'hériter d'une grande parcelle de terrain aux alentours de Montarnaud et il aimerait savoir si cela pourrait éventuellement intéresser Armand.

— Je vais te communiquer son numéro d'appel, mais tu auras sans doute du mal à le joindre car il est du côté de Saint-Jean-de-Fos cet après-midi et le portable doit mal passer par là-bas car je ne suis pas parvenu à le joindre.

— A Saint-Jean-de-Fos ? Mais que fait-il là-bas ? fit tout étonné, le journaliste.

— Il m'a informé qu'un vieux propriétaire voulait vendre un grand terrain et qu'il pourrait peut-être en faire un lotissement. Ils avaient rendez-vous en début d'après-midi.

Coustou prit note du numéro de portable, puis il raccrocha.

Il l'appela immédiatement mais tomba sur la messagerie. Il raccrocha sans laisser de message.

Max courut dans son bureau retrouver le numéro d'appel de Jean Trachinod, il le composa, mais sans succès également.

— Il faut y aller sans perdre une minute ! lança Max. On prend ma voiture, je conduis !

Ils montèrent tous les trois dans sa 308 rouge.

La Peugeot roulait à tombeau ouvert, se faufilait entre des files ininterrompues de voitures. Max trouva un raccourci à travers les rues, boulevards, avenues et les ronds-points dont les panneaux indicateurs appliquaient la règle montpelliéraine selon laquelle il fallait être né ici pour ne pas se planter avec les informations fantaisistes des services techniques municipaux.

Mais il s'impatientait, il avait même grillé un feu rouge, franchit plusieurs fois des lignes blanches et dépassé les limitations de vitesse. A la sortie de Montpellier, la voiture s'engagea sur la route de Ganges. A partir de cet endroit la circulation se fit plus fluide, mais Max roulait systématiquement au-dessus de la vitesse autorisée.

Le paysage méditerranéen formé de garrigues, de chênes Kermès au vert foncé brillant défilait tout autour d'eux. Ils laissèrent sur la droite la route menant au majestueux Pic Saint-Loup surnommé la "Sainte-Victoire de l'Hérault".

Au moyen-âge la petite cochenille parasite du chêne kermès était appelée la graine écarlate, la récolte délicate et compliquée de cet insecte fut longtemps le profit le plus rentable que l'on put tirer du kermès. Grattées avec l'ongle que se faisaient pousser les femmes, les cochenilles étaient séchées puis broyées et fournissaient une teinture rouge utilisée en particulier pour les habits du clergé. Montpellier, ville où se fabriquait les tissus écarlates et luxueux devait en partie sa renommée à cette récolte.

Florentin posa la question qui les préoccupait tous les trois. Quelles étaient les motivations exactes d'Armand ?

— Si je me souviens bien, Loïsa, m'a dit le soir de l'exposition que Kne et Armand était en train de finaliser une grosse opération immobilière, cela ne peut être que l'affaire dont j'ai entendu par hasard la conversation au restaurant ce midi. De grosses sommes sont en jeu et l'homme d'affaire norvégien ne tolère pas que ses cocontractants ne soient pas blancs comme neige, au sens médiatique, affirma Coustou.

Si l'on suppose que des révélations concernant la famille de l'un des associés dans ce contrat mette en cause la réussite du projet, à travers la divulgation de son passé nazi, ceci peut laisser supposer qu'Armand a voulu éliminer tout risque qui puisse lui nuire, ajouta Max.

— Tout cela n'est donc qu'une question d'argent, lâcha Florentin. Il lui fallait éliminer discrètement les personnes menaçant ses intérêts.

— Pas uniquement Flo, précisa Coustou. A l'heure actuelle, la vie de tout le monde s'étale sur internet. En un clic de souris, l'image d'une personne ou d'une marque peut être durablement ternie. L'Internet est devenu le lieu où se font et se défont les réputations. Mais pour les hommes d'affaires la notoriété, l'image, c'est du chiffre d'affaire, en plus ou en moins, et là si cela éclatait au grand jour, pour lui ce serait lui la ruine.

— Et tu penses que le vieux résistant a compris tout cela ? s'enquit Florentin.

— Ma théorie est qu'il devait connaître l'existence d'Armand Nascenta. Il n'avait pas abattu sa vengeance sur lui car il avait dû estimer que les enfants et petits-enfants n'étaient pas responsables des actes de leur grand parents ou parents. C'est sans doute nous qui l'avons mis sur la piste du tueur de la vieille dame en lui montrant la photo. Il ne lui a pas fallu longtemps pour comprendre.

Le silence se fit dans l'habitacle, les visages étaient graves. Chacun mesurant ses responsabilités et les conséquences que pouvait avoir eu leur précédent entretien avec Jean Trachinod. Cependant, il était trop tard pour revenir en arrière.

Soudain, au sortir d'une courbe, un énorme nuage de poussière provenant d'un chemin sur leur droite leur masqua toute visibilité, Max ne freina pas trop brusquement prenant garde à ne pas faire d'embardée. Un gros camion- remorque, chargé d'une véritable montagne de billots, qui sortait de ce chemin les croisa à tombeau ouvert frôlant de quelques centimètres la 308, les gratifiant au passage d'un coup d'avertisseur assourdissant.

— Non mais, vous avez vu ça ? Ce goulamas a jailli de nulle part ! s'exclama Max.

— On a bien failli y rester, souffla Florentin.

Le reste du trajet se passa sans encombre, mais en silence.

Ils passèrent à proximité du Pont du Diable qui enjambait depuis plus de 1000 ans, le fleuve Hérault dont les eaux d'un bleu-vert sombre, caractéristique des rivières de pays calcaire, pénétraient dans de profondes gorges. Puis, ils entrèrent dans Saint-Jean-de-Fos.

Sur la place principale, les trois vieux étaient toujours assis sur le même banc, appuyés sur leur même canne, deux d'entre eux fumaient, le troisième regardait le ciel sans nuages et semblait écouter passer le temps.

Chapitre 34

Titoan et Florentin guidèrent Max vers le domicile de Jean Trachinod.

Florentin n'en pouvait plus, dès qu'il sortit de la voiture, il alluma une cigarette qu'il fuma rapidement, appuyé contre le capot, le regard fixe dirigé vers la colline vers les crêtes en forme de ruines, et les ruines redevenues rocs.

Un soleil tranquille réchauffait lentement mais sûrement le village et ses environs.

Max carillonna à la porte, mais personne ne répondit. Malheureusement la maison était vide. Ils cherchèrent dans le voisinage. Après avoir observé tout autour d'eux ils jetèrent leur dévolu sur une petite maison voisine pas trop éloignée de celle de Jean.

Sur cette maison on pouvait observer différents éléments de faîtages, de descentes de chenaux et de gouttières, mais aussi divers décors carrelés, particuliers à la poterie vernissée locale. Non loin, on entendait un chien aboyer.

Une vieille femme s'activait lentement dans son jardin, c'était une petite femme au visage sillonné de rides, avec sur la tête un foulard noir dont s'échappaient quelques cheveux gris et qui sur le corps portait une longue robe cousue dans le même tissu. A l'angle de son terrain traînait une brouette de jardin en bois de hêtre, dont la roue en bois était cerclée de métal.

— Bonjour madame.
— Bonjour messieurs, c'est pourquoi ?
— Nous cherchons monsieur Trachinod, votre voisin, vous ne sauriez pas où le trouver ? Il n'est pas chez lui.

L'octogénaire saisit le pommeau de sa canne et se releva avec lenteur se rapprochant du mur du clôture, elle marchait, appuyée sur sa canne, le dos voûté. Mais elle paraissait solide malgré ce qu'on pouvait deviner de faiblesse dans son regard et dans sa voix chevrotante. La villageoise les dévisagea, comme pour mesurer s'ils méritaient le renseignement demandé. Elle était manifestement intriguée, que pouvait avoir affaire ces trois hommes avec Jean.

Florentin insista :

— Je suis Florentin, le fils de Justine Joullié, l'un des descendants de Blaise, le potier.

La vieille femme observa une courte pause, les observa un par un, puis lorsqu'elle eut fini de les passer en revue, elle ferma ses yeux décolorés par la vieillesse, se tourna vers Florentin, et sans un mot lui indiqua de l'index la maison voisine.

Elle avait de longs doigts. Des doigts si longs et si maigres qu'ils ressemblaient presque à des griffes.

Le fils de Justine la remercia.

Ils avancèrent en silence vers la bâtisse voisine.

Se rapprochant de la petite maison, ils virent dans son jardin un vieil homme assis au visage sympathique et buriné, le genre de ceux que les publicitaires choisissent pour inspirer confiance et convaincre les téléspectateurs de la supériorité d'une mutuelle sur ses concurrentes.

Il était installé dans l'un des deux fauteuils de rotin, ceux-ci étaient placés sous un parasol et séparés par une petite table sur laquelle étaient posées deux tasses à café, un jeu d'échec, un sablier, un manche de pioche à portée de sa main et il portait une casquette de Montpellier Rugby sur le crâne.

Au même moment, ils virent sortir de la maison contiguë deux silhouettes étrangement disparates, un homme d'âge mur, solide, trapu, hâlé, il avait une démarche chaloupée de marin, et posait une main protectrice sur l'épaule d'une jeune fille vêtue d'une robe légère avec un bouquet de fleurs à la main.

L'homme assis tourna le sablier.

— Bonjour monsieur, nous sommes à la recherche de monsieur Trachinod.

— Bonjour, vous êtes le journaliste celui qui est passé le voir il y a quelques jours, et vous étiez présent vous également, dit le vieil homme s'adressant directement à Florentin. Vous êtes des journalistes du Clapasien.

— Vous êtes très observateur, acquiesça Florentin, nous sommes bien du Clapasien, des journalistes locaux. Vous êtes monsieur ... ?

— Jordi Luquis, pour vous servir. Vous savez à notre âge, nous n'avons pas beaucoup de distractions alors on observe, on joue aux échecs et l'on cause. Vous êtes du pays alors je vais vous écouter. Je me méfie de quiconque se prétend occitan tout en parlant comme un présentateur de TF1, mais ce n'est pas votre cas.

— Merci, monsieur Luquis. Monsieur Jean, questionna Coustou, vous l'avez vu aujourd'hui ?

— Sûrement que je l'ai vu, nous avons pris le café ensemble, je n'ai pas encore débarrassé, comme vous pouvez le constater.

Il parlait posément, ne prononçait pas un mot plus haut que l'autre.

— Vous l'avez vu partir, il y a longtemps ? questionna Max.

L'homme prit une minute de réflexion, choisissant ses mots avec soin, remarqua Coustou, ce qui était bien joué de sa part, s'il avait quelque chose à cacher.

— Oui, je l'ai vu partir, il y a une heure environ. Il a d'abord pris le café avec moi, nous avons fait une partie, que j'ai perdu, comme toujours. Puis, il est parti.

— Est-il parti seul ? l'interrogea Florentin en remontant du majeur ses lunettes sur son nez.

— Vous me posez bien des questions, sur mon ami. Y a-t-il un problème ?

Non loin d'eux, en arrière fond, la voix mélodieuse d'Art Garfunkel avec son compère Paul Simon interprétait la très belle chanson "Old Friends".

Titoan précisa :

— Heu, nous craignons que monsieur Jean coure un grand danger. Il est très important que vous nous disiez tout ce que vous savez, est-il parti seul et pouvez-vous nous dire où est-il allé ?

Titoan eut soudain l'impression que le temps se suspendait entre eux. Comme si l'homme hésitait à répondre à sa question. L'homme ne répondait pas.

— C'est un sablier marin, n'est-ce pas ? interrogea Florentin montrant du doigt l'objet ancien sur la table.

— Oui, approuva en souriant le vieil homme. C'est un souvenir. J'ai été marin et j'ai fait à plusieurs reprises le passage du Nord-Ouest, qui fait communiquer l'Océan atlantique et le Pacifique, c'est un lieu de glace sans cesse en mouvement semé d'embûches. Mais d'où connaissez-vous les sabliers marins ?

— J'ai moi aussi été dans la marine, un bon bout de temps. Un sablier marin du même modèle était exposé dans la vitrine de la cabine du commandant.

— Vous étiez sur quel bateau ?

— J'ai navigué sur plusieurs d'entre eux : le Croiseur Lance-Missiles Colbert, le Clémenceau, la Jeanne.

Titoan, remarqua, alors un changement entre les deux hommes, comme si un nouveau lien s'était créé, une sorte d'amitié ou de reconnaissance entre anciens marins ayant servi pour le même idéal et la même cause ou ayant partagé les mêmes difficultés.

— Pour ma part j'ai embarqué sur le Richelieu, le porte-avions La Fayette et d'autres bien sûr. Et pour répondre à votre question sur cet objet, il s'agit de sabliers bien particuliers, précisa Jordi Luquis.

Il y a bien longtemps dans les longs parcours de la navigation à travers l'océan, le sablier marin était utilisé pour mesurer le temps, il a été un outil aussi important que la boussole. Rempli avec la quantité de sable, pour mesurer une demi-heure, chaque période où une fiole se vidait, était appelé un "sablier" huit sabliers définissaient une "poste".

— Votre sablier n'a donc un temps d'écoulement que de trente minutes ? questionna Titoan.
— Affirmatif, nous tentons de limiter nos parties d'échec sur cette durée. Pour répondre à votre question, je connais Jean depuis de nombreuses années, et je crois que le connaître assez pour vous affirmer qu'il ne risque rien.
— Mais...

Le vieil homme coupa Florentin.

— Il m'avait prévenu de votre arrivée, en fait il m'avait précisé qu'il n'était pas certain que vous viendriez aussi rapidement, mais il m'avait prévenu. Un homme est passé, chez lui, il y a un peu plus d'une heure et ils sont partis ensemble.

— Comment était cet homme, était-il jeune ? pouvez-vous nous le décrire ? insista Coustou qui s'installa dans le second fauteuil.

A partir de ce moment il ne quitta plus des yeux son interlocuteur.

— Un homme la quarantaine, chauve, habillé avec soin, il portait un costume bien coupé, cravate, chemise blanche coûteuse. L'allure sportive. Je ne sais pourquoi, son attitude m'a laissé penser à un personnage arrogant ou prétentieux. Peut-être la façon de se tenir. Mais vous savez, nous les vieux avec nos idées d'un autre siècle... rajouta-t-il avec un grand sourire.

Cela correspondait bien à la description d'Armand Nascenta, réfléchit Titoan, qui jeta un regard rapide à Florentin.

— Où sont-ils allés ? Vous le savez ?
— Je pourrai vous dire, que je ne lui ai pas posé la question et qu'il ne s'est pas expliqué. Mais... je ne le ferai pas. Jean m'a dit qu'il l'amènerait vers le chemin qui monte au Roc Pointu. En fait s'il me l'a dit c'est pour que je vous le dise.
— C'est par où ? Questionna Titoan
— Par-là, leur indiqua le vieil homme en montrant un chemin qui grimpait dans la colline.
— A-t-il dit autre chose ?
— Oui il m'a dit "*J'ai l'impression qu'il est minuit moins cinq et que le décompte a commencé pour moi*". Jean aime bien énoncer des paroles énigmatiques.
— Monsieur Luquis, savez-vous pourquoi il le conduit à cet endroit ? L'homme haussa les épaules en signe d'ignorance.

Il leur énonça, en retournant le sablier :

— Le sable fin dans le sablier peut aussi symboliser la vie corporelle, cela nous enseigne que celle-ci n'est que poussière face à l'immensité de l'univers. Son écoulement progressif, grain par grain, révèle que le temps s'égrène irréversiblement et induit à terme, un arrêt du mouvement, annonciateur de mort. Au revoir messieurs !

Ils partirent, conscient du regard de Jordi Luquis dans leur dos. Se retournant, Coustou jeta un coup d'œil furtif au visage du vieil homme il crut y lire de la douleur, de la lassitude et quelque chose d'autre, qu'il ne sut définir.

La discrète sonnerie de son portable annonça qu'il avait reçu un SMS. Le message provenait d'Aliénor. Il y jeta un rapide coup d'œil.

Elle lui proposait de l'accompagner pour voir une pièce de théâtre où Fabrice Luchini était à l'affiche, elle voulait y assister et désirait que Titoan l'accompagne. Il sourit, heureux.

Chapitre 35

Ils empruntèrent le sentier qui serpentait derrière le village où ils purent apercevoir les rangées de génoises sur les toits. Le chemin était bien balisé, ils suivirent une combe qui les menait au milieu des chênes kermès. Ils avançaient en silence. Chacun songeait sans doute avec angoisse au déroulement des événements à venir.

Ils marchaient nerveusement en file indienne, sur le sentier qui montait légèrement, au milieu de cette nature calme et paisible, chauffés par un clair soleil de printemps, et bercés par le bruissement des feuilles des arbres, mollement agitées par une brise légère.

Le soleil projetait des taches de lumière sur les près couverts de fleur des champs. Tout autour d'eux, le paysage de montagnes escarpées, de falaises et de garrigues était magnifique.

Le chant des oiseaux et le sifflement du vent léger dans les branches couvertes de feuilles vert de toutes les nuances composaient une symphonie apaisante qui ne correspondait pas du tout à la tension palpable qui les habitait.

Coustou savait que ce secteur abritait le Faucon crécerelle, l'alouette ainsi que l'hirondelle de rochers mais aussi des espèces bien plus rares, telles que le merle bleu, le traquet, et le crave à bec rouge. A cet instant, il regretta de ne pouvoir savoir quel était cet oiseau qui chantait si bien dans le feuillage, mais qui restait désespérément invisible.

Ils étaient à présent au-dessus du village, ils avaient un beau point de vue sur Saint-Jean-de-Fos et la plaine viticole.

Mais toujours pas de trace de Jean Trachinod et d'Armand Nascenta.

De l'endroit où ils se trouvaient ils pouvaient apercevoir un peu plus haut la vierge du roc pointu. Un chemin forestier partait sur leur gauche, le Roc Pointu se trouvait dans le soleil face à eux, les trois hommes hésitèrent sur la direction à prendre.

D'un commun accord, ils décidèrent de monter vers le rocher.

Puis d'un coup les chants d'oiseaux cessèrent. Un silence inquiétant les remplaça. Ce calme angoissant était seulement troublé par le son du vent dans les branches des arbres. Sur le qui-vive, ils arrêtèrent leur marche.

Aucun bruit. Qu'est-ce que cela voulait dire ? songea Coustou.

Soudain un coup de feu déchira le silence, il provenait de la direction du sentier, dans un sous-bois. La détonation retentit jusque dans les profondeurs de la colline. Des dizaines d'oiseaux s'envolèrent dans un bruissement d'ailes, complètement affolés.

— Dépêchez-vous, venez vite ! Cria Coustou. L'anxiété pointait dans sa voix. Ses amis lui emboîtèrent le pas sans perdre une seconde.

Ils dévalèrent le versant descendant et récupérèrent le sentier qui s'élargissait jusqu'à devenir une allée parfaitement dégagée à proximité d'une clairière.

Là, sous un chêne, le corps d'Armand Nascenta gisait sur le sol.

Ils se précipitèrent vers l'homme allongé par terre. Il n'y avait plus rien à faire, il était mort. Ses yeux semblaient avoir gardé leur ultime expression de stupéfaction.

Armand avait reçu en pleine poitrine une décharge de chevrotines qui lui avait fracassé le sternum et le haut de la cage thoracique. À en juger par la taille de la blessure, le coup de feu avait été tiré par un fusil, quasiment à bout portant, pensa Coustou.

En observant autour d'eux il vit un fusil de chasse abandonné dans les broussailles à quelques mètres de la victime.

Comme dans un rêve ou plutôt un cauchemar, Coustou vit les visages de ses amis, silencieux et graves, encore hébétés, qui se tournaient lentement vers lui. Ils étaient sous le choc. Puis ils restèrent un long moment à regarder fixement l'homme abattu baignant dans une mare rouge, ne sachant qu'elle attitude adopter.

Florentin lâcha.

— Cet homme ne s'en prendra plus jamais à personne. Justice est faite ! déclara-t-il d'une voix forte.

Coustou fut surpris de l'entendre parler sur un ton aussi ferme. Le petit bois était plongé dans un calme trompeur.

Puis, tout à coup, ils entendirent du bruit sur leur gauche. Des pieds qui martelaient le sol. Des brindilles et des feuilles étaient écrasées par la marche rapide d'un homme qui s'enfonçait dans les taillis.

Le meurtrier, puisqu'il fallait l'appeler ainsi, outre son avance, possédait l'avantage de connaître le terrain.

Ils s'engouffrèrent dans les buissons de cade, de lentisque et dans l'enchevêtrement de branches à la poursuite de Jean Trachinod.

Après avoir bataillés quelques minutes ils aperçurent enfin le vieil homme qui possédait une belle avance sur eux. Il se dirigeait sur le sentier qui menait au Roc Pointu. Le chemin continuait de monter et ils apercevaient la statue de la Vierge qui se détachait près de l'arête du fameux roc.

Jean se tournait régulièrement vers eux et poursuivait sa route lentement malgré les appels réitérés de ses poursuivants. Il perdait du terrain mais possédait encore une belle avance sur eux.

Leur parcours était jonché de cairns et de petites capitelles, sous la lumière du printemps, les roches aux tons crus fourrées de buissons de chênes-verts formaient un paysage d'un caractère intense.

Ils entendirent un bruit lointain d'abord mais qui se rapprochait, levant la tête, ils aperçurent un petit avion, longeant les crêtes, qui obliqua ensuite au sud- ouest.

Cela faisait bientôt une heure à présent qu'ils avaient empruntés le sentier à la sortie du village, l'homme devant eux semblait faiblir mais pas encore suffisamment pour qu'ils le rattrapent.

Jean Trachinod était parvenu à ce qui semblait être son but le Roc Pointu où se trouvait la statue de la Vierge. Elle était proche d'une arête et ouvrait ses bras sur un magnifique point de vue sur les gorges de l'Hérault.

Les poursuivants se rapprochaient de plus en plus. L'homme traqué semblait en être conscient. Ils le virent se tourner vers eux, frêle silhouette, debout, tel un marin à la proue d'un navire à la dérive.

Ils étaient face au soleil à présent, celui-ci les éblouissait. Mais à cet instant, ils étaient tout proche du vieil homme.

Jean fit un long signe de croix, il avait levé les yeux vers eux, sa bouche formant des paroles muettes. Puis, il esquissa comme un pas de danse avant d'aller embrasser le ciel de ses bras étendus.

Retenant leur cri, ils ne purent détacher leurs yeux de la frêle silhouette qui tombait. Presque instantanément, ils perçurent nettement le bruit sourd de la chute d'un corps.

Ils parvinrent rapidement aux pieds de la Dame du Roc, sur le petit promontoire qui s'élevait à quinze ou seize mètres environ au-dessus d'un chaos de rochers acérés et de broussailles enchevêtrées.

Dans un élan de frayeur, ils appelèrent Jean Trachinod. Mais ce fut le silence.

Passé un moment d'hébétude, ils descendirent du Roc Pointu avec la volonté de retrouver le corps du vieil homme.

Leurs recherches étaient difficiles car le secteur était rempli de crevasses et de cavités habitées par de nombreux essaims d'abeilles, qui faisaient entendre un bourdonnement continuel, les broussailles, les buis et les chênes Kermès leurs obstruaient la vue.

Ils contournèrent un amas de rochers, avant de tomber sur le vieil homme, couché sur le dos au milieu d'un buisson de bruyère multiflore.

Il était mort, mais son visage affichait une expression étonnamment paisible. Les trois hommes s'approchèrent lentement en silence.

Titoan remarqua que Jean tenait dans sa main crispée une photo, comme s'il tenait une amulette ou bien un talisman secret.

D'une main tremblante il s'en saisit délicatement. La photo en noir et blanc représentait la même jeune femme blonde que celle qui figurait sur le mur chez le vieil homme.

Au même instant, plus haut au-dessus de leur tête dans le ciel bleu azur, un aigle de Bonelli émit un cri puissant et profond, déploya ses ailes, puis effectua un piqué vertigineux comme pour un dernier hommage.